ミモザの告白

八目 迷
illust. くっか

CONTENTS

DESIGN
TANIGOME KABUTO
(musicagographics)

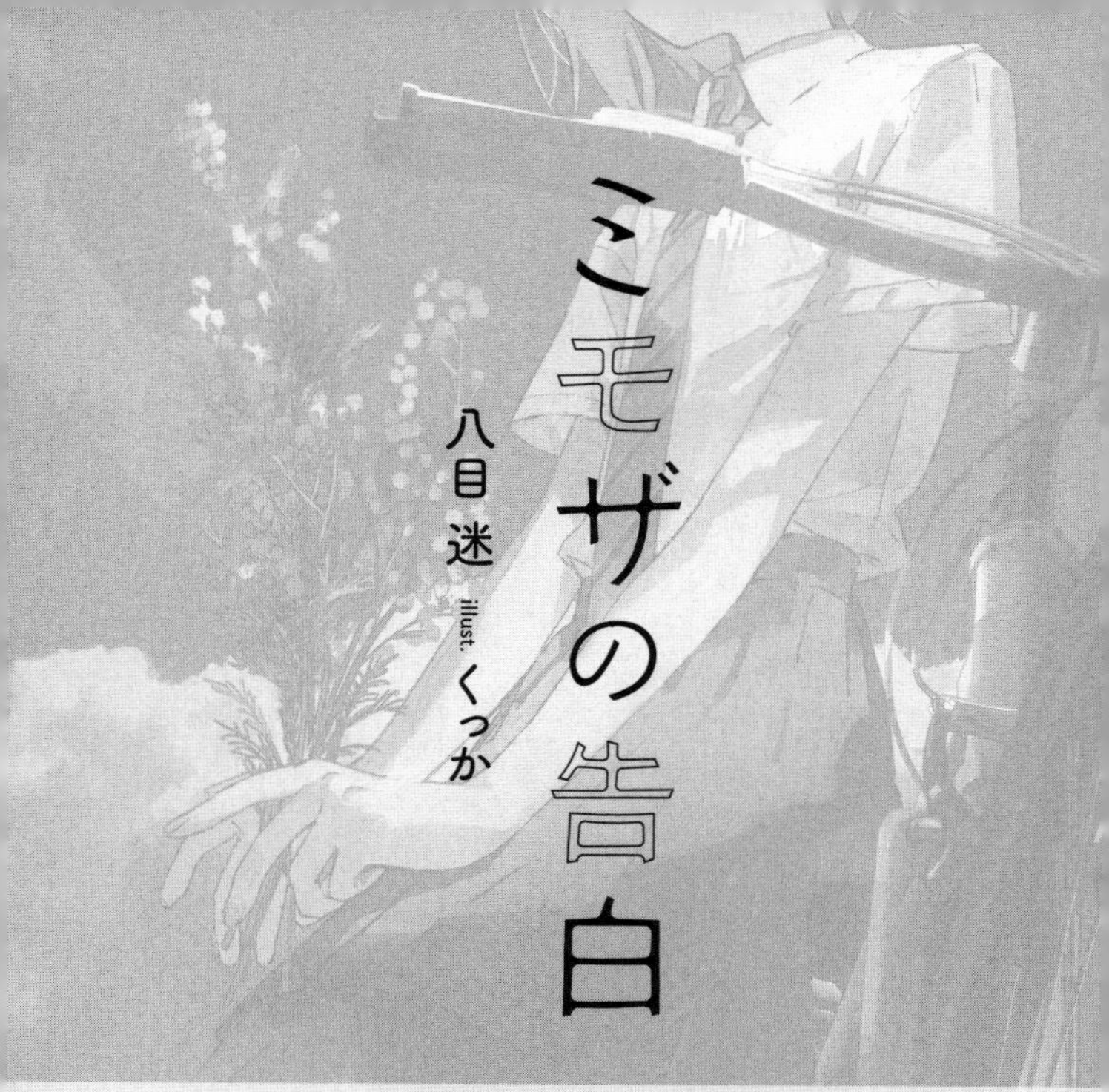

ミモザの告白

八目迷

illust. くっか

Character

紙《かみ》木《き》咲《さく》馬《ま》
主人公。
高二。
友達が少ない。

槻《つき》ノ《の》木《き》汐《うしお》
咲馬の幼馴染。
クラスの
人気者。

星《ほし》原《はら》夏《なつ》希《き》
元気な少女。
クラスの
愛されキャラ。

西《にし》園《ぞの》アリサ
舌鋒鋭い
クラスの女王様。

真《ま》島《しま》 凜《りん》
マイペースな少女。
ソフトボール部所属。

椎《しい》名《な》冬《とう》花《か》
しっかり者。
吹奏楽部所属。

世《せ》良《ら》 慈《いつく》
東京からの転校生。

ミモザ【mimosa】マメ科アカシア属とミモザ属（ネムリグサ属）の常緑高木の総称。
花は黄色で球状に集まって咲く。

――『大辞泉』より

第一章　神様がまちがえた

「大事な話があります」

担任の伊予《いよ》先生がそう告げると、騒がしかった教室は水を打ったように静まり返った。

伊予先生はさっぱりした性格の若い女の先生だ。いつもニコニコしていて、相手が生徒でも友達のように接するので、みんなに好かれている。

そんな伊予先生が、朝のＨＲでいきなり「大事な話があります」なんて真剣な顔で言うものだから、みんな身構えた。

大事な話。なんだろう。頭にいろんな予想が浮かぶ。

「結婚します」「離任が決まりました」「男子トイレで吸い殻が見つかりました」

どれも違う気がした。

不意に、ひょっとするとあのことかもしれない、と一つの可能性が頭をよぎった。そうであってほしいような、でも完全に予想が外れてほしいような、複雑な気持ちになる。

「入ってきて」

伊予先生が扉のほうを見て言った。すると扉が開いて、一人の生徒が教室に入ってきた。

え、と誰かが声を上げる。みんなが唖然《あぜん》とするのが分かった。

俺は自分の目を疑った。けど同時に、腑《ふ》に落ちる感覚もあった。

――なかったことには、しないんだな。

＊

一〇日前に遡《さかのぼ》る。

春をすっかり通り過ぎ、夏の気配を近くに感じる、そんな六月の中旬。

朝、いつもの時間に家を出て、俺は自転車に跨《また が》る。学校へ向かって漕ぎだすと、湿った空気が頬《ほほ》を撫《な》でた。さっきまで雨が降っていたせいだろう。道路にはところどころ水たまりができていて、濡《ぬ》れたアスファルトの匂《にお》いが立ち込めている。見上げると、埃《ほこり》のような黒雲が青空にぽつぽつと浮いていた。

住宅街を抜け、団地の前を通り過ぎると、眼前に田園が広がる。柔らかな風が稲の葉を揺らし、草と泥の香りを運んでいた。田んぼのあいだの一本道を、俺は快調に進んでいく。

椿岡《つばきおか》は田舎だ。そこらじゅうを四つ葉マークをつけた軽トラが走り、町内放送ではしょっちゅう訃報が流れる。地元の商店街はシャッター街を通り越してほぼ廃墟《はいきょ》と化しているし、新しい建物は大体デイサービスの拠点だ。

いずれこの町は老人ばかりになるだろうな、などと他人事《ひとごと》のように考えていた、そのとき。

後ろから来た軽トラが俺のそばで水たまりを踏んづけ、盛大に泥水が撥《は》ねた。

「うわっ」

避《よ》けようもなく、右足に泥水がかかる。俺は慌てて自転車を止めた。

太ももから脛《すね》にかけてぐっしょり濡れている。幸い汚れは大したことないが、すぐには乾かないだろう。水はねを起こした軽トラは、何事もなかったように走り去っていく。

思わずため息を吐《つ》く。すると背後で、キッ、とブレーキをかける音が聞こえた。

振り返ると、俺と同じ制服を着た男が自転車に跨ってこちらを見ていた。癖っ毛で陰気そうな顔をしたこの男は、俺のクラスメイトである蓮見《はすみ》だ。

「紙木《かみき》」

「なんだよ」

「足、めっちゃ濡れてる」

「知ってるよ。ていうか見てただろ」

嫌味《いやみ》かよ、と思う。

ズボンが濡れたまま学校には入りたくない。乾くまで時間を稼ごうと、自転車を押して学校へ向かうことにする。すると蓮見も同じようにして、俺の隣に並んできた。

「朝からツイてないな。ウケる」

「ウケねえよ。最悪だ。あの道路が陥没したとこ、早く直してほしい」

「もう直んないでしょ。俺が小学生のときからああだし、ずっとあのままだ」

「はぁ……。ほんと、クソ田舎って感じがする」

つい口が悪くなってしまう。だがこの町のことは昔から好きじゃなかった。

田舎は田舎でも、椿岡《つばきおか》は中途半端な田舎だ。田んぼこそ多いが、近くにはイオンモールがあるし、駅前はそこそこ栄えている。しかし中途半端な田舎というのは、ある意味ド田舎よりもたちが悪い。自然に恵まれた土地なら、たとえ不便でも、澄んだ空気や景色のよさといった誇るべきものがあるだろう。でも椿岡は、田んぼや畑が多いだけで、大自然からはほど遠い。空気は大して綺麗《きれい》じゃないし、満天の星空なんて見えやしない。ただ漠然と、しょぼい土地に住んでるな、という劣等感が付きまとうのだ。

だから高校を卒業したらこんな町、すぐ出ていってやる。

地元への不満を募らせながら自転車を押しているうちに、田んぼ道を抜けた。前方に灰色の校舎が見える。

俺たちが通う椿岡高校だ。

蓮見《はすみ》とともに昇降口に入る。ズボンはまだ冷たいが、濡《ぬ》れは目立たなくなっていた。

校舎内の空気はじめっとしている。おまけに人が多くて騒がしい。すでにほとんどの生徒が夏服に衣替えを済ませていた。

ＨＲの時間が迫っているせいか、みんな慌ただしそうにしている。俺も急がなければ。

２―Ａの下駄箱に向かおうとしたところで、明るい髪色の男子を見つけた。げ、と声が出そうになる。その生徒に気づかれないよう、俺は静かに下駄箱から自分の上履きを取り出す。が、誤って上履きを両方とも落とし、ぱたぱたん、と音を立ててしまった。

彼がこちらに気づき、目が合う。

「咲馬《さくま》、おはよう」

鼓膜に残るハスキーな声。

槻ノ木《つきのき》汐《うしお》が、湿気も吹き飛ぶ爽《さわ》やかな笑顔で挨拶《あいさつ》してきた。

汐は日本人とロシア人のハーフで、イケメンよりも美少年って感じの顔つきをしている。こんな田舎町に住んでいなければ、モデルか俳優になっていてもおかしくないだろう。そのうえ陸上でインターハイに出場するほど運動神経抜群。おまけに成績優秀で誰にでも親切という、非の打ち所がない高校生だった。

そんな汐のことが、俺は少し苦手だ。

「あ、ああ。おはよう」

「あれ？　ズボンちょっと濡れてる。もしかして転んだ？」

「や、学校来るとき軽トラの水はねくらっちゃって……」

「へえ、災難だったね。ジャージに着替えてきたら？　そのままじゃ風邪引くよ」

「別にいいよ、このままで。すぐ乾く」

「そう？　ならいいけど」

ふと汐《うしお》の背中越しに、やけに目立つ女子の姿が見えた。脱色した髪を二つ結びにして、ちょっと視線に困るくらいスカートを短くしている。彼女はこちらに手を振っていた。

「汐ー、何してんの？　早くしないと遅刻するよー」

西園《にしぞの》アリサだ。今日も派手に制服を着崩している。汐とは別の意味で苦手なタイプ。

「ああ、今行く！」

汐が返事をすると、俺に「それじゃ」と言って西園のもとへ向かった。その先で汐はさらに数人のクラスメイトと合流する。どうやら汐を待っていたのは西園だけではなかったらしい。

楽しそうに談笑しながら歩く汐の背中を、俺は黙って見つめていた。

「紙木《かみき》ってさ」

突然名前を呼ばれて少し驚く。上履きに履き替えた蓮見《はすみ》が背後に立っていた。

「たしか、槻ノ木《つきのき》と幼馴染《おさななじみ》なんだっけ」

「まぁ、うん。そうだけど。それが？」

「仲いいなぁ、って思って。紙木と槻ノ木ってジャンル違うじゃん」

「なんだよジャンルって。てかそんな仲よくないだろ。むしろ俺は……ちょっと苦手だ」

「苦手」

「汐が悪いわけじゃないんだけど、なんつうかさ。汐と話してると、自分がしょぼく感じるっていうか……」

「うわ、卑屈だな。そんなんだから友達少ないんじゃないの」

「うるさいな。お前だってそうだろ」

「いや紙木よりかは多いと思うけど」

ぐ。そうだった。帰宅部の俺と違って蓮見は卓球部に所属している。だからそこそこ友達が多い。他クラスの生徒とだべっているところを、よく見かける。

俺が何も言い返せずにいると、蓮見は気を使ってか「ま、紙木の言いたいことも分かるけど」と付け足した。

「たしかに卑屈になっちゃうかもな。槻ノ木、俺らとは別世界の人って感じがするし」

「だろ？　お前も汐と幼馴染になったらよく分かるよ」

上履きに履き替え、俺たちは2―Aの教室に向かった。

「はーい、みんな席に着いてねー」

HRが始まる。教壇に立つ伊予《いよ》先生は、今日もいつもと同じパンツスタイルで、長い黒髪を後ろで結んでいる。皺《しわ》一つないパリッとしたシャツに、綺麗《きれい》な歯並びが覗《のぞ》く笑顔が眩《まぶ》しい。

「じゃあ、まずはお知らせから。最近お腹を壊して保健室に行く生徒が増えてるみたいです。この時期は湿気が多くて食べ物が腐りやすいから、お弁当の子は注意してね。ちなみに先生は購買でお昼ごはんを買ってます。あ、もちろんお弁当を作るのが面倒とかじゃなくて──」

伊予《いよ》先生の話を聞き流しながら、ちら、と俺は汐《うしお》に目をやる。

汐はすっと背筋を伸ばして、先生の話を聞いていた。俺を含む大半のクラスメイトが気だるそうにしているなかで、汐の凛《りん》とした居住まいは際立っている。こうして見ると、蓮見《はすみ》が言ったとおり、本当に別世界の人間みたいだ。

これでも一応、小学生まで俺と汐は仲がよかった。親友、と言ってもいいくらいに。

毎日のように一緒に遊んでいたし、互いの家に泊まることもあった。幼い俺は、この関係は大人になっても続くのだと、当然のように考えていた。

だがそうはならなかった。

中学に入ってから、俺は汐を避けるようになった。

顔がよくてスポーツ万能、かつ人望に厚い汐。片や地味な容姿でこれといった特技はなく、人見知りな俺。年を重ねるにつれ、能力の差がはっきりし始めた。次第に俺は、汐のそばにいるだけで、自分のことを身のほど知らずなヤツだと思うようになってきた。

汐を避け始めた理由は、それだけじゃない。

決定的なのは、中学二年のあの出来事だ。

当時、俺には仲のいい女の子がいた。彼女はしょっちゅう俺に話しかけてくれて、放課後に二人で帰ることもあった。俺は彼女のことを好きになり、思い切って告白した。そしたら。

「ごめんなさい……私、実はその、汐くんのことが」

そこですべてを理解した。「汐くんのことが」に続く言葉も、どうして俺に近づいたのかも。

恋は盲目、なんて言葉は今日び薄っぺらな煽《あお》り文でしか見ないが、あれは事実だ。彼女が汐の見ている番組や汐の持っているゲームにやたら興味を示してきた時点で、気づくべきだった。

俺は帰宅してからひたすら自己嫌悪に明け暮れた。人に告白したのが生まれて初めてだった分、ショックも大きかった。

その日から、彼女とは言うまでもなく——汐とも、顔を合わすのが辛《つら》くなった。

汐は何も悪くない。それは分かっている。彼女も、打算はあったかもしれないが悪意はなかっただろう。悪いのは、勝手に裏切られた気分になっている俺だ。だから余計に辛かった。誰のせいでもないから自分を責めるしかなくて、結局また自己嫌悪に陥る。

遊びやグループ作りで汐に誘われても、俺は断るようになった。そうするうちに、汐は他の声がでかい連中と過ごす時間が増えていき、俺は教室の隅で静かに本を読むような生徒になっていた。

地元に学校数が少ないせいか、俺と汐は志望校が重なり、こうして同じ高校に進んだ。けど状況は中学のときと変わらない。汐《うしお》はクラスの人気者で、俺は目立たない生徒A。

これでよかったのだ。少なくとも、身の丈には合っている。

余談だが、俺を振った女の子は、数日後、汐に告白して振られたらしい。気の毒だとは思ったが、それもすぐどうでもよくなった。彼女とは振られてからそれきりで、どこの高校に進んだのかも知らない。

「――だから鶏肉で当たると地獄……ってあれ？　今気づいたんだけど、夏希《なつき》は？」

伊予《いよ》先生が話を中断したところで、俺は我に返った。

汐から視線を外し、星原《ほしはら》の席を見る。まだ学校に来ていないようだった。

遅刻かな、と伊予先生が呟《つぶや》いた直後、教室のドアが勢いよく開く。

「は～間に合った～！」

一人の女子が教室に飛び込んできた。緩くパーマのかかった髪がふわりと揺れる。ついさっき名前を呼ばれた星原夏希だ。どうやら走ってきたらしく、息切れしていた。

星原は息を整えてから、伊予先生のほうを向いて、にへら、とはにかんだ。

「伊予ちゃん先生、おはようございます！」

「はい、おはよう。朝からお疲れ。けど遅刻寸前だよ、寝坊でもしたの？」

「いやあ、電車で寝てたら降りる駅過ぎちゃってて……焦りました」

「焦りました、じゃないよ。ったく、次から気をつけなー？」

「は〜い」

くすくすと笑い声が起こるなか、星原《ほしはら》は自分の席に向かう。

彼女も汐《うしお》と同じく、このクラスの人気者だ。汐がみんなを牽引《けんいん》するリーダーなら、星原はみんなに愛されいじられるマスコットキャラだろう。天然というか、癒《い》やし系というか。友達が多くて、自然と人を笑顔にする女の子。俺みたいな日陰者からすれば、彼女もまた遠い存在だ。実際、今まで挨拶《あいさつ》くらいでしか言葉を交わしたことがない。

星原が席に着くと、伊予《いよ》先生は「やば、もう時間だ」と言って、慌ててHRを終わらせた。

＊

一時間目の授業が終わり、休み時間が訪れる。

二時間目は化学だ。授業は理科室で行われる。周りのクラスメイトは、筆記用具と教科書をまとめて次々と席を立つ。俺も移動の準備を始めていたら、教室の真ん中で談笑する五、六人の男女グループが目に入った。

「げ、最悪。教科書忘れた」

そう声を上げたのは西園《にしぞの》だ。グループの中心にいる彼女は、不機嫌さを隠そうともせず舌打ちする。それに星原が苦笑しながら反応した。

「同じ班だし、私の見せたげるよ」

「ほんと？　ありがと夏希《なつき》！　助かる～」

星原は照れながら移動して自分の机を覗《のぞ》き込む。話の流れ的に、化学の教科書を取り出すのだろう。と思ったが、教科書を一冊一冊確認するだけで、目的のものは出てこない。

星原は顔を上げて、困ったように「えへへ」と笑った。

「私も忘れたっぽい」

「バカ」

すぱっと罵《のの し》る西園。たしかになんだそりゃという感じだ。

「二人とも忘れるとか抜けすぎでしょ。笑うわ」

と近くにいた男子が茶々を入れた。すると西園はキッと目を細めて、

「は？　全然面白くないんだけど」

と言い放った。鋭い声音《こわね》に、その男子は「わ、わりぃ」と詫《わ》びを入れて縮こまる。

怖《こ》えー、と見てて思う。ああいうキツイところがあるから西園って苦手だ。身長は星原よりちょっと低いくらいだが、威圧感だけならこのクラスの誰にも負けない。

西園の辛辣《しんらつ》な反応に周りが萎縮《いしゅく》していると、さっきまで相槌《あいづち》を打つだけだった汐が「仕方ないな」と声を上げた。

「ぼくのを見ればいいよ。席ちょっとずらさなきゃだけど、問題ないでしょ」

西園《にしぞの》と星原《ほしはら》は、目を輝かせて汐《うしお》に詰め寄る。

「さすが汐！　頼りになる」

「ありがとー、汐くん！」

「はいはい、もう忘れないようにしなよ？」

笑顔でたしなめる汐に、女子二人は「はーい」と声を合わせる。

そのやり取りを見て、俺は胸の中にざらりとしたものを感じた。どうも居心地が悪くて席を立つ。筆箱と教科書を脇《わき》に抱《かか》えて教室を出た。

──俺も、あんなふうになれたらな。

ポツリと湧《わ》いた羨望《せんぼう》が、胸にさざ波を立てる。

女子に囲まれる汐と、一人寂しく理科室に向かう俺。幼馴染《おさななじみ》なのに、一体どこで差がついたのか……なんて、今さら何言ってんだって話だけど。

ネガティブな考えを振り払う。そのとき、突然そばの教室から生徒が飛びだしてきて、肩がぶつかった。

「わ」

ぶつかった衝撃で脇に挟んでいた筆箱が滑り落ちる。缶ケースの筆箱はガシャンと音を立てて、中身を廊下にぶちまけた。

「あ、わり」

ぶつかってきた生徒は、それだけ言って走り去ってしまった。

俺はしゃがみ込んで、散らばったペンやら定規やらを拾い集める。

「謝るなら拾うの手伝えよ……」

小声で愚痴る。できることなら直接言ってやりたかったが、もう遅い。

休み時間のそこそこ人が多い廊下で、一人這《は》いつくばって文房具を集める。これはかなり恥ずかしいものがあった。周りに変な目で見られていると思うと、顔が熱くなる。頭上の笑い声が、すべて俺に向けられているような気がした。

ああクソ。最悪だ。

目の前に落ちていた消しゴムを拾おうと手を伸ばす。すると、誰かがそれをひょいと拾い上げた。見上げると、そこに立っていたのは汐だった。右手に筆箱と化学の教科書を抱えている。

「手伝うよ」

「あ、ああ。サンキュ」

汐は俺の正面に屈《かが》み込み、散らばったペンを集める。

ちら、と汐の顔を覗《のぞ》く。汐は何気ない調子で手を動かしている。まるでそうするのが当たり前みたいに。いや。きっと汐にとって当たり前のことなんだろう。別に筆箱を落としたのが俺でなくても、汐は同じことをしていた。本当に、いいヤツだなと思う。だからこそ、俺なんかに付き合わせて申し訳なかった。

「西園《にしぞの》と星原《ほしはら》は、いいのか?」

会話がないのが落ち着かなくて、俺は訊《たず》ねた。

「ん? 何が?」

「さっき、教科書を貸すとか言ってたから」

「ああ。アリサが日直で鍵《かぎ》かけなきゃだからさ。夏希《なつき》と一緒に教室に残ってるんだ」

「あ、そういうこと……」

「はいこれ」

汐《うしお》は消しゴムと拾い集めたペンを差し出す。俺はそれらを受け取り、筆箱にしまった。拾い残しはなさそうだ。

「ありがとう。助かった」

礼を言って汐に背を向けようとすると、「まぁ待ちなよ」と呼び止められた。

「何も一人で行かなくても……一緒に行こう?」

ああ。それはそうか。

正直、汐と並んで歩くのは気が引けるが、手伝ってもらった手前、断るのはさすがに悪い。

「そうだな、行くか」

汐は大きく頷《うなず》いた。

それから二人で理科室へ向かう。俺はどうにも落ち着かなかったが、会話に困ることはなかった。というのも、汐が一方的に喋《しゃべ》ってくるからだ。俺は相槌《あいづち》を打つだけで済んだ。

「それでさ、操《みさお》が反抗期っぽくて。なんかピリピリしてんだよね」

階段を上ったところで汐がそう言った。

操……汐の妹だ。たしか今年で中三だったたか。色白で線の細い、礼儀正しい女の子だった。幼い頃《ころ》はよく汐と三人で遊んだものだが、最近は顔を合わせることもない。元気にしているだろうか。

「早く風呂《ふろ》に入れってうるさいし──咲馬《さくま》？　聞いてる？」

しまった。上の空だった。

「え、ああ。すまん。そう、操ちゃんね。なんか、あの子が反抗期って想像できないな」

「そう？　まぁ人前だと大人しいからなぁ。家じゃ結構ズケズケ言ってくるんだよ」

「へえ、知らなかった」

「今度、ウチに来て会ってみる？」

え！　と声が出て歩きながら汐のほうを向く。冗談で言ってるわけではなさそうだった。

「いやいや、いいよ。今年、操ちゃん受験だろ？　邪魔しちゃ悪いって」

「別に、気にしないと思うけど」

「そ、そう……？」

ううむ、距離感が分からん。それとも汐くらい友達が多いと、誰でも簡単に家に招いたりするもんなんだろうか。

「ま、操《みさお》はここ第一志望だし、来年になったら学校で会えるかもね」

「ふーん……受かるといいな」

ああ、と汐《うしお》が頷《うなず》く。

そろそろ理科室に着く。教室から三分もかからない道のりが、妙に長く感じられた。

ふと前方の理科室から出てくるうちのクラスメイトが目に入った。クラスではそこそこイケてる部類に入る男子が二人。そのうちの一人が、こちらに気づく。

「お、汐じゃん。ジュース買いに行こうぜ」

二人がこちらに向かってくる。

汐は足を止めて彼らを待つ。俺も少し遅れて立ち止まり、汐のほうを向いた。

「じゃあ、俺、先に行くから」

そう言うと、汐は不満そうに眉《まゆ》をひそめた。

「咲馬《さくま》も来なよ」

「いや、いいよ。俺があのなかに交ざったら浮いちゃうだろ」

「でも」

「ほんと、いいからさ」

それじゃ、と一方的に会話を終わらせて、俺は足早に歩みを進めた。

途中、汐に声をかけた男子二人とすれ違ったが、彼らは俺に見向きもしなかった。汐しか眼中にないようだ。そのことに俺はちょっと劣等感を覚えてしまう。が、別に構わない。汐も俺みたいな冴《さ》えないヤツと一緒にいるところを見られるのは嫌《いや》だろうし、これでよかったのだ。

＊

今日一日の授業がすべて終わった。

時計の針は四時を指している。数学の先生が退室するなり、教室には「部活だるい」だの「カラオケ行かない？」だの、そんな声が飛び交った。

俺は手早く身支度を済ませる。帰宅部なのでこれから用事もない。あとは帰るだけだ。席を立ち、教室を出る。廊下を歩いていると、ユニフォームやジャージに身を包んだ生徒の何人かとすれ違った。

椿岡《つばきおか》高校は、部活動が盛んなことで地元では有名だ。強豪の陸上部を筆頭に、野球部やバレー部も毎年いい成績を残している。

といっても、俺は部活に入る気はない。中学の頃《ころ》はテニス部に所属していたが、運動部特有の上下関係が嫌になり、一年で辞めた。その苦い思い出があるせいで、高校でも帰宅部を貫いている。

階段を降りて昇降口に着くと、辺りは同じ帰宅部であろう生徒たちで賑《にぎ》わっていた。俺は靴に履き替え、駐輪場へ向かう。もう四時だというのに、日差《ひざ》しの強さは衰える気配がない。校舎に沿って歩き、駐輪場に着く。自分の自転車に跨《また》がり、ゆっくりと漕ぎだす。校門を抜けたらギアを一つ上げて、生ぬるい風を切って進んだ。

しばらく走ると、十字路で赤信号に捕まった。

ぼんやりと、よそ見をする。田んぼの上を飛び交う気の早いコウモリを眺めていたら、突然ハッとあることを思い出した。

自分の右ポケットに触る。次に左ポケット。どちらにもない。

携帯、学校に忘れた。机の中に入れてそのままだった。

「うわ〜、めんどくさ……」

自転車に跨ったままうなだれる。もう学校を出てからだいぶ経《た》っていた。

今日は本当にツイてない。いや、これは完全に自分のミスか。

仕方ない、戻ろう。明日は土曜日で学校は休みだし。週明けまで携帯が使えないのは、さすがに不便だ。俺は泣く泣く学校に引き返した。

人気《ひとけ》のない廊下を進む。日当たりが悪いせいで、中は少し暗かった。

時刻は五時ちょっと前。帰宅部の人間はとっくに下校している時間だ。廊下は静かで、サッカー部のかけ声や剣道部の叫声が、厚い膜を通したみたいにくぐもって聞こえた。

階段を上がり、少し進んで2―Aの教室に着く。半開きのドアから日光が差し込み、廊下に四角い模様を作っていた。

教室に入る。強烈な日差しに目を細めつつ、自分の席に向かう。すると無人だと思っていた教室に、人がいることに気がついた。窓際の机に腰掛ける、一人の女の子。

星原夏希《ほしはらなつき》だった。

窓側に身体《からだ》を寄せて、どこか切なそうに外を眺めている。髪が光を反射して白く輝き、頭を傾けているせいで、細い首筋が露《あら》わになっていた。

普段の明るい彼女からは想像できない物憂《ものう》げな姿に、俺は不覚にも見とれてしまった。

俺の気配に気づいたのか、不意に、星原がこちらを向いた。

「どひゃあ!?」

星原はビクンと肩を跳《は》ねさせ、甲高《かんだか》い声を上げた。オーバーなリアクションに、俺も「おわっ」と間抜けに驚いてしまう。

「す、すまん！　ちょっと声かけるタイミング失ってた。驚かせて悪い」

慌てて謝罪すると、星原は胸を撫《な》で下ろした。

「はー、びっくりしたぁ……完全に誰もいないと思ってた。てか、すごい声出ちゃったね」

星原は恥ずかしそうに「あはは」と笑う。怒ってはいないようで安心した。

「紙木《かみき》くんは、どうしてここに?」

俺はまたちょっと驚く。星原《ほしはら》が俺の名前を覚えていたとは。

「携帯、忘れちゃってさ。取りに来たんだ」

「あ〜、なるほど。たしかに、ないと困るもんね」

俺は頷《うなず》き、自分の席に移動する。

最後列の真ん中。ここが自分の席だ。机の中に手を突っ込むと、指先が硬いものに触れた。

これは……読みさしの文庫本だ。目当てのものではないが、そろそろ読み終わるし、持って帰るか。

文庫本を机の上に置くと、星原がこちらに寄ってきた。

「それ、なんて本?」

本に興味あるのか、と意外に思いながら、俺はブックカバーを外して表紙を見せた。

「これ、結構前から話題になってるやつで——」

「月と人シリーズ!」

なんと。三度目の驚きだ。知っていたのか。

月と人シリーズは人気のファンタジー小説だ。俺が今読んでいるものは第三巻にあたる。異世界の話で、敵国同士の男の子と女の子が無人島に漂流し、最初はいがみ合っていた二人が次第に仲を深めていく……という物語だ。重厚な世界観でありながら読みやすい文章で、俺は新刊が出るたび買っていた。

「これ、私も読んでるんだ。面白いよね～」

「ああ。星原、小説とか読むんだな」

「あ、今バカにされた気がする」

むっと顔をしかめて星原が詰め寄る。やばい、失礼なことを言ってしまった！　と焦りつつも、息がかかりそうなくらいの至近距離にドギマギした。

「わ、悪かったよ。でもバカにしてるんじゃなくて、意外だと思っただけで……あ」

これ、フォローになってないな。

案の定、星原は上目遣いで睨《にら》んでくる。俺が冷や汗をかきながら弁解の言葉を探していると、

「……ま、そのとおりなんだけどさ」

と言って、すっと顔を離した。

「本とか読まなそうなタイプに見えるよね。実際、漫画以外ほとんど読んでないし。……中学のとき、読書感想文の課題図書になったのが月と人シリーズでさ。面倒くさいな、って思いながら買って読んでみたら、どハマりしちゃって。それからそのシリーズだけは読んでるの」

なるほど、それなら無理もない……のか？　分からん。けど、これしか読んでいないのは少しもったいない気がする。

「他にも読んでみたら？」

「え？」

「同じ作者の前作も面白いぞ。『ハリモグラの夢』っていう小説で、こっちも戦争をテーマにした物語なんだ。月と人シリーズと違うのは、一巻で完結してることと、ファンタジーじゃなくてＳＦっぽいテイストで書かれてるとこだな。ちょっと哲学的な要素も含まれてるけど文章は読みやすいし、ブラックジョークみたいなちょっと笑えるネタが散りばめられてるから読んでてストレスを感じなくて――」

と、そこまで喋《しゃべ》ったところで、自分が早口になっていることに気づく。

急に恥ずかしさがこみ上げてきた。面倒くさいオタクだと思われたかも、と考えて後悔する。だが俺の予想に反して、彼女は目をキラキラさせていた。

「紙木《かみき》くん詳しいね！　読書家さんだ」

「そ、そう……？」

よかった、引かれてはいないようだ。どころか好感触っぽい。

「私もいろいろ読みたいと思ってるんだけど、何がいいのか分かんなくて……あ、そうだ！」

星原《ほしはら》は自分のポケットから携帯を取り出し、パカッと開いた。

「ね、アドレス交換しよ。そんでさ、またオススメ教えてよ」

連絡先の交換。一体いつぶりだろう。高校に入ってからは、片手で数えるほどしか経験したことがない。

「あ、ああ。分かった」

一大イベントに緊張しながら、俺は再び机の中を探る。今度はすぐに分かった。当初の目的だった携帯を取り出し、画面を開く。そこからメニューを押して……ええと。

「……赤外線通信って、どうやるんだっけ」

「え、知らないの？」

「忘れちゃったんだよ。連絡先とか、めったに交換しないから」

「へー、そうなんだ。じゃあ紙木くん、どうやって友達作ってるの？」

そんなの、こっちが聞きたい。

「さあ、どうやってだろうな……友達自体、かなり少ないから。はは……」

言ってから、よくないな、と思った。そんな卑屈な発言をしても、星原を困らせるだけだ。

しかし彼女はさして興味もなさそうに「ふーん」と相槌《あいづち》を打ち、こちらに手を差し伸べた。

「携帯、ちょっと触ってもいい？」

「ああ」

俺は自分の携帯を渡す。

すると星原は、俺の携帯をポチポチいじりだした。さすが今どきの女子、打鍵《だけん》が速い。

「はい終わった」

俺は星原から携帯を受け取る。画面を見ると、アドレス帳に新たな名前が追加されていた。

『星原夏希《ほしはらなつき》』

実にシンプルな表記。だがその名前は、たしかに燦然《さんぜん》と輝いて見えた。

顔を上げると、星原はニッと無邪気な笑《え》みを浮かべた。

「これで友達プラス一人だね。おめでと、紙木《かみき》くん！」

パチパチと控えめに拍手をする星原。

「あ、ありがとう」

俺はぎこちなく礼を言う。なんだか顔が熱かった。それを悟られるのが嫌《いや》で、星原から顔を背《そむ》ける。照れくさざからか、胸がむずむずした。

動揺する俺をよそに、星原は椅子《いす》に置いてあった自分の鞄《かばん》を肩にかける。そして、俺に向けて軽く手を振った。

「じゃ、私は先に帰るね。ばいばい」

「ああ、ばいばい……」

別れの挨拶《あいさつ》を返す。なぜか言葉がうつってしまった。

教室に静けさが戻る。

星原が出ていったあとも、胸のむずむずは治まらなかった。どころか徐々に心拍数が上がり、ドッドッと音が聞こえそうなくらい激しい動悸《どうき》に変わった。

星原の笑顔が頭に貼《は》り付いていた。彼女と交わした言葉の一つひとつが、脳内で勝手にリフレインされる。読書という共通点を得たこと、そしてアドレスを交換したこと。二つの事実が遅れて胸に浸透し、身体《からだ》が熱を帯びていく。

また星原と話せる。そう考えると、痺《しび》れるような嬉《うれ》しさが足先から脳天に走った。彼女のことで頭がいっぱいになり、意味もなく叫び出したい気持ちになる。

——あ、やばい。

暴れる心臓を押さえるように、胸に強く手を当てる。この感じ、前にも一度、味わったことがある。

遠くで吹奏楽部の演奏が始まった。何か壮大な物語の始まりを思わせるオーケストラ。そこに野球部のかけ声が重なる。そして、金属バットが「カキン」と硬球を捉《とら》える音。

星原のこと、好きになったかもしれん。


学校から家まで立ち漕ぎで帰った。

家に着いたらすぐ自室のベッドに飛び込んだ。

まだ、心臓がドキドキしていた。ポケットから携帯を取り出し、アドレス帳を開く。そこに入力された『星原夏希』の並びを見ると、自然と頬《ほほ》が緩んで、多幸感で全身が震えた。

『おめでと、紙木くん！』

星原《ほしはら》の眩《まぶ》しい笑顔と鈴のような声がフラッシュバックする。

「〜〜〜！」

意味もなく足をバタつかせた。ベッドがギシギシと音を立てる。それでも落ち着かなくて、部屋の中を歩き回った。すると隣の部屋から壁を「ドン！」と叩《たた》かれる。

「うっさい！　死ね！」

そう罵声《ばせい》を吐いてきたのは、中学二年になる妹の彩花《あやか》だ。死ねはあんまりだろ、と思う。でも、たしかに興奮しすぎたかもしれない。一旦《いったん》落ち着こうとベッドに腰を下ろす。

深呼吸。息を吸って吐いてを繰り返す。……よし、冷静になった。

星原……星原夏希《なつき》。一年生から同じクラスになった元気な子。今まで彼女のことは可愛《かわい》くて明るいだけの女の子だと思っていた。けど、実際に話してみたらそんなことはなかった。少し間の抜けた笑顔もリアクションがいちいち大きいところも、今ではすべてが好ましく思える。同じクラスにいて、どうして今までその魅力に気がつかなかったのだろう。明日の学校が楽しみになってきた。あ、その前にオススメの本をメールで教えるんだった。ほとんど本は読まないと言っていたし、できるだけページ数が少ないのを——って。

拳《こぶし》を自分の額《ひたい》にぶつける。

「浮かれすぎだ、バカ……」

額を押さえたまま頭を振る。

たかが連絡先を交換したくらいで、何をはしゃいでいるのだ、俺は。チョロすぎるにもほどがある。中学の一件から何を学んだ？

俺は今、盲目になっている。だから星原のいいところしか見えていないし、星原の言動をいいようにしか解釈できない。もっと客観的になれ。冷静に現実を見ろ。

いいか。たしかに星原は可愛くて明るくて優しい子だ。だからこそ、俺以外に彼女のことを好きになる人はきっといる。星原に関する浮いた話は聞かないが、彼氏がいてもおかしくない。たとえいなかったとしても、星原に好きな人がいる可能性もある。それこそ、中学のときみたいに。

好意と笑顔の裏側には、いつだって打算がある。中学で、そう胸に刻んだのを忘れたのか？

……よし。頭の芯が冷えてきた。

とにかく、慎重になろう。星原への好意は、一時の気の迷いという可能性もあるし。だから決して告白などという血迷った真似《まね》はせず、過度な期待もしない。そう肝に銘じる。

興奮が冷めたところで、ベッドに放っておいた携帯が震えた。

画面を見ると、メールが届いていた。送り主は――星原。

『紙木《かみき》くんに教えてもらった「ハリモグラの夢」買ったよ！　読むの遅いから時間かかっちゃうかもだけど、読み終わったら感想いうね！』

メールには、部屋で撮ったと思われる書影の画像が添えられていた。

まさか、オススメした当日に買ってくれるなんて！

激情が再燃する。俺はまたベッドに飛び込んで、思いっきり足をバタバタした。

隣から壁ドン。

「死ね！」

だから死ねはあんまりだろ。


その後、星原《ほしはら》と何通かメールを交わし、やり取りを終えた。

文面を考えるだけでやけに疲れてしまった。それに、返事を待つあいだの一分一秒の長いこと！　もっと気の利いたメールを送れたら、と後悔することもあったが、今は打ち震えるような歓喜で胸が満たされていた。気づけば口角が上がり、居間で夕食を取っているときも「何ニヤニヤしてんの？　きも」と彩花《あやか》に引かれたくらいだ。彩花の口が悪いのはいつものことなので、別に気にしない。

時刻は夜八時。

いまだに胸の高ぶりは治まらなかった。無意味にそわそわしてしまい、じっとしていると落ち着かない。かといって家で動き回るとまた彩花に怒られるので、散歩でもすることにした。

親に一言入れて、家を出る。

蒸し暑かった昼間と違い、外は涼しくて快適だった。絶えず優しい風が吹いていて、虫の音《ね》が鼓膜を震わせる。

俺は歩みを進める。住宅街を抜けて国道沿いに進み、角を曲がると、一級河川に突き当たる。そこから川沿いの土手道を、のんびり歩いた。

昔はホタルの住《す》み処《か》だったという河川敷だが、今は不法投棄の穴場と化している。粗大ごみがそこらじゅうに転がり、ホタルの気配は感じられない。けれども、錆《さ》びついた自転車や壊れたブラウン管テレビ、雑草の苗床となっているソファが、月に照らされ朽ちていく様は、それはそれで現代の趣きがあった。

俺は空を見上げる。月は弓を張り、欠けた部分を視認できるほど明るい。星は瞬き、薄い雲が流れている。いい夜だ。

頬《ほほ》を撫《な》でる夜風が気持ちよくて、自然と歩くペースが速くなる。

気がつくと、家からずいぶん離れた場所まで来てしまっていた。携帯の時計を見ると、すでに九時を回っていた。もうこんな時間か。そろそろ帰ろう。

「……ん？」

踵《きびす》を返したところで、妙な声が聞こえた。

ふっ、ふっ、と短く息を吸う音。しゃっくり……だろうか。

俺は立ち止まり、辺りを見渡す。国道側の土手下には、小さな公園がある。そこのベンチに誰かが座っていた。こちらに背を向け、深くうなだれている。顔は見えないが、外灯のおかげでセーラー服を着ていることが分かった。よく見ると、身体《からだ》を小刻みに震わせている。おそらく、しゃっくりの主はあの子だ。

何か複雑な事情を抱《かか》えていることは、状況から察せる。ただ、俺みたいな通りすがりが力になれるとは思えないし、声をかけて不審者だと思われたら嫌《いや》だ。だから無視して家に帰ろう。

……と思ったのだが、どうも後ろ髪を引かれた。

あの子のセーラー服は、おそらく俺の母校であり彩花《あやか》が在学している、椿岡《つばきおか》中学のものだ。となると、俺の後輩ということになる。そんな上下関係を意識することはめったにないのだが、今はやけに気になり、あの子のことが心配になってしまった。

少しばかり逡巡《しゅんじゅん》してから、俺は土手を下りて公園に向かうことにした。

公園の出入り口に回り、彼女を正面から見据える。うなだれたまま顔を両手で覆っており、依然として表情は読めない。だが、一つ気づいたことがあった。

彼女は、明るい髪色をしていた。

日本人離れした、透き通るような色素の薄い髪——いや、光の加減でそう見えるだけかもしれない。でも、もし、本当にそういう髪色だとしたら……だとしたら、なんだ?

いや、まさかな、と俺は苦笑する。

とりあえず、もう少し近づいてみよう。

一歩ずつベンチとの距離を詰めていく。よく見ると、その人の格好は奇妙だった。上はセーラー服で下はスカート、それだけなら何もおかしくはない。ただ、服のサイズが明らかに小さいのだ。肩周りの生地はピンと張り、丈が短いせいでへそ周りの地肌が見えている。しかも、なぜか靴を履いていなかった。靴下もだ。裸足《はだし》でここまで来たようだった。

近づくたび、俺は鼓動が速くなるのを感じた。それは決してワクワクとかドキドキとかポジティブな感情ではなく、不安に近しいものだった。異質で、理解できないものを目《ま》の当たりにするような感覚。それでも、たしかめなければ気が済まなかった。

三メートル、二メートルと近づいたところで、ざり、と俺は足音を立ててしまう。

ベンチに座るその人が、勢いよく顔を上げた。その拍子に、ショートの髪が一瞬膨らむように揺れる。

ここまで来ると、もう疑いようがなかった。

その髪は、見慣れた銀色をしていた。

そこに座っていたのは。

「……汐《うしお》？」

俺の幼馴染《おさななじみ》だった。

汐《うしお》は透き通るような銀髪をしている。ロシア人の母親から譲り受けた、生まれついてのシルバーブロンド。俺の知るかぎり、椿岡《つばきおか》でその特徴を持つ人物は汐一人しかいない。汐の母親は俺が小学生のときに他界していて、妹の操《みさお》ちゃんは、父親の血が濃いのか黒髪だ。

もちろん、脱色したり染めたりすれば、誰でも汐のような銀髪になれるだろう。でも、こうして目の前で顔を見たからには、もう汐本人で間違いない。

汐は、驚いて声も出ないというふうな表情をしていた。ただでさえ白い肌から、完全に血の気が引いている。おそらく、さっきまで泣いていたのだろう。青白い顔に、赤く腫《は》れた目元が目立っていた。汐の灰色の瞳《ひとみ》は、不安定に揺れている。

なぜ泣いていたのか。それはきっと汐の服装と関係がある——のは分かる。分からないのは、どうして女装なんてしているのか、だ。元からそういう趣味があったのだろうか。

ここまで来たら、見て見ぬ振りはできない。

「う……汐、だよな？　そ、それ、どうしたんだ？」

おそるおそる問うと、汐は目尻《めじり》が裂けそうなくらい目を見開き、口を開閉させた。汐がこれほど動揺している姿は、今まで一度も見たことがなかった。

「咲馬《さくま》——これは、ちが、その——」

聞き慣れたハスキーボイスから、狼狽《ろうばい》しているのが痛いくらいに伝わってくる。

汐はなんとか言葉を紡ごうとしているが、口からはかすれた息が漏《も》れるだけだった。何か

喋《しゃべ》ろうとするたび呼吸の間隔は短くなる。やがて酸素を求めるように激しく喘《あえ》ぎ始めた。顔を歪《ゆが》め、苦しそうに胸を押さえる汐《うしお》。これは……まずい、過呼吸だ!

「だ、大丈夫か汐!」

そう呼びかけた瞬間。

「――うえ」

汐は背中を丸め、吐いた。びちゃびちゃと音を立てて吐瀉物《としゃぶつ》がほとばしる。胃液だけになっても、吐くのは止まらない。まるで全身を使って胃の内容物をすべて絞り出そうとしているようだった。口から糸を引く唾液《だえき》が、外灯に照らされ光っていた。

幼馴染《おさななじみ》で、クラスの人気者で、頭も性格もいいイケメンの汐が、女の子の格好をしてゲロを吐いている。目の前の光景が信じられなかった。嘔吐《おうと》が止まったあとも、俺は何も言えなかった。なんて声をかければいいのか見当もつかなかった。

汐は魂が抜けたように呆然《ぼうぜん》とうなだれている。やがてふらふらと立ち上がり、弾《はじ》かれたように走りだした。俺の横を通り過ぎる瞬間、顔が見えた。汐は泣いていた。

公園に一人、俺は取り残された。こんなときでも虫の音《ね》は綺麗《きれい》だった。

俺は。

俺は、取り返しのつかない間違いを犯してしまったかもしれない。

＊

家に帰ったあと、すぐ自室のベッドで横になった。

現実感がなかった。今でも夢を見ているみたいだ。思い返してみても、あの公園での出来事はあまりに荒唐無稽《こうとうむけい》で、後味が悪い。

俺は見てはいけないものを見てしまったのかもしれない。この後味の悪さは、罪悪感に似ていた。自分のせいではないと分かっているのに、妙な責任を感じている。俺があの時間に公園の横を通らなければ、汐をあれほど狼狽《ろうばい》させることも、吐かせることもなかった。

俺は携帯を開き、アドレス帳を見る。そこには『槻ノ木《つきのき》汐』の項目がある。思えば、初めてアドレスを交換した相手が汐だった。高一の頃《ころ》、汐のほうから「交換しよう」と声をかけてくれたのだ。

俺はその気になれば、今からでも汐に事情を訊《き》いたり、相談に乗ったりすることができる。でも、それが正しいかどうかは分からない。おそらく、汐にとって女装は見られたくないものだ。なら、これ以上触れないようにするのも一つの選択肢だろう。

今夜、見たことはすべて忘れる。

「……それが、いいのかもしれない」

天井に向かって呟《つぶや》いてみる。

ふと、あることを思い出した。昔読んだ本に載っていた話だ。

『誰もいない山に雷が落ちた。この雷は、音を立てたか？』

この問いに対する答えは『立てていない』だ。なぜなら、誰も雷の音を聞かなかったから。

誰の記憶にも記録にも残らず、そこに痕跡《こんせき》もなかったとすれば、たとえ事実でも「なかったこと」にできる。バレなきゃイカサマじゃない、と似たような理屈だ。

汐《うしお》は今夜の一件をなかったことにしたいと望んでいるはず。だから俺は、今夜のことを綺麗《きれい》さっぱり忘れる。お互い完全に忘れてしまえば、女装も嘔吐《おうと》もなかったことになる。

月曜日、学校に行ったらいつもどおりに振る舞おう。決して、汐に対して変に気を使ったりしないように。今までと同じ、汐はクラスの人気者で、俺は日陰者に徹する。それが汐にとっても俺にとっても、きっとベストな選択だ。

よし、それで行こう。


結論から述べると、休みが明けても汐は学校に来なかった。欠席理由は風邪になっていた。

クラスメイト数人が汐のことを心配したり茶化したりするくらいで、二時間目になる頃《ころ》には誰も話題にしなくなっていた。たぶん女装のことを知っているのは俺だけだ。

あんなことがあったのだから、一日くらい学校を休んでもおかしくない。俺はそう思うようにした。明日になったら何事もなかったように汐は登校してくるだろうと。

でも、次の日も汐は学校を休んだ。

その次の日も。

その次の次の日も……。

日を追うごとに、汐のことを心配するクラスメイトは増えていった。特に汐と仲のいい連中の不安は顕著に表れていた。朝、学校に来て汐の欠席を知るやいなや、グループ内で深刻そうに顔を見合わせて「何かあったんじゃ」「ひょっとして急病とか？」「部活にも来てないんだって」などと話していた。

これは小耳に挟んだことだが、誰も汐と連絡がつかなくなっているらしい。家に出向いても会わせてもらえないだとか。クラスメイトたちが不安になるのも無理はなかった。

俺は悩んだ。

やはり、汐に連絡するべきか。それか直接、会いに行くか。

汐のことが心配だった。もしこのまま学校に来なかったら？　そう考えると、胸が痛んだ。

あの夜、散歩なんかしなければと後悔した。

どうすればいいのか分からないまま、日は流れていく。

そして一〇日が過ぎ、六月も下旬に差し掛かった頃。

朝のHRで、伊予《いよ》先生が「大事な話があります」と切り出したのだった。

＊

「入ってきて」

静まり返った教室に伊予先生の声が響く。

クラスメイト全員が扉に注目した。するとひと呼吸置いて扉が開き、一人の生徒が教室に入ってきた。

教室がざわつく。方々《ほうぼう》から「え?」とか「どういうこと?」とか、そんな戸惑いの声が聞こえた。驚きで目を剥《む》く人、露骨に顔をしかめる人、冗談かウケ狙《ねら》いとでも思ったのか、薄くニヤける人。教室の後方にいると、いろんな反応を目撃できる。だが、驚きつつも心のどこかでこうなることを予想していたのは、この教室できっと俺一人だろう。

ごくりと唾《つば》を飲み、俺は改めて教室に入ってきた生徒に目をやった。

教壇に立つその生徒は、槻ノ木汐《つきのきうしお》だった。

椿岡《つばきおか》高校の女子制服を着た、槻ノ木汐だ。

白状すると、色白で細身な汐に、女子の制服はよく似合っていた。あの公園で見たような窮屈さはない。スカートからすらりと伸びる黒いタイツには、思わず視線を吸い寄せられる。美少年的なルックスも相まって、何も事情を知らない人が見れば女の子だと思うだろう。

だが、同じクラスメイトの俺たちは、汐が男であることを知っている。体育になれば汐は男の中で着替えていたし、汐の所属は男子陸上部だ。だからみんな困惑して、どうリアクションを取ればいいのか分からずにいるようだった。

そんな不安定な空気のなかで、汐はゆっくりと口を開く。

「休んでいるあいだ、メールや電話に応《こた》えられなくてすみませんでした」

当たり前だが、服装を変えても声は男のままだった。

無表情で、汐は諳《そら》んじるように続ける。

「突然のことで驚かせてしまったと思います。実は今まで、自分の性別に疑問を持ちながら生きていました。先週、家族と話し合っていろんなことに決心がついたので、今日から女子としてやっていきます。皆さん、よろしくお願いします」

言い終わると、教室に重い沈黙が下りた。

前方の席で、いつも適当なことをくっちゃべっている男子が手を挙げる。

「え、つまり女の子だったってこと？　汐くんじゃなくて、汐ちゃん？」

軽薄な声が沈黙を切り裂く。教室のどこかで小さな笑い声が聞こえた。

汐《うしお》はわずかに眉《まゆ》をひそめる。

「……別に、そういう認識でもいいよ。呼び方も、自由にしてくれて構わない」

「じゃあさ、トイレとかどうすんの？　これからは女子トイレですんの？」

「それは……」

汐は口ごもる。ばつが悪そうに唇《くちびる》を噛《か》み、目線を下げた。

すると今度は、別の男子が「ていうかさぁ」と間延びした声を上げた。

「すげえ重い空気になっちゃってるけど、さすがに冗談だろ？　めちゃくちゃ気合い入ってるからビビるわ」

なぁ、お前もビビったよな？　とその男子は隣のクラスメイトに同意を求める。

「うん、マジでびっくりした」「まぁ俺は最初から冗談だと思ってた」「けど似合ってるよね」

その男子を中心に、汐をネタにする空気が広がる。彼らは遠回しに「早くネタバラシしちゃえよ」と汐に伝えているように見えた。そこに悪意は感じられない。むしろ、汐に気を使ってそういう空気を作っているのだろう。これ以上、クラスの人気者に恥をかかせないために。

だが汐は、首を横に振った。

「冗談じゃない」

そこまで大きくはない、だが強い意志のこもった声音《こわね》で、汐はそう言った。

クラスメイトの面々は言葉を失い、再び教室は沈黙に包まれる。

「冗談なんかじゃ、ないんだ」

どこまでも真剣な表情で、汐は繰り返した。

凍りつく空気。

隣のクラスから聞こえてくる先生の声が、しんとした教室にやけに大きく響いた。

「――はい、こんなとこでしょう！」

さっきまで静観していた伊予《いよ》先生が、パンパンと手を叩《たた》く。

「それじゃあ汐は席に戻って！　授業、始めちゃうよ〜。今日は漢字テストあるから、みんな覚悟しときな！」

威勢のいい声に、クラスメイトたちは思い出したように国語の教科書を机に出す。

汐は軽く伊予先生に会釈して、自分の席に向かった。

まるで嵐《あらし》が通り過ぎたみたいだった。


一時間目が終わるなり、多くのクラスメイトが汐の席に殺到した。

「その制服買ったの？」「昔から女の子になりたかったとか？」「もしかして下着も女物？」

無遠慮な質問が汐に投げかけられる。その一つひとつに、汐は曖昧《あいまい》な表情で「ああ」「うん、まぁ」と煮え切らない態度で返事をしていた。

「えらいことになってるな」

声のしたほうを見ると、そばに蓮見《はすみ》が立っていた。視線は汐《うしお》に向けられている。

「そうだな。本当、びっくりしてる」

「昔もあんなことが？」

「まさか、初めてだ。そりゃあ顔は美形だから、幼い頃《ころ》は女の子っぽいなって思うことはあったけど……それでも、毎日男として学校に来てた」

「実は女の子だったり、とかは？」

「しねえよ。……たぶん」

「え、自信ないのか」

思い返せば、本当に男かどうかをこの目で確認したことはない。互いの家に泊まることはあったが、風呂《ふろ》は別々だ。それに小学生の頃、汐はプールの授業を休みがちだった。というか、持病とか肌が弱いとかいう理由で、一度も出ていなかったような。

あ、あれ？　もしかして、本当に女の子だったりするのか……？

いやでも、小学校低学年くらいの頃に何度か連れションした記憶がある。そのときは並んでしていた気がするが、その、実物を見たことはない。ん？　でもついてなかったら、そもそも立ってできない……のか？

汐の性別が怪しくなってきたところで、蓮見が「まぁ普通に男だろうけど」と呟《つぶや》いた。

「なんでそう言えるんだよ」

「それ本気で言ってんの？　さすがに性別偽ってインターハイには出られないでしょ」

あ。それもそうか。男女でどうしても筋力の差があるし、部活を続けながら本来の性別を隠し通すのは無理だろう。特に陸上部のユニフォームなんかは、ぴっちりしたものが多いし。

「そっか……じゃあ、やっぱ身体《からだ》は男か。で、中身が女子、ねえ」

「でも、ちょっと腑《ふ》に落ちたかも」

「ええ？」

蓮見のセリフに虚を突かれる。

「だって槻ノ木《つきのき》さ、めちゃくちゃモテるくせに誰とも付き合わなかったでしょ。それって、前からそういう願望があったってことじゃないの」

「あー、なるほど……」

素直に感心してしまう。さっきのインハイ云々《うんぬん》といい、こいつ、結構鋭いな。

たしかに、汐はモテるわりに浮いた話は聞かなかった。てっきり理想が高いか本命の相手がいるからだと思っていたが、そもそも女子に興味がなかったのかもしれない。といっても、心が女だからといって、恋愛対象が男になるかどうかはよく分からないが。

俺は汐に目をやる。

今もなお、記者会見のように汐は質問攻めを食らっている。汐の顔には、少しだけ疲れの色が見えた。

『今日から女子としてやっていきます』

汐《うしお》の言葉が、脳内でリピートされる。

教壇に立つ汐の、あの目。尋常ではない決意を感じた。あの夜、公園で泣いていた汐とは明らかに違う。一体、何が汐をそこまで突き動かしたのだろう。

「おい、どういうことだよ！」

突然の怒声に心臓が跳《は》ねた。

俺と汐――いや、クラスメイト全員が声のしたほうに目をやる。

教室の扉の前。そこに、浅黒く日焼けした長身の男子が立っていた。あいつはたしか、陸上部の能井風助《のいふうすけ》だ。全校集会で汐と並んで表彰されているのを見たことがある。

能井はずかずかと教室に入り込んできて、汐の前で立ち止まる。

「なぁ、ふざけてんのかよ。汐」

怒気を含んだ声。他のクラスメイトは口を噤《つぐ》んで成り行きを見守っている。

「ふざけてるつもりはないよ」

汐は椅子《いす》に座ったまま、能井を見上げてはっきりそう答えた。

「だったら、なんで部活に来なかったんだよ。風邪ってのは嘘《うそ》なんだろ？　そろそろインハイの予選が始まるっていうのに……お前、そんなんでいいのかよ」

「陸上はもう辞めた」

「は？」

　ざわりと教室がどよめく。驚いたのは能井だけではなかった。

　一年生でインターハイにも出場した汐が、陸上部を辞める。帰宅部の俺でも、それがどれだけ大事《おおごと》なのかは理解できた。二年生で部活を辞めるということは、高校生としてのステータスとか信頼とか、今まで費やしてきた努力とか時間とか、そういう青春の結晶みたいなものの大部分を削り落とすことだ。汐は、それを理解したうえで辞めたと言ったのだろうか。

　汐は申し訳なさそうな顔をする。

「相談もせずに辞めて悪かったよ。けど、もう決めたんだ。退部届も朝一番に出してきた。陸上部には、戻れない」

「てめえ、ふざけんなよ」

　能井が汐の胸ぐらを掴《つか》み、無理やり席を立たせた。きゃあ、と女子が悲鳴を上げる。

　慌てて止めに入ろうとした男子を、汐がさりげなく手で制した。汐は落ち着いた——というより、どこか諦《あきら》めたような表情で、能井を見据える。

「風助は、ぼくを殴っていいよ」

「……最後に一つだけ訊《き》くから、真面目《まじめ》に答えろ。汐、朝のＨＲで女子としてやっていく、とか言ったたって聞いたんだけどさ。それ、冗談じゃなくて、本気なのか。陸上部を辞めたっていうのも」

一触即発の空気だった。教室のいたるところに、緊張の糸がピンと張り巡らされているのを感じる。

汐《うしお》の返答は。

「ああ。本気だよ」

「分かった。もういい」

ぱっ、と能井《のい》は手を離した。

汐はゆっくりと席に着き、乱れた襟元《えりもと》を整える。

能井は汐に背を向けて、

「見損なった」

とだけ言い残し、静かに教室から出ていった。

しばらく誰も、何も言えなかった。

*

二時間目の途中で気づいたことがあった。

伊予《いよ》先生だけでなく、他の先生も汐が女子として生活を送ることを知っているようだった。

もし知らなければ、汐の服装を見た時点で何かしら指摘するだろう。なのに、先生たちは動揺する素振りも見せなかった。

たぶん、事前に汐が学校に事情を伝えていたのだ。だから先生たちは、汐の服装にあえて触れないでいる。準備がいいというか、徹底しているというか。本人も言っていたとおり、汐は本気なのだ。本気で、女子としてやっていくつもりなのだ。

「……分かんねえ」

つい独り言が漏《も》れた。囁《ささや》くような声だったので、誰にも届いていないはず。

顔も頭も性格もよくて、そのうえスポーツ万能、しかも女子にモテまくり。それほどたくさん持っているヤツが、これから女子としてやっていく。正直、めちゃくちゃもったいないと思う。汐にとっては、そういう問題ではないのだろうけど。

「やっぱり分からん……」

「ん？　紙木《かみき》くん？　今の難しかったですか？」

しまった！　英語の先生に聞かれた。ていうか、最後尾の席にいて先生に聞かれるとかやばすぎる。どれだけでかい独り言だったんだよ。

「す、すいません。なんでもないです。大丈夫です」

「そうですか？　なら構いませんが」

周りのクラスメイトが訝《いぶか》しげに俺を見る。は、はずい。

ちゃんと授業に集中しよう。思えば一時間目の国語も全然勉強に身が入らなかった。期末考査が近づいているし、今後の授業は余計なことを考えないようにしないと。

——今後の授業。

そういえば、次は体育だ。


チャイムが鳴って英語の先生が退室すると、俺は汐《うしお》の動向を横目で追った。

体育になると、男子は今の教室、女子は更衣室で着替えることになっている。すでに大半の女子は教室を離れていた。

汐は、どうするんだろう。

普通に考えれば、今までどおりこの教室で着替える。しかし女子としての学校生活を徹底するなら、女子更衣室で着替える……ことになるのだろうか。

俺と同じ疑念を抱いているクラスメイトは他にもいるみたいで、彼らは友達と談笑しながらも、汐を凝視していた。

汐は学校指定のジャージを脇《わき》に抱《かか》え、席を立つ。そのまま教室から出ていった。

え、マジ？

誰かがそう呟《つぶや》く。俺もまったく同じことを思った。

男子数人が中途半端に着替えたまま、扉から顔を出す。俺もさりげなくその中に交ざった。

汐は女子更衣室とは逆方向に向かっていた。階段の前を通り過ぎた辺りで足を止め、そばの多目的室に入る。男子も女子もいない空間。あそこが汐専用の更衣室となるらしい。

汐を眺めていた周りの連中は「女子更衣室じゃねえんだ」「ちょっとがっかりしたわー」などと好き勝手に言いながらその場で着替えを再開する。俺は急に野次馬をしていた自分が情けなくなって、そそくさと彼らから距離を取った。

「つーか汐のあれ、マジだと思う?」

自分の席に戻ると、近くにいた男子の会話が聞こえた。

「マジでしょ。さすがにここまで来て冗談でした、はない」

「だよなー先生も知ってるみたいだったし。びっくりだわ」

「でも前から汐って、なんか女っぽいつうか……ちょっとアレっぽいとこあったよな」

「あー、分かる。てかちょっと思ったんだけど、やっぱ汐って男が好きなんかな?」

「ええ?　いや、それはないでしょ」

「でもさー、汐、自分の性別に疑問を持ってた、とか言ってただろ?　それってようするに、中身は女ってことじゃん。なら、普通に考えて恋愛対象は男になるでしょ」

「言われてみればたしかに……じゃあ、今まで着替えのときとかどんな気持ちだったんだろうな、汐」

「そりゃお前、裸いっぱい見られてラッキー、とか?」

「あり得る」

わけないだろバカ。

クソみたいな会話に俺は耳を塞《ふさ》ぎたくなった。なっただけだ。聞きたくないと思っているのに、ヤツらの話に耳を傾けてしまう。

嫌《いや》なものを見たり聞いたりするのって、癖になる。最悪な気分になると分かっていても、やめられない。汐《うしお》をあざ笑う連中に対する義憤、聞いているだけで何もしない自分への嫌悪、そして自分以外の人間が貶《けな》されていることに覚える、わずかな安堵《あんど》。いろんな感情がないまぜになって、黒々とした不快感が胸に広がる。

「てか男が好きって、もろアレじゃん」

「アレってなんだよ、ちゃんと言葉にしろよ」

「いやお前、言わなくても分かってんだろ。そりゃオ―」

そこで理性が勝った。急いでジャージに着替えて俺は教室を出る。そのまま一人で体育館へ向かった。

本当にしょうもないヤツらだ。小学生かよ、と思う。

内心であいつらへの愚痴を吐きながら、俺は過去の出来事を思い出していた。

俺が小学二年生か三年生のときだ。通学路沿いにあるボロっちい平屋に、二人のおっさんが住んでいた。髪が薄いおっさんと、小太りなおっさんだ。二人は朝になると、いつも家の前でラジオ体操をするので、俺たちのあいだでは有名人だった。けど、決して人気者ではなかった。

彼らはこの椿岡《つばきおか》で、落伍者《らくごしゃ》や性的倒錯者といったレッテルを貼《は》られていた。

町の大人は「あの人たちには話しかけるな」と口を揃《そろ》えて言い、子供は彼らを見つけるなりすぐに目を逸《そ》らすか、指をさして笑う。それが椿岡では普通だった。当時の俺は、その状況になんの疑問も抱いていなかった。

だから、上級生が度胸試しで彼らの家に空き缶を投げ込んだり、窓に生卵をぶつけたりしたという話を聞いても、「うわぁ……」以外の感想がなかった。

彼ら二人はとっくに引っ越したようだが、ボロっちい平屋は今でも残っている。

今なら分かる。きっと椿岡には『排他的』の三文字が地中深くに埋まっているのだ。だから椿岡に住む人間はすぐ偏見を持ったり周りと違う人間をバカにしたりする。もちろん全員が全員そうではないし、自分が潔白だとも思っていないが……。

とにかく、すべて椿岡がクソ田舎なのが悪い。

その日の体育は、男子はバレーボールで、女子はバドミントンだった。汐はどちらにも参加しなかった。見学だ。ジャージには着替えているものの、端っこのほうで体育座りし、黙ってレポートを書くだけ。たまに汐の様子を横目で窺《うかが》ったが、体育の時間中、汐が顔を上げている姿は一度も見られなかった。

体育が終わり、休み時間は移動と着替えだけで潰《つぶ》れる。

四時間目の数学は、いつもとなんら変わりなく進行し、チャイムと同時に終わった。昼休みが訪れる。

いつもはチャイムが鳴り次第、五、六人のクラスメイトが汐《うしお》の席に集まるのだが、今日は一人も近寄らなかった。みんな、汐のことを腫《は》れ物《もの》のように扱っているのが空気で分かる。あの汐が昼休みでひとりぼっちになるなんて、少し前まで考えられないことだった。

「槻ノ木《つきのき》のこと、気になってるな」

蓮見《はすみ》が弁当を持って俺の席にやってきた。前の席から椅子《いす》を借り、俺の対面に座る。

「そりゃあ、あんなことになったらな……」

「槻ノ木の友達は薄情だな。難ありだと分かった途端に、みんな距離を置いてる」

そう毒づきながら蓮見は弁当を開き、箸を手に取る。

蓮見の言うとおりだ。だがその「槻ノ木の友達」という括《くく》りに俺も含まれていると思うと、素直に頷《うなず》けなかった。

苦々しい気持ちで俺は鞄《かばん》から弁当を取り出す。そのとき、汐の席に向かう一人のクラスメイトが目に入った。

「蓮見、そうでもないみたいだぞ」

蓮見は口に物を含んだまま汐のほうを見る。

汐に近づいたのは、星原《ほしはら》だった。

「よかったら、こっちで一緒に食べない？」

星原は控えめな笑《え》みを浮かべて、ランチクロスに包まれた弁当箱を胸の前に掲げる。

その光景を目にして、俺は嬉《うれ》しくなった。あれでこそ星原だ。外聞を気にせず誰にでも分け隔てなく接する。そういう無差別な優しさを、俺は本当に好ましく思っている。

「じゃあ……そうさせてもらおうかな」

汐は心なしか嬉しそうに、弁当を持って席を立つ。

星原に連れられ、机を四つくっつけたグループに汐が加わった。そこに元からいたのは星原を含めて四人。西園《にしぞの》アリサと、キラキラした感じの女子が二人。活発そうな小麦肌のショートヘアが真島《ましま》で、クールな感じの長い黒髪が椎名《しいな》だ。いずれも西園グループの基本メンバー。

汐が遠慮がちに弁当を広げると、真島がメロンパンを片手に口を開いた。

「ねえねえ、部活辞めたのってマジなの？」

あまり触れてほしくない話題なのか、汐は少し表情を険しくした。

「……ああ。そうだよ」

「じゃあさ、女子ソフト来なよ。汐なら即レギュラーだよ」

目を丸くする汐。俺も少し驚いた。

真島は、そういうことを言える人だったのか。知らなかった。今まで西園の取り巻きくらいにしか思っていなかったことが、急に申し訳なくなってくる。

「あ、大会には出られないのかな？　でも身体検査とかはないし、なんとかなる……？」

「マリン、先走りすぎ」

と真島《ましま》をたしなめたのは椎名《しいな》だ。

ちなみにマリンというのは真島のあだ名だ。真島凛《りん》だからマリン。おしゃれだと思う。

「えー？　でも汐《うしお》は絶対ソフトやったほうがいいと思うんだよねー。短距離やってたから足速いし。目指せ、盗塁王！」

汐は苦笑する。

「気持ちはありがたいけど……これから部活に入るつもりはないんだ。ごめん」

「ありゃー、残念」

それより、と椎名が話を切り出した。

「槻ノ木《つきのき》くん、もしかしてなんだけど、ちょっとメイクしてる？」

「あー、うん……親にしたほうがいいって言われて、少しだけやってもらった」

「へえ、いいんじゃない？　違和感ないし、女子の制服も似合ってると思うわ」

「ほれ！　あたひも思っは！」

星原《ほしはら》がご飯を口に含んだまま声を上げた。

「なっきー、唾《つば》飛んでる」

真島が星原に注意する。

星原はペットボトルのお茶をあおった。喉《のど》が小さく上下する。飲み口から唇《くちびる》を離すと、ぷはあ、と息を漏《も》らした。

「しいちゃんの言うとおりだよ！　汐くん、身体《からだ》細くて肌めっちゃ綺麗《きれい》だから、すごく似合ってる！　なんなら私以上に！」

「はは……ありがとう。さすがに夏希《なつき》より似合ってるってことはないと思うけど」

「んなことないって！　私なんかもう全然だから！」

星原は興奮気味に褒めそやす。汐はまんざらでもなさそうに、表情を柔らかくしていた。

会話の内容は、普通の高校生にとっては少し不自然かもしれない。だが遠目には、顔のいい女子たちが集まって、何気ない談笑に興じているようにしか見えなかった。平穏を絵に描《か》いたような日常の一コマだ。

俺は思った。

——汐、わりと普通に受け入れられてんじゃん。

朝のHRといい、能井《のい》の来訪といい、事あるごとに空気が凍りついていたので、またそうならないかと心配していた。だが俺の思い過ごしだったようだ。西園《にしぞの》グループの面々に認められたら、もう変にぎくしゃくすることは——。

「ね、アリサも似合ってると思うよね！」

ない、と思ったが、肝心な生徒を忘れていた。

西園《にしぞの》アリサ。

おそらく、このクラスで一番恐れられている生徒。

高飛車で傲岸不遜《ごうがんふそん》、おまけに負けず嫌い。その強気な性格は、彼女の実力に裏打ちされたものだ。ブリーチをかけた髪も、授業中の居眠りも、先生の指摘はすべて学年トップクラスの成績で黙らせてきた。汐《うしお》の陰に隠れがちだが、ああ見えて西園はかなり頭がいい。

そんな実力派なクラスの女王様が、そこがはっきりしないことには、まだ不安が残る。

星原《ほしはら》に話を振られた西園は、箸を止めて気《け》だるそうに顔を上げた。

「ん、ごめん聞いてなかった。何？」

「もう、ちゃんと聞いててよ。汐くんの制服が似合ってるよね、って話」

「ああ、汐……」

西園は胡乱《うろん》げな目で汐を見つめる。

汐が加わってからずっと続いていた会話が止まった。四人とも西園の反応を待っている。

少し長めの間《ま》を空けて、西園は口を開いた。

「うん、似合ってる」

星原は満面の笑《え》みを浮かべた。汐も、ホッとしたのか薄く微笑《ほほえ》む。

「やっぱアリサもそう思うよね！」

「汐は元がいいからね。そりゃ似合うでしょって感じ。しっかりメイクしたらもっと様になるんじゃない？」

「あ、それいいね！」

「あとは服装かなー。骨格が目立たない服を着るとか」

「なるほど～私服のことまで考えてるんだね！」

「ていうか、汐さ」

ん？　と汐が反応すると、西園は何気ない調子で続けた。

「その女装、いつやめんの？」

星原の笑顔が固まった。西園グループの空気が、一瞬で張り詰めるのを肌で感じる。

汐の顔から、笑みが消え失せた。

「……やめないよ」

「なんで？」

「そういうふうに生きるって、決めたから」

「何それ。今まで男として生きてきたんでしょ？　じゃあそれでいいじゃん」

「よくない。今までが間違ってたんだ。これからは、正しく生きる」

「正しく？　正しくって何？　男の身体《からだ》で女の真似《まね》するのが正しい生き方？　今の汐こそ間違った生き方してるように見えるけど」

「そんなこと――」

「ないことないでしょ。完全に間違ってるよ。別に女の子の服を着るなって言ってるわけじゃないんだよ。スカートでもタイツでも穿《は》けばいいよ。でも、そういうのは冗談としてやるか、人に黙ってこっそりやるもんでしょ。おおっぴらにやったらみんな困っちゃうじゃん。実際、何度も気まずい空気になってるし。そういうの、迷惑だと思うんだよね。大体ずっと男として生活してきたのに、今さら女になりたいとか、ワガママだし無責任だよ」

西園《にしぞの》はふっと短く息を吐いて、優しく諭すように表情を柔らかくした。

「だからさ、マジで明日には戻したほうがいいよ。何日も続いたら、さすがにみんな本気にしちゃうし。汐《うしお》もさ、変な目で見られんの嫌《いや》でしょ？　もうやめときなって。今ならまだ冗談で済むからさ」

「アリサ」

汐がいつもよりワントーン低い声で名前を呼ぶ。

そして睨《にら》みつけるほど真剣な目つきで、まっすぐ西園を見た。

「男の槻ノ木《つきのき》汐は、もう忘れてほしい」

その言葉を聞いた途端、西園の顔がみるみるうちに嫌悪と拒絶の色に染まっていく。まるで耐えがたい汚物や親の仇《かたき》を見るような……そんな目で、汐を見た。

「きっしょ。マジで無理だわ」

西園《にしぞの》は自分の弁当を持って立ち上がる。

「似合ってるとかなんとか言ったの、あれ、全部お世辞だから。真に受けないでよ」

そう吐き捨てて、別の女子グループに移った。そこで何事もなかったように、西園は彼女らの会話に加わる。

喧騒《けんそう》にまみれた昼休みの教室。汐《うしお》たちの周りにだけ、重苦しい空気が漂っていた。

＊

今日一日の授業がすべて終わり、放課後が訪れた。

汐は黙々と帰り支度をしていた。部活を辞めた今、あとは帰るだけなのだろう。誰も「一緒に帰ろう」と汐に声をかける人はいない。

俺は数時間前のことを思い出す。

昼休み——西園が去ったあと、星原《ほしはら》は必死に場の空気を盛り上げようとしていた。だがそんな努力も虚《むな》しく、気詰まりなムードは解消されないまま、チャイムが鳴った。五時間目終わりの休み時間になると、星原でさえ汐に近づかなくなっていた。

クラスの人気者から、ひとりぼっちに。汐の胸中を推し量ると、胃がキリキリと痛む。何も悪いことなんてしていないのに。周りが戸惑う気持ちはよく分かるが、誰も汐を批難《ひなん》する権利などないはずだ。もちろん、嘲笑《ちょうしょう》する権利だって。

……なんだかイライラしてきた。

このイライラはクラスメイトに対するものではない。ただ汐に同情するだけで、手を差し伸べるどころか声すらかけなかった、薄情な自分に対するイライラだ。

考えてみれば、こうして汐が女子として登校してきたことに、俺にも責任の一端があるのではないだろうか。俺があの夜、セーラー服を着た汐を目撃しなければ、もう少し波風立てないやり方で、汐は自分の秘密を打ち明けていたかもしれない。

もちろん、ただの推測でしかない。だが少しでもその可能性があるならば、俺はせめてもの償いをすべきだろう。

俺は鞄《かばん》を肩にかけて立ち上がり、汐の席に向かった。

汐がこちらに気づき、俺は机の前で足を止める。

クラスメイトたちの視線が集まってくる。逃げだしたくなるのを我慢して、俺はできるだけ自然に笑《え》みを作った。

「あー、その、よかったら……い、一緒に帰らないか？」

こんなふうに誰かを誘うのは慣れていないので、しどろもどろになってしまった。

汐は目を瞬《しばたた》かせる。けれどすぐ、柔らかな笑みを浮かべて頷《うなず》いた。

「うん。帰ろう」

鞄《かばん》を背負い、汐《うしお》は席を立った。そのまま二人で教室を出る。背中に視線を感じたが、俺は振り向かなかった。


外の空気は、六月らしい湿り気を帯びていた。

自転車を押しながら、俺と汐は舗装された田んぼ道を並んで歩いていた。登下校に使う一本道とは別の、細い道路だ。住宅街までやや遠回りになるが、車も自転車もめったに通らないので、喋《しゃべ》りながら帰るのに適している。

俺は汐を横目で窺《うかが》う。高い鼻筋に、二重《ふたえ》の目。銀色の髪が、一歩踏み出すたびに柔らかく揺れる。伏し目がちで、長いまつ毛が下を向いていた。

視線を下げていくと、控えめに突き出た喉仏《のどぼとけ》に目が止まり、「やっぱり男なんだな」と思ってしまう。この辺りは骨格の問題なのだろう。とはいえ、他に男を感じさせるような部分はなかった。肌は色白で綺麗《きれい》だし、脚のシルエットを強調する黒いタイツには、正直、色気すら覚える。どこからどう見ても、外見は女の子だ。

「……咲馬《さくま》、めっちゃ見てくるじゃん」

「え？　あ！　す、すまん！」

慌てて謝る。勝手に品定めみたいな真似《まね》をしている自分が、猛烈に恥ずかしくなった。

汐は不安そうに視線を下げる。

「やっぱ、変……?」

「いや、そんなことないって！　女子って言われても普通に通用する。全然、変じゃないから。これはマジで」

「そ、そう？　なら、いいけど」

俺は内心ホッとする。学校で散々な目に遭《あ》った汐を、これ以上困らせたくなかった。

「今日は大変だったな。休み明けだってのに、いろいろあって……」

「ああ……今日は本当、めちゃくちゃ疲れた。もうくたくただよ。フルマラソンを完走したときでも、ここまで疲れなかった」

おかげで今夜はよく眠れそうだけどね、と言って汐は苦笑いを浮かべる。数年ぶりに汐の口から弱音を聞いた気がする。それほど辛《つら》い一日だったのだと思うと、俺は一層痛ましい気持ちになった。

「あとはゆっくり休んでくれよ」

「うん、そうする」

汐が頷《うなず》き、そこで会話が途切れる。

唐突に、一〇日前のあの夜——セーラー服を来てベンチに座る汐の姿が、脳裏に浮かび上がった。あの夜、何があったのか。それはこの一〇日間、ずっと俺を悩ませてきた謎《なぞ》だ。けど、俺はその疑問を口にはしない。互いに忘れたほうがいいと、今でも思っているからだ。

他の話題を探しながら、田んぼのほうに目をやる。アオサギがそろりそろりと歩きながら、たまに泥中の虫をついばんでいた。やがて大きく翼を広げ、飛び立つ。青い空には二本の飛行機雲が交差していた。

「こうして汐《うしお》と一緒に帰るの、久しぶりだな」

ふっと頭に湧《わ》いた話題を、そのまま口に出す。すると汐は「そうだね」と相槌《あいづち》を打ち、遠くを見やるように視線を上げた。

「中学からだっけ、一緒に帰らなくなったの」

「ああ。お互い違う部活に入ったり……いろいろ、あったから」

この「いろいろ」は俺だけの事情だ。あえてあやふやな言葉を使ったことに、少し罪悪感を覚える。けど汐は特に気にする様子もなく、静かに口を開く。

「いろんなものが変わっていく……ぼくは、ずっと小学生のままがよかったよ」

「そうか？　俺はさっさと高校を卒業して、こんな田舎から抜け出したいけどな」

「咲馬《さくま》は昔からそればっかりだね」

「この町は田んぼに囲まれた牢獄《ろうごく》だよ。気づけばみんな泥の中だ」

「はは、何それ」

笑ってくれて安心する。半分くらいは本気で言ったつもりだが。

田んぼ道も終わりが近づき、正面に団地が見えてくる。団地の手前で、椿岡《つばきおか》中学の生徒と思しき五、六人くらいの女の子が、楽しそうにだべっていた。

汐はそんな彼女らを見るなり、なぜか憂鬱《ゆううつ》そうな顔をして、小さくため息を吐《つ》いた。

「どうした？」

と俺が訊《たず》ねると、汐は少し慌てたように「何が？」と問い返した。

「何がって。今、ため息吐いてたから」

「あ、聞かれてたか……ごめん。ちょっと、妹のこと思い出して」

「なんかあったのか？」

「ここ最近、操《みさお》が口利いてくれなくてさ」

あの操ちゃんが？　反抗期、とは聞いていたが……ひょっとして、汐の格好に関係しているのだろうか。

「それ、理由を訊《き》いても大丈夫なやつ？」

一瞬、汐の顔が強張《こわば》ったように見えた。本当に一瞬だったので、気のせいかもしれない。

「いいよ。楽しい話じゃないけど、いずれ咲馬に話そうと思ってたし」

「俺に？」

「一〇日前のことなんだ」

俺はドキリとする。汐はあの夜のことを話すつもりなのだろうか。あえて触れないでいたが……正直、気になってはいる。

俺は息を呑《の》み、続きを促した。

汐《うしお》は歩くペースを落とす。それは、言外に話が長くなることを示していた。

「帰りが遅くなるって書き置きが、机の上にあったんだよ」


部活が終わって、家に着いたのは、たしか七時くらいだったと思う。

あの日、家には操《みさお》しかいなかった。父さんはいつも帰りが遅いから気にしなかったけど、この時間に雪《ゆき》さんがいないのは珍しかったんだ。それで、「雪さんは?」ってリビングにいた操に訊《き》いたら――ああ、雪さんってのは新しい母さんのことね。……そうそう、ぼくが中学のときに父さんと再婚した人。

それで、操に声かけたら、

「机の上」

って言われてさ。見てみたら、さっき言った書き置きがあったわけだ。職場の飲み会に参加して帰りが遅くなります、ご飯は冷蔵庫にあるので温めて食べてください……って。ご飯だけ作って、また家を出かけたらしい。

そういうこともあるか、って思って、先にシャワー浴びることにしたんだ。それで、さっぱりして脱衣所から出てきたら、操が外行きの格好してて。

「どっか行くの?」

って訊いたら、

「友達と勉強会。ちょっとファミレス行ってくる」

そのとき、もう夜の八時だった。八時だよ？　そんな時間に中学生だけで外を出歩くのは危ないし、勉強なんて家でもできる。そう言ったんだけど、話、全然聞いてくれなくて。

「うるさいな。一〇時までには帰るから」

って言って、出て行っちゃったんだよ。昔はぼくにべったりだったんだけど……これってやっぱり、反抗期だよね。

とにかくそんな感じで、家にはぼく一人になった。

ご飯食べて、柔軟して、そしたら暇になっちゃって。宿題もなかったし、だらだらテレビ見てた。適当にチャンネル回してたら、全国のすごい高校生特集、みたいなのやっててさ。セーラー服を着た女の子が、ギター弾きながら、楽しそうにアニソンを歌ってたんだよ。

それ見て……なんだろうね。なんか、悲しくなっちゃってさ。ぼくとあの子で何が違うんだろう、ってそりゃまぁいろいろ違うんだけど、すごく落ち込んで。

ふと、思ったんだ。

思ったっていうか、衝動みたいな感じだった。

確認したくなったんだよ。セーラー服が、自分に似合うかどうか。

こんなことは初めてだった。心臓をバクバクさせながら、階段を上って、何年かぶりに操の部屋に入った。制服は壁に吊《つ》るされてたから、すぐに分かった。

それで、散々迷ってから、思い切って着てみたんだ。かなり小さかったけど……入った。スカートのフックもちゃんと留まった。タイは、結び方が分からなかったから、しなかった。そばにあった鏡を見て、「これはいけるんじゃないか?」って思ったよ。あのとき、アドレナリンとかドーパミンとか、そういう脳内物質がドバドバ出てたと思う。それで、ここまで来たら靴下も合わせてみよう、って気分になってさ。今思うと正気じゃなかったね。

でも、さすがに妹のチェストを開ける気にはなれなくて。やっぱり、操《みさお》にも見られたくないものとかあるだろうし……勝手に制服借りといて、今さら何言ってんだって話だけど。

少し考えて、洗濯して畳まれた操の靴下がリビングに置いてあったな、ってことを思い出したんだ。それで、操の部屋を出て、階段を下りたら——あー……咲馬《さくま》が覚えてるかどうか分かんないけど、ぼくの家って、玄関を入ってすぐのところに階段があるよね。だから、二階からリビングに行こうとしたら、一度玄関の前を通らなくちゃいけなくて。

うん……帰ってきたんだよ、操が。

完全に油断してた。家を出てから三〇分も経《た》ってなかったんだ。

ぼくも操も、完全に凍りついた。一分くらい、本当に何も言えなかった。

最初に操が「何それ」って言ったんだ。「なんで私の制服着てるの」って。

説明のしようがなかった。妹のセーラー服を着る正当な理由なんて、どこにもないんだよ。

ぼくが答えられずにいたら、操は……なんていうか、もう、壮絶な状態になった。止まらなかった。あれだけの罵倒《ばとう》の言葉を、一体どこで覚えたのか、不思議になるくらいだった。

それで、ぼくは……逃げたんだ。靴も履かずに、家を飛び出した。走ってるうちに、とんでもなく惨《みじ》めな気持ちになってきて、全力で走って、とにかく走って……あの公園に、たどり着いたんだ。

そこで起こったことは、説明しなくても知ってるよね。

あのあと、家に帰ったら父さんと雪《ゆき》さんがいて、家族会議みたいなことになっちゃってさ。いろいろ、話し合った。今後のことを決めて、しばらく学校を休むことにしたんだ。

で、操は……あれから口を利いてくれなくなった。ただ、たまにすごい目でぼくのことを見てくるんだよ。まぁ、全部、ぼくのせいなんだけどさ。

……と、ずいぶん長話になっちゃったけど、そんな感じだ。

ふぅ、と汐《うしお》は息を漏《も》らす。

俺は頭の中がぐらぐらしていた。ある程度の覚悟はしていたが……想像以上に重い。正直、反応に困る。けど、絶対にそんなことは言えない。たぶん汐は、あえて赤裸々に話すことで、過去に折り合いをつけようとしているのだ。ひょっとすると、笑い飛ばしてほしいのかもしれない。

でも、俺は笑うどころか「大変だったな」の一言すら言えなかった。何を言っても薄っぺらな励ましにしかならない気がした。それでも何か言わなきゃ、という気持ちだけが先行して、バカみたいに口を半開きにしているしかなかった。

汐《うしお》は自嘲《じちよう》気味に笑う。

「あー、ダメだ。話したら楽になるかと思ったけど、辛《つら》くなるだけだったかも」

汐は足を止める。

気づけば住宅街の手前まで来ていた。この三叉路《さんさろ》が俺と汐の分かれ道となる。

「ごめん。せっかく誘ってもらったのに、こんな空気にしちゃって」

「いや、全然、そんなこと。そもそも、俺が最初に訊《き》いたから……」

「いいよ。いつか話すつもりだったし」

汐は薄く微笑《ほほえ》んでみせる。愛想のいい自然な笑顔に見えるが、きっと作り笑いだ。

「……あんまり、無理するなよ」

「してないよ」

やや食い気味にそう返事をして、汐は数歩だけ足を進めた。

「ねえ、咲馬《さくま》」

視線を俺に向ける。汐はこちらを見ているのに、どこかずっと遠くのものに焦点を合わせているような感じがした。

「ぼく、間違ってるのかな。それとも、間違えたのは──」

そこで言葉を切り、汐《うしお》は、ふっ、と鼻で笑った。

「ごめん、なんでもない。今日は誘ってくれてありがとう。それじゃ」

自転車に跨《また》がり、スカートから伸びる足がペダルを踏み込む。

汐の背中が見えなくなるまで、俺は三叉路《さんさろ》の真ん中で立ち尽くしていた。

＊

別れ際に見た汐の悲しそうな顔が、ずっと脳裏に焼き付いていた。

あのとき、俺はどんな言葉をかけてやるのが正解だったのか。帰宅してから、着替えもせずベッドに寝転がってそんなことを考えていた。かれこれ一時間くらい経《た》つが、答えは一向に出てこない。仮に答えが出たところで、今さらどうにかなるわけでもないのに、悩まずにはいられなかった。

思えば今日一日、汐のことばかり考えている。少し前まで別世界の人間だと思っていた相手のことで、どうしてこれほど頭を悩ませているのか。自分が分からなくなってきた。

「はぁ……」

陰鬱《いんうつ》な気持ちで天井を眺めていると、いきなり部屋のドアが開いた。

「電子辞書貸して」

彩花《あやか》だ。椿岡《つばきおか》中学の制服から野暮ったいスウェットに着替えていた。

俺は反動をつけて上体を起こす。

「あのさ、毎回言ってるけど、部屋入るときくらいノックしてくれよ」

「やだ」

なんでだよ。たかがドアを二、三回叩《たた》くだけなのに。いつか事故るぞ、マジで。

ここは一つ、キツく注意を……と思ったがやめた。俺が怒ると、彩花は俺の弱みや触れてほしくない部分を、ひたすら容赦なく攻撃してくる。切れ長の目といい、肩でスパッと切り揃《そろ》えられた髪といい、とにかくエッジの効いた妹なのだ。兄でありながら逆らえない。

「しゃあないな……。たしか、どっかの引き出しに……」

ベッドから立ち上がり、勉強机に向かう。引き出しを上から順に開けて、電子辞書を捜した。

「……なぁ。彩花はさ、友達が秘密を打ち明けてきたらどうする？」

手を動かしながら、さっきまで悩んでいたことを口に出した。

「友達？　お兄にいたの？」

「失礼なヤツだな。そこはどうでもいいんだよ。彩花ならどうするかって話」

「そんなの、秘密の内容による。てか電子辞書まだ？」

「そう焦るな……あ」

見つけた。サイドワゴンの三段目から、電子辞書を取り出す。

「あった？　じゃあ貸して」

彩花《あやか》がこちらに手を差し出してくる。だが俺は電子辞書を渡さない。

「さっきの質問、答えてくれよ。物《ブツ》はそれからだ」

「はぁ？　めんどいんだけど」

「頼むよ」

このとおり、と両手を合わせると、彩花は舌打ちをして「だる……」と呟《つぶや》いた。

「どんな秘密？　恥ずかしいこと？　それとも悪いこと？」

「えーと、人に言えないようなこと？」

「秘密は全部そうでしょ」

それもそうか。汐《うしお》のあの話は、どういう秘密になるのだろう。妹の制服を勝手に着たことがバレた、というのは……。

「恥ずかしい秘密、になんのかな」

「じゃあ、それくらいみんなもやってるよ～とか適当に言ってあげればいいんじゃない？　自分一人じゃないって知ったら、安心するだろうし」

「うーん、今回のはかなり特殊だと思うから……それは通用しないかな」

「めんどくさいな～。じゃあお兄の秘密でも教えてあげたら？　それでイーブンでしょ」

「そういう問題じゃ……いや、そういう問題なのか……？」

どうなんだろう、と考えていたら、電子辞書をひったくられた。

「もう十分でしょ。じゃ」

一方的に話を終わらせて、彩花は部屋から出ていった。

俺は立ったまま彩花の助言を咀嚼《そしゃく》する。秘密の交換、イーブン。乱暴な理屈だが、アリかもしれない。

「秘密、ねえ……」

ちら、と本棚に目をやる。正確には、本棚の裏にあるものを。

――いや、でも……さすがにアレは……ううん……。

唸《うな》る。頭の中にある天秤《てんびん》が左右に揺れていた。

しばらく考えた末、俺は腹をくくることにする。正直、めちゃくちゃ嫌《いや》だが、嫌だからこそ、示す価値があるはず。

よし。アレを汐に見せよう。

そう決心したところで、机に置いていた携帯が震えた。電話だ。こんなときに誰だよ、と思いながら携帯を手に取る。発信者は星原《ほしはら》だった。

「うぉ」

驚いて変な声が出た。女子からの電話。めったにないことなのでパニックに陥る。ど、どうしよう？　いやどうしようじゃないだろ。さっさと出ろバカ。動揺しながら俺は電話に出る。

「か、紙木《かみき》ですが」

『星原《ほしはら》です！　急に電話してごめんね？　今大丈夫？』

電話越しでも、すっと耳に届く明るい声。胸が躍り、自然と口元が緩んでしまう。

「全然大丈夫。今、めちゃくちゃ暇だったから」

『そう？　よかった〜。実は紙木くんに教えてもらった本、読み終わってさ。メールの文章考えるの苦手だから、口で感想伝えようと思って電話かけたんだ』

「そ、そうか。メールでも電話でもなんでも——」

いいよ、と言うのと同時に隣から「ドン！」と壁を叩《たた》かれる。まずい。彩花《あやか》が怒っている。また「うるさい」とか「死ね」とか言われたくないので、俺は急いで部屋を出た。階段を下り、勝手口からつっかけを履いて外に出る。ここでいいだろう。

『もしもし？　紙木くん聞こえてる？』

「ああ、悪い。ちょっと移動してた。部屋で電話すると妹が怒るんだよ」

『へ〜紙木くん妹いたんだ！　いいなぁ、私、一人っ子だから兄妹《きょうだい》って憧《あこが》れる』

「全然いいもんじゃないぞ。俺なんか毎日キモいとかウザいとか言われてるし」

『えー、そうなの？』

「ああ。物を投げられるときもある」

『ええー！　それは大変だね……』

ちなみに投げてきたのはティッシュ箱だ。俺が間違って彩花のアイスを食べたことが原因だった。投げても壊れたり怪我《けが》したりしないものを選んでいる辺り、まだ冷静だったなと思う。

『でも、やっぱ羨《うらや》ましいかも。私んとこ親が共働きで、学校から帰ってきたら基本一人だからさ。それって結構、寂しいよ』

たしかに、あんな妹でもいなくなったら寂しいかもしれない。

星原が誰とでもすぐ打ち解けて友達が多いのは、そういった寂しさの裏返しなのだろうか。

『あ、ちょっと湿っぽくなっちゃったね！　話戻そっか！　本の感想なんだけど――』

それから星原は、俺が薦めた『ハリモグラの夢』の感想を熱烈に語ってくれた。

やや難解な要素を含んでいるので、楽しめるかどうか少し不安だったが、星原は気に入ってくれたようだった。個々のシーンを挙げて、率直な感想を聞かせてくれた。

意外だったのは、星原が予想以上に読み込んでいたことだ。「あれって最初に出てきたネックレスだよね？」とか「あのセリフはおじいちゃんの受け売りなのかな」とか、細かい伏線もちゃんと認識していた。案外、長文を読むことには慣れているのかもしれない。

『また面白い本教えてよ！　ちゃんと読むからさ』

「ああ、もちろんいいよ。リストにしてメールで送るよ」

『ありがとー！　こんな話できるの紙木くんだけだよ～』

他意はないと分かっていても、そういうセリフはめちゃくちゃ嬉《うれ》しくなってしまう。携帯の通話って、あとから録音できたっけ。

「俺はいつでも暇だから、好きなタイミングで電話なりメールなりしてくれよ。俺も、その、こんな話できるの星原《ほしはら》だけだから……」

うわ。言ってる途中で恥ずかしくなってしまった。

『分かった！　そうする！』

よかった。聞こえなかったみたいだ。スルーされたとは考えない。

安心したところで、夕方六時を告げるチャイムが遠くで鳴った。見上げると、暮れそめた空が赤く燃えている。

「じゃあ、またあとでメール送るから」

『うん。——あ、ちょっと待って』

「ん？」

『紙木《かみき》くんさ、今日の放課後、汐《うしお》くんと一緒に帰ってたよね？』

脈絡のない話に意表を突かれる。

「ああ、一緒に帰ったけど……それが？」

『ちょっと気になって。紙木くん、ああいうこと今までしなかったと思うから』

「まぁ、そうだな。あのときは汐のことが心配で……それに、一応幼馴染《おさななじみ》だし」

『そうなの!?』

キンとした高い声に、思わず携帯から耳を離す。そこまで驚くことだろうか。

「昔は仲がよかったんだ。最近は全然喋《しゃべ》らなくなってたけど……あんなことがあったら、やっぱ気になっちゃうだろ。それで、思い切って誘ってみた」

『そっか……紙木くん、友達思いだね』

「いや、そんなこと──」

『ううん、すごいと思う。私は……前まで汐くんとは普通に話してたけど、今はもうどう接すればいいのか分かんなくなっちゃった。汐くんとアリサが衝突してからは、話しかけていいのかも自信なくて……人間関係、難しいよ』

意外だった。星原の口からそんなセリフが出てくるなんて。

俺が知っている星原夏希《なつき》は、どんな相手とでも難なくコミュニケーションが取れる、天性の愛されキャラだ。しかしその認識は、改めたほうがいいのかもしれない。星原も、人付き合いで悩むことがあるのだ。

「……どう接すればいいのか分からないのは、俺も同じだよ。でも、分からないから近寄らないっていうのは、楽だけど、そこで終わりだから……。それに、今のままだと落ち着かないし、俺はもう少し汐と関わってみようと思ってるよ」

ひと呼吸置いて、俺は続ける。

「なんて、友達少ない俺が何言ってんだって話だけどさ」

『……ううん。やっぱり、紙木《かみき》くんはすごいよ』

「そ、そう?」

また褒められてしまった。素直に嬉《うれ》しい。

『なんか胸が軽くなった気がする。ありがと紙木くん! 話せてよかった』

「や、こちらこそ。本の感想、聞けて嬉しかったよ」

『いえいえ〜。じゃあ、メール待ってるから。またね!』

「ああ」

通話が切れる。

俺はその場で背伸びをする。夕暮れの空が綺麗《きれい》だった。星原《ほしはら》と話したあとは、いろんなものが鮮やかに見える。もっと星原と話したい、と思う一方で、あんまり入れ込みすぎるなよ、ともう一人の俺が警鐘を鳴らしている。どちらの声に従うべきなのか。なんともいえないところだが、今は難しいことは考えず、ただ余韻に浸っていたかった。

「さて」

部屋に戻ろう。また星原にオススメする小説をピックアップしなければ。

それと、汐《うしお》に渡すアレも用意しておかないと。

＊

翌朝。いつもより早めに家を出た。からりと晴れた空のもとを自転車で駆け抜け、椿岡《つばきおか》高校に到着する。昇降口で上履きに履き替えてから、俺は汐のシューズボックスを覗《のぞ》いた。靴がないのでまだ来ていないようだ。俺は昇降口の壁に寄りかかり、待つ姿勢を取った。

汐に渡したいものがあった。だからこうして待っている。

この時間の昇降口は、穏やかな空気が漂っている。あと一〇分もすれば一気に生徒が流れ込んできて、辺りは騒々しくなるだろう。登校ラッシュの前に汐が来てほしいところだ。

しかし五分、一〇分と過ぎても汐は現れなかった。やがて登校ラッシュもピークを超える。

いつもならこの時間には、もう汐は教室にいた。陸上部を辞めたことで、生活リズムが変わったのだろうか。

「何やってんの？」

「わ」

急に話しかけられて驚いた。誰かと思ったら蓮見《はすみ》だ。前々から思っていたが、この男、やけに存在感が薄い。

「驚かせんなよ……汐を待ってるんだ」

「槻ノ木《つきのき》？　へえ、珍しい」

「まぁな。けどなかなか来ないんだよ、寝坊かな」

「……槻ノ木《つきのき》、来んのかな」

蓮見《はすみ》は独り言みたいにそう呟《つぶや》いた。俺はつい眉間《みけん》に力が入る。

「来るのかなって、どういう意味だよ」

「だってほら、昨日、能井《のい》とか西園《にしぞの》とかとめちゃくちゃ険悪になってたでしょ。それからみんな槻ノ木のこと避け始めてたし。俺なら学校来るの嫌《いや》になるけど」

「それは……」

反論しようとしたが、言葉が見つからなかった。

蓮見の言っていることも一理ある。というか、普通にあり得る話だ。昨日の神経をすり減らすような数々の出来事は、汐《うしお》にとって相当堪《こた》えるものだったに違いない。事実、俺と下校していた際に、汐は珍しく弱音を漏《も》らしていた。しかも、その帰り道でもまたぎくしゃくした空気になってしまった。俺が汐なら、学校に行くのが憂鬱《ゆううつ》でたまらなくなる。

「ま、あくまで俺の推測だから。槻ノ木のことなら紙木《かみき》のほうが詳しいだろうし、来ると思ってるなら、待ってたらいいんじゃない？」

「そりゃあ、ぎりぎりまでは待つけど……」

不安になってきた。別に汐が来なくても困ることはないのだが、もし不登校にでもなったら後味が悪い。

電話でもかけてみたほうがいいのだろうか、などと考えていると、昇降口に星原《ほしはら》の姿を見つけた。星原は何やら慌ただしそうに靴から上履きに履き替える。その際、俺たちの存在に気づき、こちらに走り寄ってきた。

「紙木くんと蓮見くんだ。おはよ！」

朗らかな笑《え》みを浮かべる星原。俺はつられて笑顔になってしまう。

「ああ、おはよう」

「おはよう星原さん」

星原は昇降口の壁にかけられた時計を見て「やば」と呟く。

「今日さ〜数学の宿題やってなくて今から急いでやんなくちゃいけないんだよ〜。だから、先に行くね。じゃ！」

どひゅん、と効果音が聞こえそうな勢いで星原は走りだした。その場にほんのり甘い香りが残る。数学は一時間目だ。今からやって間に合うのか……？

「じゃあ紙木、俺もそろそろ行くから」

「ああ、了解」

星原に続くように、蓮見も教室へと向かった。

壁の時計を見ると、ＨＲの開始まで残り五分を切っていた。俺もそろそろ教室に行ったほうがいいかもしれない。汐には今すぐ渡さなきゃいけないものでもないし、最悪、家に届けるという選択肢もある。

仕方ない、待つのは諦《あきら》めよう。

教室に足を向けようとした、そのとき。視界の端に、銀色の髪がちらついた。

ああ、汐《うしお》だ。よかった、ちゃんと登校してきた。それに、女子の制服を着ている。いろんな生徒に好奇の目で見られて、失望されて、避けられて……それでも汐は、自分の生き方を曲げるつもりはないようだ。ただ普通に歩いているだけの姿に、俺は感動する。

汐に向かって軽く手を挙げると、汐は少し驚いたように俺を見た。上履きに履き替え、こちらにやってくる。

「おはよう。誰か待ってるの?」

汐は少し元気がないように見えた。目の下に薄いクマができていて、声に張りがない。昨日の疲れが残っているのかもしれない。

「ああ、汐を待ってたんだ。ちょっと渡したいものがあって」

「ぼくに?」

頷《うなず》きながら、俺は自分の鞄《かばん》からＡ４用紙の束を取り出す。一〇〇枚以上はあるずっしりしたそれを、汐に渡した。

「これは?」

「俺が中学のときに書いた自作小説だ」

小説？　と汐は怪訝《けげん》そうに眉《まゆ》を寄せ、両手で抱《かか》えた原稿に目を落とす。

「ええと……〈終末のヴァ」

「あー読み上げなくていい。早く鞄にしまって家で読んでくれ。いや、無理して読まなくていいけど」

「はぁ……？」

「歩きながら話そう。このままじゃ遅刻する」

言って、俺たちは早足で教室に向かう。

「なんで急に小説？　感想を聞きたいとか？」

「いや、絶対ひどいから感想はあんまり聞きたくないな……」

「じゃあ、なんで渡したんだよ」

苛立《いらだ》たしげに訊《き》いてくる汐に、俺は理由を率直に伝える。

「それ、ずっと秘密にしてたことなんだ」

「秘密って？」

「俺さ、今まで誰にも言ってなかったんだけど、一時期作家に憧《あこが》れてて。中学んとき、小説を書いて新人賞に出したんだ。そしたら予選落ちで、しかもボロックソに酷評されてさ。自分の書いたものがゴミに見えてきて、少しでも作家に憧れたことが恥ずかしくなって……だから今まで黙ってたんだ」

汐《うしお》は小さく頷《うなず》く。俺は話を続けた。

「昨日、汐は自分のこと話してくれただろ？　それってたぶん、誰にも聞かせたくない話だったと思うんだ。だから、俺も人に言えない秘密を差し出すべきかと思って、小説のことを話した。これで、イーブンだ」

彩花《あやか》の受け売りで話を締めてから、俺はあることに気がついた。

これ、一つも汐のためになってなくないか？

俺が小説を書いていたかどうかなんて汐にはどうでもいいだろうし、それが俺の秘密なんだよ、とか言っても、あっそう、って感じだろう。しかもよくよく考えたら、自分がゴミだと思っているものを人に渡して「これでイーブン」はおかしい。体《てい》よくゴミの処分を任せたみたいになってしまった。

やばい。ちょっと怖くなってきた。汐、怒ったりしないかな……？

そっと汐の顔を窺《うかが》う。すると汐は、呆《あき》れたようにため息を吐《つ》いた。

「咲馬《さくま》は面白いこと考えるね」

「ええと……それ、褒めてるのか？」

「ああ。まさか昨日の帰り道で話したことが、咲馬にとって黒歴史の小説と同程度のものだったなんて、思わなかったよ」

「あ、いや、決してバカにしてるわけじゃ」

「分かってる。別に怒ってないよ。ただ、真面目《まじめ》に考えるのがバカバカしくなっただけ」

そう言って、汐は少し笑った。

「ありがと。咲馬の小説、じっくり読ませてもらうよ」

「ああ、うん。じっくりは読まなくていいけど……」

結果オーライ、と考えていいのだろうか。たぶんいいはず。汐、笑ってたし。ちょっとでも元気を取り戻せたなら、それ以上言うことはない。俺の胸のつかえも、取れた気がする。

教室に着く。同時にチャイムが鳴って、俺と汐は慌てて自分の席に向かった。


クラスの状況は昨日と変わらなかった。

生徒たちは誰も汐に話しかけようとせず、汐は汐で孤独を貫いている。授業中、先生に当てられてようやく言葉を発するくらいで、汐は完全に気配を消して過ごしていた。

俺は何度か汐に声をかけようとして、だけど、一度も実行に移せたことはなかった。教室で汐に話しかけると、否応《いやおう》なくクラスメイトの視線を集める。今までずっと目立たず過ごしてきた俺にとって、その状況に陥ることにはかなり抵抗がある。

別に無理して話しかける必要はない。だが一人ぼっちでいる汐をただ見ているだけというのは、どうも薄情な気がして落ち着かなかった。

そんなやきもきした気持ちを抱《かか》えたまま、昼休みが訪れる。

机の上を片付けていると、星原《ほしはら》が弁当を持って汐《うしお》の席に近づくのが見えた。

昨日あれだけ険悪なムードになっていたのに、また食事に誘うつもりなのだろうか。素直に感服した。さすが星原だ。ただ見ているだけの自分が情けなくなる。

星原は汐の前で足を止めて、昨日と同じように、弁当箱を掲げる。

「ね、よかったら一緒に――」

「夏希《なつき》」

西園《にしぞの》の冷たい声が遮《さえぎ》った。

星原がおそるおそる振り向く。西園は数人の女子に囲まれて扉の前に立っていた。その中には真島《ましま》と椎名《しいな》もいて、彼女らは気まずそうに目線をさまよわせている。

星原が汐に話しかける途中だと知ってか否か、西園は続けた。

「今日は食堂で食べようと思ってるんだけど。夏希も来るよね？」

平然としながら、有無を言わせない強い語調だった。

星原は困ったように西園と汐を交互に見やる。そんな星原を見かねてか、汐は無言で「行きなよ」というふうに、西園たちを軽く顎《あご》で示した。

星原が、弁当を握る手にぎゅっと力を入れたのが分かった。彼女は何かを振り切るように、勢いよく西園のほうを向く。

「わ、私は……教室で食べようかなー、なんて。えへへ」

明らかに無理して笑いながら、そう言った。

星原のささやかな反抗に、西園の眉根《まゆね》がぴくっと動く。まさか断られると思っていなかったのだろう。不機嫌そうに目を細め、星原を凝視する。

「あっそ。いいよ、好きにすれば」

そう言って、西園たちは教室から出ていった。

もっと突っかかるかと思ったが、意外とあっさり引き下がった。だがその潔い態度が、逆に恐ろしかった。星原もそう感じているのか、汐の対面に座りつつも、まだ緊張した様子でいる。

「いいの？」

と心配そうに汐が星原に声をかけた。それに星原は「全然大丈夫！」と明るい声で答えていたが、おそらく空元気だろう。二人が食事を始めてからも、星原は不安を隠しきれずにいた。

汐だけでなく、星原も西園と対立することになるかもしれない。もしそうなったら……俺は、何かすべきなのだろうか。そもそも、俺にできることなどあるのだろうか？

今日一日の授業が終わり、教室の空気が弛緩する。

俺は帰り支度をしながら、さりげなく汐に目をやる。すると汐もこちらを見て、視線がぶつかった。が、すぐ目を逸《そ》らされてしまう。汐は鞄《かばん》に教科書を詰め、教室から出ていった。

——今日は一緒に帰らないのか。

残念なような、少しホッとしたような、複雑な気持ちになる。俺は大して中身の入っていない鞄《かばん》を肩にかけ、ゆっくりと教室を出た。

昇降口に着くと、汐《うしお》が壁に寄りかかっていた。まるで今朝の俺みたいに。もう帰ったとばかり思っていたが、何をしているんだろう。目の前を通り過ぎる気にもなれず、声をかける。

「どうしたんだ?」

汐はこちらを見て、少し困ったような表情をした。

「いや、別に。何も」

「あ、そう」

「……じゃあ、帰る」

汐は背を向ける。なんなんだ一体——と疑問に思った瞬間、ハッとする。

もしかして、俺を待っていたのか?

「汐」

名前を呼ぶと、振り向いた。少しばかり気恥ずかしさを覚えながらも、俺は言葉を紡ぐ。

「……予定がないんなら、一緒に帰るか?」

汐は目を見開き、だが次の瞬間には何事もなかったように、こくりと頷《うなず》いた。

「うん、一緒に帰ろう」

……回りくどいというか、なんというか。汐が何を考えていたのかは分からないが、なんだか茶番じみたやり取りだった。ともかく、二人で下駄箱に向かう。

靴に履き替え、玄関扉を抜けたところで、背後から「待って！」と声がした。振り向くと、呼びかけたのは星原《ほしはら》だった。忘れ物でも届けに来たのだろうか。

星原は上履きのまま俺たちのもとにやってくると、おずおずと切り出した。

「えっとさ……私も、一緒に帰っていい？」

マジで！　と声が出そうになる。あの星原と一緒に下校。こみ上げてくる嬉《うれ》しさを押し殺し、俺は平静を装う。

「も、もちろん。汐も、いいよな？」

「ああ。夏希《なつき》がいたら賑《にぎ》やかになるね」

ぱぁ、と星原は顔を輝かせた。感情がすぐ顔に出るので分かりやすい。

「じゃ、帰ろっか！」

そう言って星原は外に出てくる。上履きのまま。こういう抜けているところもめちゃくちゃ可愛《かわい》いと思ってしまうので、俺はもうダメかもしれない。

昨日、汐と帰り道に使った田んぼ道を、今日は星原を加えた三人で歩く。横一列に並んで、星原を真ん中にした形だ。

星原は通学に自転車と電車の両方を使うタイプのようだ。家から学校の最寄り駅までは電車を使い、最寄り駅から学校までは自転車を使う。椿岡《つばきおか》高校が駅から離れた立地のため、そういった通学形態の生徒は多い。星原《ほしはら》は不便だと嘆いていた。

「そういや、汐《うしお》くんと紙木《かみき》くんって幼馴染《おさななじみ》なんだよね？」

星原の問いかけに、俺はうんうんと頷《うなず》いて、

「そうだな。たしか小学生の頃《ころ》からだっけ？」

と汐に確認する。

「いや、最初に知り合ったのは幼稚園だったと思う。よく遊ぶようになったのは、たしかに小学校に入ってからだね」

へぇえ、と星原は感心したような声を出した。

「じゃあもう一〇年以上の付き合いなんだ。二人は小学生のときどんなだったの？」

ざっくりした質問に、俺は記憶を掘り返しながら考える。

「うーん……俺は今とそんなに変わらないかなぁ。地味な感じの子だったような」

「え？」

そう声を上げたのは汐だ。信じられないような目で俺を見てくる。

「それはないでしょ。咲馬《さくま》が小学生のときはもっとこう、ガキ大将みたいな感じだったよ」

「え、そんなんだっけ」

「ああ。いじめっ子と喧嘩《けんか》したり、小学校の屋上に侵入して先生に怒られたり……かなり目

立ってた。覚えてないの？」

「あー、そういやそんなことしてたな……」

懐かしいやら恥ずかしいやらだ。けど、いじめっ子との喧嘩はただの口喧嘩だし、屋上に侵入したのは単に鍵《かぎ》がかかっていなかったからだ。そこまで大げさなことではない。

「咲馬は……変わったよ。変わらないところもあるけど」

神妙な顔で、汐はそんなことを言った。

星原は不思議そうに首を傾げて、質問を繰り返す。

「汐くんは、どんな小学生だったの？」

「ぼくは、それこそ咲馬が言ったように静かな子だったよ。気も身体《からだ》も弱くて、しょっちゅう泣いてた」

それは、俺も覚えている。昔の汐は今よりもっと大人しい性格をしていた。小学四年生か五年生くらいのときから、どんどん活発になっていったように思う。

「へ～今の汐くんからだと全然想像できないな」

汐は照れたように笑う。

「逆に想像できたら困るな。自分を変えたくて、いろいろ努力したからさ」

「そうなんだ……」

知らなかったな、と星原は呟《つぶや》いた。俺も同感だった。幼い頃から見ていれば分かるはずなのに、今まで汐《うしお》のカリスマ性は生来のものだと思い込んでいた。

どうしてそんなふうに考えていたのだろう？　そう考えたかったからだろうか。才能という言葉で一括《くく》りにするのが、一番楽で手っ取り早いから。

「……ところで、昨日から少し気になってたことがあるんだけど」

突然、星原《ほしはら》がやけに真剣な顔をして汐を見た。

少し間を置いて、ゆっくりと口を開く。

「汐くんって、自分のことは〝ぼく〟呼びのままで行くの？」

俺はきょとんとしてしまう。

あまり気にしていなかったが、言われてみればたしかに疑問かもしれない。女子として学校生活を送る、という宣言どおり汐は女子の制服を着て登校しているが、一人称は〝ぼく〟のままだ。

疑問を投げかけられた汐は、苦虫を噛《か》み潰《つぶ》したような顔をした。

「……やっぱ、中途半端？」

「あ、別に変えたほうがいいよって話じゃなくてさ！　汐くんにとって自然な呼び方をすればいいと思ってるだけで……」

星原が慌てて言葉を足すと、汐は緩く首を振って、柔らかい表情を作る。

「ほら、ぼくの声って掠《かす》れててちょっと低いからさ。急に〝私〟とか言ったら、変かなって思ったんだよ。一応、発声練習とか一時期やってたんだけど、いい感じにならなくて……」

その分、見た目には気を使ったけどね、と汐はごまかすように笑う。

しかし星原は、心配そうに汐を見つめた。

「でも、汐くんと同じくらい声が低い女優さん、結構いるよ？　だから変じゃないと思うけど……」

それに、と言って星原は続ける。

「汐くんは、どうしたいの？」

その問いに、汐はきまりが悪そうに唇《くちびる》を結んだ。

会話が途切れ、沈黙が降りる。

俺は星原と同じように汐が答えるのを待った。今の質問は、うやむやにしてはいけない気がしていた。

やがて汐は、観念したように口を割った。

「変えたい気持ちは、正直ちょっとだけあるよ。けど、まだ踏ん切りがつかない。急に何もかも変えてしまうのは……少し、怖いから」

「そっか……」

星原は静かに相槌《あいづち》を打った。

汐の気持ちも分からなくもなかった。そりゃ怖いだろう。女子の制服で登校してくるだけでも、相当な覚悟を必要としたはずだ。そのうえ一人称まで変えるとなると、おそらく精神的なハードルはかなり高い。

ならどうすればいいだろう、と考えていたら、星原《ほしはら》が暗い空気を吹き飛ばすように「じゃあさ！」と声を上げた。

「こうしよう！　私たち三人でいるときだけ汐《うしお》くんは〝私〟を使う！　そうやって慣らしていけば、いつか自然に女の子っぽく喋《しゃべ》れるようになるよ！　きっと！」

名案だよね、とでも言いたげに星原は顔を輝かせる。

別に異論はなかった。ただ、汐がどう思うかだが。

「じゃあ……できるだけ、そうしてみようかな」

控えめながらも、どこか嬉《うれ》しそうに頷《うなず》いた。それに星原は、満面の笑《え》みで返す。

「いいねいいね～！　それじゃさ、早速切り替えてこうよ！」

「えっ、今から？」

「うん！」

無邪気に頷く星原。さすがに急すぎないか？　と思わなくもないが……果たして。

「わ、わた……」

汐はおそるおそる〝私〟と口にしようとする。星原は期待の眼差《まなざ》しで見守っていた。

そして。

「——ごめん。やっぱり、まだ〝ぼく〟でいい」

「そ、そっか！　いやこっちこそごめん！　無理強《じ》いしたみたいになっちゃったね⁉」

申し訳なさそうにする汐に、星原はあわあわしながら謝った。

「ま、ゆっくりでいいんじゃないか？　別に急ぐ必要もないんだし」

俺がフォローを入れると、星原は「うんうんそうだね」としきりに頷く。汐も同意するように口元を綻《ほころ》ばせた。

いい感じに話がまとまったところで、星原が歩みを止める。

「それじゃあ私、駅はこっちだから」

田んぼ道を抜けてすぐのところだ。俺と汐が別れる三叉路《さんさろ》より数メートルほど手前の交差点。

星原は俺たち二人を見やって、またにっこりと笑った。

「今日はいろいろ話せて楽しかった！　明日も一緒に帰ろうね」

俺は一瞬で気分が有頂天になる。明日も一緒に帰ろうね。なんていい言葉なんだ。

「ああ、俺も楽しかったよ」

「またね、夏希《なつき》」

それじゃあばいばい！　と元気に別れの挨拶《あいさつ》をして、星原はサドルに跨《また》がり颯爽《さつそう》と駆けだした
……と思ったら、急にUターンして俺たちのもとに戻ってきた。なんだなんだ。

「ごめん忘れてた！　最後に一つだけ、ちょっとお願いがあって……」

お願い？　俺と汐《うしお》は互いに顔を見合わせる。

星原《ほしはら》は自転車から降りて、汐のほうを向く。

「その……汐くんじゃなくて、これからは汐ちゃんって呼んでいいかな？」

一瞬、汐は呆気《あっけ》に取られた顔をする。けどすぐに「ははっ」と吹き出して、おかしそうに頷《うなず》いた。

「いいよ。好きに呼んでほしい」

「よかった〜！　じゃあ……汐ちゃん。はは、なんか新鮮！　じゃあ、改めてばいばい、汐ちゃん、それに紙木《かみき》くんも！」

今度こそ星原は、振り返らずに自分の帰路についた。

昨日、汐と二人で帰ったときの重い空気が嘘《うそ》みたいだ。とても胸が軽い。明日、また三人で帰るのが楽しみになってきた。

「じゃあ俺たちも帰るか」

俺は歩みを再開する。けど、なぜか汐はついて来なかった。

どうしたんだろう、と足を止めて、俺は振り返る。汐は立ち止まったまま俺を見ていた。

「咲馬《さくま》は……ぼくが女の子みたいに喋《しゃべ》ってたらどう思う？」

唐突にそんなことを訊《き》いてきた。汐はいたって真面目《まじめ》な顔をしている。

俺は改めて汐の姿を見た。

手ぐしで雑に梳《す》いても、すっと指が通りそうなさらさらした銀髪のショートヘア。長いまつ毛に縁取られた二重《ふたえ》の目。

女子の制服でスカートを穿《は》いていることを考慮しなくても、女の子と言われたら信じてしまいそうになる。そんなルックスの持ち主である汐が女の子のように喋っても、何もおかしくないのでは。そう思えてきたので、俺は率直に意見を述べる。

「全然いいと思う」

「そっか……うん、分かった」

ごめん、それが訊きたかっただけ、と言って、汐は薄くはにかんだ。

それは身体《からだ》が男だということを忘れてしまいそうな……甘い笑《え》みだった。

＊

汐が女の子として学校に来るようになってから、三日目の朝。

外は晴れている。家を出る前に見た天気予報では、今日の降水確率は〇パーセントだとお天気キャスターが告げていた。自転車登校なので、雨は降らないほうが助かる。

学校に着いたのは、一時間目が始まる一〇分ほど前だった。立て続けに信号に捕まったせいで、いつもより少し遅い。

廊下を進んでいくと、2―Aの教室の前に他クラスの生徒が何人か立っているのが見えた。彼らは教室の中を覗《のぞ》きながら、何かぼそぼそ喋《しゃべ》っている。

なんだか胸騒ぎがした。俺は歩くペースを速めて、後方の扉から2―Aの教室に入る。

室内にいるほとんどのクラスメイトが、教室の前方を見ていた。

俺も同じように、そちらに視線を動かす。

「な」

黒板に、でかでかと落書きがしてあった。

『槻ノ木汐は××』『ヘンタイ』『×××』『覗き魔』『××××』

俺は言葉を失った。頭の奥がツンと冷たくなって、戸惑いで身体《からだ》が震える。

――一体誰がこんな落書きを。

俺は教室を見渡す。すると泣きそうな顔をした星原《ほしはら》を見つけた。俺と目が合うなり、星原は唇《くちびる》を噛《か》んで俯《うつむ》く。他のクラスメイトは、近くの友人とこそこそと話したり、引きつった笑《え》みを浮かべたりしている。ダメだ。ただ見渡すだけで犯人が分かるわけがない。

まだ教室に汐《うしお》はいない。汐が来るまでになんとかしないと。……なんとかってなんだ？　俺に何ができる？　足元がぐらぐらしてきた。落ち着け。まずは黒板の落書きを消すんだ。

俺は鞄《かばん》を自分の席に置いて、気を引き締めるように深く息をする。意を決して、机の間を通り、足早に黒板へと向かった。

教室の真ん中くらいまで来たところで、すっと机の下から足を出された。突然だったので避《よ》けられず、俺はつまずいて床に膝《ひざ》と手をつく。

「いって……」

「ださ。ちゃんと足元見て歩けば？」

膝をついたまま、声の主を見上げる。

短いスカートに、脱色した髪。西園《にしぞの》アリサが、頬杖《ほおづえ》をついて俺を見下ろしていた。

足を出してきたのはお前だろ——という言葉が喉《のど》まで出かかる。どうして西園が俺にこんなことを。まるで落書きを消しに行くのを妨害するみたいに……まさか。

一昨日の出来事がフラッシュバックする。昼休み。相対する二人。西園が汐に向けた、あの憎々しげな目。

立ち上がり、俺は西園を見下ろす。

「あの落書き、もしかして……」

「もしかして、何？　私がやったと思ってんの？　違うから。証拠もないくせに決めつけないでよ」

「じゃあ、なんでさっき足出したんだよ」

「伸ばしたかったから伸ばしただけ。そしたらあんたがつまずいたんでしょ。何必死になってんの」

あれが偶然であってたまるか。間違いなく西園《にしぞの》は狙《ねら》っていた。だがたしかに証拠はない。

反論できずにいると、突然、西園は何か思いついたように歪《ゆが》んだ笑《え》みを浮かべた。

「ひょっとして、デキてんの？」

「は？」

「あんた昨日、汐《うしお》と一緒に登校してきたよね。一昨日も帰りに誘ってたし。なんだ、素直になればいいのに。あんた、汐のことが好きだったんだ」

教室のどこかで小さな笑い声がした。こそこそした話し声が、不快な質感を伴って耳にこびりつく。

全身の血が頭に昇った。

「──そんなわけないだろ！」

気づけば大声を出していた。

一瞬、西園は顔を強張《こわば》らせる。が、すぐ射殺《いころ》すような目つきで睨《にら》んできた。

そのまま互いに硬直していると、扉の前で誰かが動く気配がした。俺はついそちらに気を取られる。

そこに立っていたのは汐だった。

いつからいたのか、話を聞いていたのか。汐は無表情で教壇に上がると、黒板消しを握り、落書きを消し始めた。

俺は西園のもとを離れ、教壇に上がった。汐はこちらを見もせず、淡々と手を動かしている。心なし顔色が悪く、少し、震えていた。

「汐、手伝うよ」

「……いい」

「え？」

「手伝わなくていい。もう、話しかけないで」

俺は絶句した。まさか、そんなことを言われるとは思っていなかった。

自分の席に戻ることも汐を手伝うこともできず、俺は教壇に突っ立ったまま、落書きが消されるのを見ていた。すべての落書きが消されると、汐は捨てるように黒板消しを置いて、席に着く。

やがてチャイムが鳴り、伊予《いよ》先生が教室に入ってきた。

伊予先生は教壇に立つ俺を見るなり、怪訝《けげん》そうに眉《まゆ》を寄せる。

「何かあったの？」

俺と汐を含め、黒板に落書きがあったことを先生に告げ口する生徒は一人もいなかった。

授業が始まっても先生の言葉は何一つ俺の頭に入ってこなかった。脳の表面を上滑りしていくように、記憶として留《とど》まらない。思考のリソースは、すべて汐の発言をどう解釈するかに割《さ》かれていた。

冷静になった今なら、汐《うしお》がどうしてあんなことを言ったのか、少しは理解できる。たぶん、俺のことを本気で迷惑だと思っていたからではない。むしろ、汐は気を使ってくれたのだ。俺まで西園《にしぞの》に目をつけられないように、あえて本意ではない言葉を口にして、俺を遠ざけた。

だから、別に嫌われたわけではない。真に受けなくて大丈夫。

そう、頑張って思い込むようにした。


「汐、今日の体育も見学してたな」「俺も女子の制服着てきたら出なくて済むかな?」「試しにやってみろよ」「冗談。ぜってえ嫌《いや》だわ」「てかお前、汐と付き合える?」「いやいや無理に決まってんだろ」「いくら美形でも男はなー」

休み時間が訪れるたび、汐をネタに盛り上がるような会話が聞こえてきた。一昨日からそういった話は耳にしていたが、明らかに頻度が増えている。今朝の落書きを機に「汐をバカにしてもいい」という空気が蔓延《まんえん》してしまったのかもしれない。

だがそんな状況でも、星原《ほしはら》は汐を昼食に誘い続けているので、彼女は本当にすごい。

星原が汐に寄り添うたびに、俺は妙な罪悪感に苛《さいな》まれる。自分も何かしなければと焦燥に駆られる。でも今朝のことを思い出すと、また拒絶されるかも、という考えに取りつかれて、気力が萎《しぼ》んでいく。

このままじゃ、ダメだ。

……放課後だ。放課後になったら、汐を帰りに誘おう。落書きのことなんか忘れて、どうでもいい話で笑い合うのだ。きっと汐も、そう望んでいるはず。


しかし予想は裏切られた。

すべての授業が終わるなり、汐は誰よりも早く教室を出ていった。まるで声をかけられるのを避けているようだった。

それでも昨日みたいに昇降口で待っているかも。小さな期待を胸にあとを追いかけたが、昇降口に汐の姿はなく、下駄箱にはすでに上履きが入っていた。

「なんで行っちゃうんだよ……」

ひょっとして、俺といるのが本気で嫌になったのだろうか。そう考えると、悲しさと一緒に怒りが湧《わ》いてくる。せっかく気を使って、黒歴史の小説まで渡したのに。ちょっとあんまりな態度じゃないか。

もういい。一人で帰ろう。

そのまま靴に履き替えようとしたら、遅れて星原が小走りでやってきた。

「あ、あれ？　汐ちゃんは？」

本人がいないときでもそう呼ぶのか、と思いながら、俺は首を横に振る。

「もう先に帰ったよ。追いつけなかった」

「そんな……」

星原《ほしはら》は悲しそうな顔をする。同時に、俺のなかで汐《うしお》に対する嫉妬《しっと》心が頭をもたげた。

「今は誰とも話したくないんだろう。一人にしておこう」

「……うん」

濡《ぬ》れた子犬みたいにしょんぼりしたまま、星原は足を進めた。上履きからローファーに履き替え、とんとんと踵《かかと》を押し込む。

星原はこちらを向いた。

「帰らないの？」

「え？　あ、いや、帰るよ」

俺も同じように靴を履き、駐輪場へ向かう星原に続いた。そのまま二人でそれぞれの自転車を回収し、ハンドルを押しながら学校の敷地を出る。

照りつけるような日差《ひざ》しのもと、昨日三人で歩いた田んぼ道を、今日は俺と星原で歩く。流されるままに下校を共にしているが、一緒に来てよかったのだろうか。そこが曖昧《あいまい》なせいで、星原と二人きりという夢のようなシチュエーションなのに、胸は躍らなかった。どころか非常に気まずい。星原はずっと俯《うつむ》いたまま、押し黙っている。自転車のチェーンが回るチャリチャリした音だけが、俺たちのあいだを絶え間なく流れていく。胃が痛くなってきた。

「その、汐なら大丈夫だ。たぶん、俺たちと帰りたくなくて、先に行ったわけじゃない」

沈黙に耐えかね、話を切り出す。

「誰だって一人になりたいときくらいあるだろ？　今の汐がそれなんだ。だから明日になったら、また三人で一緒に帰れる」

星原は力なく頷《うなず》く。リアクションはそれだけだった。俺は諦《あきら》めない。

「そういや、この前の小テストどうだった？　ほら、現代文の授業でやったやつ。俺、ちょっとだけ自信あってさ。やっぱ小説とか読んでると、国語力上がるよなー、なんて……」

今度は頷きもしない。

なんなんだよ、もう。なんか喋《しゃべ》ってくれよ。それとも俺が悪いのか？　あの「帰らないの？」は、「何突っ立ってんの？」くらいの意味で、「一緒に帰ろう」じゃなかったのか？　俺が勘違いしただけ？　ああクソ。どんどん不安になっていく……。

家までの道のりが長く感じる。大体どうして歩きなんだ。自転車に乗れよ。無理だ。タイミングを逃した。今「自転車に乗ろう」と声をかけたら、早く帰りたいみたいに聞こえる。いや、実際そのとおりなのだが。

とにかくこの沈黙をどうにかしたくて次の話題を探していたら、隣から「ふすっ」と鼻をすする音が聞こえた。

隣を見て、ぎょっとした。星原は泣いていた。

「ちょ、な、どど、どうした？　大丈夫か？」

めちゃくちゃ噛《か》みながら声をかけると、星原《ほしはら》は涙を拭《ぬぐ》った。

「ごめん……今朝のこと、考えちゃって」

「今朝のことって……あの落書きか？」

星原は頷《うなず》く。

「私、学校に来てあの落書きを見たとき、何もできなかった。消さなきゃ、って思ったのに、勇気が出なくて……ただ見てるだけだった。汐《うしお》ちゃん、怒ってるよね。口に出さないだけで、消してほしかったって、絶対に思ってる」

「それは……そうかもしれないけど。でも、星原はよくやってるよ。昼休みとか、汐と一緒に弁当食べてるし……」

「最初は、たしかに汐ちゃんのためだった。けど、今日のは違う」

「え？」

「昨日の昼休みから、アリサが口を利いてくれなくて……昼休みは汐ちゃんといないと、一人でご飯食べなきゃいけないの。だから、あれは自分のため」

そうだったのか。汐にばかり意識が向いていたせいで、気づかなかった。昨日から対立しそうな空気は感じていたが、無視されていたとは。ひどい話だ。

「……でも、やっぱ星原は立派だよ。普通、そこまで他人のために悲しめない。それだけ強く想《おも》ってるなら、汐もちゃんと応《こた》えてくれるよ」

「そう、かな」

「幼馴染《おさななじみ》の俺が言うんだ。間違いない」

俺はニッと笑ってみせる。すると星原も、ささやかながら微笑《ほほえ》んでくれた。

「……ありがと。紙木《かみき》くん、優しいね」

「星原ほどじゃないよ」

「めっちゃ褒めてくるね！　なんか恥ずかしくなってきた」

ぱたぱたと手で顔を扇《あお》ぐ星原。髪の隙間《すきま》からちょんと飛び出した耳先が、ほんのり赤く染まっている。

俺は安堵《あんど》の息を漏《も》らしそうになる。一時は胃痛を覚えたものだが、なんだかいい感じの空気になってきた。最後まで持続してほしいところだ。

と思っていたら、突然、星原は足を止めた。俺も立ち止まり、星原の顔を窺《うかが》う。

「どうした？」

星原は紅潮した顔で、何かを訴えるように俺を見つめていた。

「……あの。紙木くんに、ちょっと相談したいことがあって」

「相談？」

ドクン、と心臓が大きく震える。

なぜだろう。少し、嫌《いや》な予感がした。

「できれば、その……この話は、秘密にしておいてほしいんだけど」

「あ、ああ。分かった」

俺は固唾《かたず》を呑《の》む。と同時に、東の方角から強い風が吹いた。田んぼに植えられた新緑の稲の葉が、さわさわと揺れる。

風が止《や》むと、星原《ほしはら》はすっと息を吸って、

「私、汐《うしお》くんのことが好きだったの」

と言った。嫌な予感が的中した。

身体《からだ》をその場に残して、意識だけが暗闇《くらやみ》に落ちていくようだった。現実がすさまじい勢いで遠ざかり、心がバラバラに——はならなかった。絶望する寸前のところで、俺は持ち直す。

「……好き、だった？」

「実はその、汐ちゃんが女の子の制服を着てくる日まで……かか、片思い、してまして」

顔を真っ赤にして星原は視線を下げる。頭の上に蒸気が見えそうだった。

「じゃあ、今はどうなんだ？」

「それが……分かんない」

「分からない？　分からないって……どういうこと？」

「ええと、その、何から言えば……」

言葉を探すように、星原の視線が右往左往する。口を開きかけたと思ったら、星原は急にめまいを起こしたみたいにふらついた。

「お、おい、大丈夫か？」

「ごめん、ちょっと、暑くて……」

よく見たら星原はうっすらと汗をかいていた。前髪が何本か額《ひたい》に張り付いている。強い日差《ひざ》しに当たり続けていたらこうなるか。それに、話の内容が内容だ。

「場所、変えるか」

「うん……」

俺が自転車に跨《また》がると、星原もだるそうにそうした。

――片思い、か。

ため息を飲み込んで、俺はペダルを踏み込む。

一五分ほど自転車を漕げば、ファミレスなりファストフード店なりが揃《そろ》う駅前に着く。しかし星原のことを考えると、あまり時間をかけたくなかったので、俺たちは近くの商店街に入ることにした。イオンモールに根こそぎ活気を奪われたシャッター通りを少し進めば、こぢんまりした喫茶店がある。

カランコロン、と音とともに店内に入り、俺たちは奥の席に座った。テーブルを挟んで向かい合い、とりあえず飲み物を注文する。星原《ほしはら》の顔はまだ赤いが、汗は引いていた。

腰の曲がったおばあちゃんが、注文していたアイスコーヒーとオレンジジュースを運んでくる。星原はオレンジジュースを一気に半分ほど飲んで、ぷは、と息を漏《も》らした。

「落ち着いたか？」

声をかけると、星原は申し訳なさそうに笑った。

「あはは……ごめんね。ちょっとのぼせちゃった」

「いいよ。それより、さっきの話なんだけど……」

「うん。ちゃんと、話すね」

俺はアイスコーヒーにミルクとシロップを入れ、ストローでかき混ぜながら先を促す。

「男の子のときの話だから、今は汐《うしお》くんって呼ぶね——さっき外で言ったように、その、私、汐くんに片思い……してたの。でも、汐くんって女の子にすっごく人気でしょ？　だから、私なんかが好きになっても、どうせ振り向いてくれないだろうなって、諦《あきら》めようとしてて」

かろん、とアイスコーヒーの氷が音を立てる。

「そんなとき、汐くん——いや、汐ちゃんが、女の子として生きるってみんなの前で宣言して、私ね、正直、安心したの。これで諦められるって。でも、改めて汐ちゃんと話してみたら、なんか……なんかね……言いにくいんだけど」

俺はアイスコーヒーを啜《すす》る。

「すごく抱きしめたくなる、っていうか」

コーヒーが気管に入った。慌てて紙ナプキンを口に当てて、俺は激しく咳《せ》き込《こ》む。

「だ、大丈夫？」

「げほっ、えほっ、うヴんっ——ええと、ようするに、今でも好きってことか？」

「うーん、どうなんだろう……」

「抱きしめたくなるっていうのは、男として？　それとも、女として？」

「わ、分かんないよ！　だからこうやって相談してるの！」

怒られてしまった。

しかし、無茶な相談だ。どうして好きになった子の恋バナに付き合わなければいけないのか。でも、星原の頼みだ。まったく気は進まないが、ちょっと真面目《まじめ》に考えてみよう。

俺は腕を組んで唸《うな》る。

抱きしめたい。能動的な欲求だ。どういうときに人は、誰かを抱きしめたくなるのだろう。

欲情したとき？　星原にかぎってそれはない。と思いたい。他には、赤ちゃんとか小動物とか、そういう可愛《かわい》らしい対象を前にしたときだろうか。となると。

「星原が抱いてる感情は、庇護《ひご》欲とか、母性とか、そういうものなのかもしれない」

「ひごよく……ぽせー……」

「つまり、汐《うしお》が可哀想《かわいそう》だから守りたい、って星原《ほしはら》は思ってるんだ」

「それは……好き、とは違うものなの？」

「難しいこと言うなあ」

個人的には肯定したいところだ。星原のそれは善意から生まれた同情であって、恋慕とは別物だよ、と。そう言えば、星原は汐を恋愛対象から外すかもしれない。ライバルが、いなくなる。

けど、心の奥底に湧《わ》いた罪悪感が、俺の首を縦に振らせなかった。

「……好きかどうかを決めるのは、星原だよ」

星原は考え込むようにじっとテーブルを見つめてから、少しして「分かった」と答えた。

「じゃあ、もう少し考えてみる」

「それがいい。結論を急ぐと、ろくなことにならないからな」

我ながら実感のこもったセリフだった。

アイスコーヒーはまだ三分の一ほど残っている。もう少し、汐のことを掘り下げてみるか。

「どうして星原は、汐のことを好きになったんだ？」

「いろいろあるけど……優しいから、かな。特にきっかけとかはなくて、話してるうちに、なんだか惹《ひ》かれちゃって……。それに、走ってる姿が、素敵だなって思って」

星原は顔を赤くして、口元を緩ませる。完全に乙女の表情だった。訊《き》くんじゃなかった、と後悔した。

しかし、走ってる姿、か。陸上部の練習を覗《のぞ》いてたりしてたのかな……あ！　もしかして、俺が星原とアドレスを交換したあの放課後。星原が教室にいたのは、陸上部の汐を眺めるためだったのか？　うわー……気づきたくなかった。

憂鬱《ゆううつ》な気分を紛らわすように、俺は残ったアイスコーヒーを一気に飲み干す。ちゃんとミルクとシロップを入れたのに、なぜだか苦く感じた。

「紙木《かみき》くんはさ、昔から汐ちゃんと仲よかったんだよね」

昔から、というよりも、昔は、のほうが正しい。が、訂正するのも億劫《おっくう》だったので「うん、まぁ」と頷《うなず》いておいた。

「じゃあ、汐ちゃんのことも人一倍よく知ってるわけだ」

「それはどうだろうな。まぁ、小学生くらいのときは多少詳しかったかもしんないけど」

「詳しかったって、たとえば？」

「た、たとえば？　そうだな……」

俺は腕を組んで、幼い頃《ころ》の記憶をたどる。

「……汐に『ロシア語喋《しゃべ》れんの？』って訊いたら、めちゃくちゃ嫌《いや》そうな顔をされる、とか」

「へ～～～！　そうなんだ……！」

星原《ほしはら》は興味津々に目を光らせる。と思ったら、急に自分の携帯を開いて、ぱちぱちとキーを打ち始めた。今の情報をメモっているのだろうか。熱心だな、と俺はちょっと冷めた気持ちで思う。

ゴーン、と壁にかけられた古風な時計が鳴る。時刻はすでに六時だった。

「……そろそろ、帰るか」

星原は携帯を閉じて顔を上げる。

「うん、そうだね。相談、乗ってくれてありがとう」

「いいよ、別に」

「こんな話、紙木《かみき》くんにしかできないよ」

そう言って星原は「えへへ」と無邪気に笑った。

素直に喜んでいいのか分からなかった。

＊

星原の相談を受けた翌日。その日は朝から雨が降っていた。

自転車登校の人間にとって雨は大敵だ。レインコートを着ると身体《からだ》が蒸れる。学校に着く頃《ころ》には、汗と湿気で髪はぺちゃんこになり、シャツは肌に張り付いて鬱陶《うっとう》しいことこの上ない。

今朝も、そんな感じだった。

生徒たちは昇降口の前に並んで、傘の雨粒を落としたり、レインコートを畳んだりしている。俺も端っこのほうで、レインコートをバッサバサして雨粒を払っていた。

すると前方に、傘をさして小走りで駆けてくる生徒が見えた。スカートを穿《は》いているから女子だろう。彼女は俺の横に並ぶと、傘を閉じる。

あ、と俺は小さく声を漏《も》らす。その生徒は汐《うしお》だった。俺と比べてほとんど濡《ぬ》れておらず、髪はさらさらで、少しも汗をかいていなかった。

昨日の落書きや、星原の相談のことを思い出し、いろんな感情が胸に渦巻く。話しかけないほうがいいのか、挨拶《あいさつ》くらいはするべきなのか。迷った末、後者を選んだ。

「お、おはよう」

ためらいがちに挨拶すると、汐はこちらを見て、驚いたような顔をした。俺だと気づかず隣に並んで来たらしい。

「さ、咲馬《さくま》か……うん、おはよう」

ぎこちなくだが挨拶を返してくれた。せっかく居合わせたので、会話を続けてみる。

「今日は自転車じゃないのか？」

「うん。ちょっと……濡れたくなくて。送ってもらった」

「そうか。俺も雨の日は送ってもらいたいよ。湿気がほんと煩わしくてさ」

「……うん」

汐《うしお》は元気がない。それに落ち着きもなかった。やけに周りを気にしてきょろきょろしている。人目につくのを案じているようだ。

汐は手早く傘を畳んで、パチンと金具を止める。そのまま一人で昇降口に入ろうとしていたので、俺は「あのさ」と声をかけて引き止めた。

「今日、また三人で一緒に帰らないか？　星原《ほしはら》も、汐と帰りたがってるっぽいし」

汐はこちらを振り返る。

「帰りも、車だから」

「あ、そっか」

「……咲馬《さくま》」

急に名前を呼ばれる。何事かと身構えたら、汐は憐《あわ》れむような視線を俺に向けた。

「無理に話しかけなくていいよ。ぼくといて、勘違いされるの嫌《いや》でしょ」

一瞬、声が詰まる。少し遅れて、紙で切ったような鋭い痛みが胸に走った。

「そんなこと――」

「迷惑、かけたくないんだ」

遮《さえぎ》るように言って、汐は無理に作ったとひと目で分かる笑《え》みを浮かべた。そして俺の返事を待たず、昇降口に足を進める。

そんなことない、と即答できなかった自分が恨めしかった。

今日一日、ずっとじめじめした居心地の悪い空気が漂っていた。湿度の問題だけではなく、西園《にしぞの》アリサの言動もその一因だった。

「せんせー、槻ノ木《つきのき》さんは授業受けなくていいんですかー」

体育館で、西園がそう声を上げたのが聞こえた。体育の先生は困り顔で「槻ノ木はいいんだよ」と答えていたが、なおも西園は「あれってサボりじゃないんですか」と食い下がっていた。悪意の矛先《ほこさき》が汐に向いているのは明白で、汐は肩身が狭そうに俯《うつむ》いていた。

休み時間でも、西園は汐を苛《いじ》めるような発言を繰り返した。

「てかさー、下着どっちの穿《は》いてるんだろうね。誰かたしかめてきてよ」

「男子が女子の制服着てるのって校則違反にならないの？　あれって風紀を乱してると思うんだけど」

「男同士がヤッてる漫画とかあるじゃん？　ああいうの読んで興奮したりすんのかな。うへー、気持ちわる」

西園の発言に、最初は周りも苦笑いで相槌《あいづち》を打つだけだった。しかし時間が経《た》つにつれて、西園に共感を示す連中は増えていった。

たぶん、本気で汐を嫌っているクラスメイトは西園一人だ。その他は、とりあえず汐をネタにすることで、気まずい空気を賑《にぎ》やかせようとしているのだと思う。静かになるくらいなら、誰かをバカにしてでも喧騒《けんそう》を選ぶ。そういう沈黙アレルギーみたいな連中は、中学のときからいた。

ヤツらの気持ちも分からなくはない。誰だって気まずい空気になるのは嫌《いや》だ。手頃に盛り上がる話題があるなら、たとえ不謹慎で、本当にそんなことを思っていなくとも、周りに流されるまま誰かの悪口を言うことがあるかもしれない。だからって、ヤツらを肯定する気にはなれないが。

なお、西園《にしぞの》グループのメンバーで当初、汐《うしお》に肯定的な態度を取っていた真島《ましま》と椎名《しいな》は、嫌がらせや悪口には加担しないものの、西園に異を唱えることもなかった。ただ気まずそうに口を閉ざし、静観するだけだ。汐どころか、最近は星原《ほしはら》と話しているところも見ない。

状況は緩やかに悪化している。

暗澹《あんたん》とした気持ちのまま、一日の授業が終わった。星原と二人で帰るのはなんだか後ろめたくて、俺は一人で帰路についた。

雨の日が続く。

西園の汐に対する行為はエスカレートしていた。声高に汐を誹謗《ひぼう》するだけではない。ヤツは通りすがりに汐の机から筆箱や教科書を落とすといった、直接的な行動を取るようになった。

ひどいときは、汐の肩に紙パックのミルクティーをこぼすこともあった。汐は黙って耐えていた。悪口は聞こえないよう振る舞い、物が落ちたら拾うだけ。西園はそんな汐を見て、あからさまにイライラしていた。

星原は昼休みになるたび汐を食事に誘っているが、汐への嫌がらせには無力だ。泣きそうな顔をするだけで、行動を起こすことはない。それでも、何もしない俺よりかは断然マシだ。

どうにかしれなければ、と思う。

このままだと教室に汐の居場所がなくなってしまう――そう危惧《きぐ》する一方で「つっても結局は他人事《ひとごと》だしな」と投げやりになっている部分も少しだけあった。

たとえ女子として生きるようになっても汐は汐だ。顔も頭も性格もいい、なんでもできちゃう優等生。今は大人しくしているだけで、この状況を打破する計画を密かに練っているかもしれない。そして俺や星原が考えもつかない方法で、また人気者の地位に復帰する……そういう可能性も、ゼロではないだろう。

希望的観測かもしれない。こんなふうに考えるようになったのは、一昨日の喫茶店で聞いた話のせいだ。星原が汐に好意を抱いているという事実が、俺の汐に対する同情を薄めている。

よくないな、と思う。でも、そう簡単には、割り切れない。

＊

土日を挟んで月曜日。

汐《うしお》が女の子として生活するようになってから、ちょうど一週間が経《た》った。昨日まで続いていた雨はやみ、空はすっかり晴れていた。

その日、三時間目の体育が終わり、俺たち男子生徒は2－Aの教室に戻ってきた。各々《おのおの》、ジャージから制服に着替え、四時間目の準備を始める。ほどなくして、着替えを終えた女子たちもぞろぞろと教室に流れ込んできた。

四時間目のチャイムが鳴る。しかしまだ汐が戻ってきていなかった。さっきレポートを先生に提出してから体育館を出るところを見たが、どうしたのだろう。

汐より先に、中年の男性教諭が入室してくる。数学の先生だ。先生は教壇に上がると、無《ぶ》精髭《しょうひげ》を撫《な》でながら気だるそうに教科書を教卓に置いた。そしてチョークを手に取ったところで、教室のドアが開く。

そこに立っていたのは汐だった。すでに着替えていて——と思ったが、違った。上は女子の制服に着替えているが、下はスカートではなく、ジャージのままだった。

汐は憔悴《しょうすい》しきったように顔を青くしていて、心なしか呼吸が荒い。

「すいません、遅れました」

数学の先生は汐のジャージに視線を落とす。怪訝《けげん》そうに眉《まゆ》を寄せたが、特に追及はせず「席に着きなさい」と短く注意した。

汐はみんなの注目を浴びながら、早足で進み自分の席に座る。

何かあったのか？

授業中なので誰も口にはしないが、ほとんどのクラスメイトがそう思っているはずだ。

それで結局、誰も汐のジャージに触れないまま、数学の授業が終わる。

数学の先生が退室し、昼休みになった途端。疑問が噴出したように、教室がざわついた。

「どうしたんだろ」「何かこぼしたとか？」「誰か訊《き》いてみろよ」「お前が行けって」

様々な憶測や野次が飛び交うなか、汐は普段どおり、星原《ほしはら》に誘われ二人で食事を始める。星原も気になっている様子だが、触れていいのかどうか判断がついていないようで、言及は避けていた。

そんなとき、突然教室のドアが「ガタン！」と音を立てて開いた。

意気揚々と教室に足を踏み入れたのは、西園《にしぞの》アリサだった。西園は教壇に上がるなり、まるで戦利品のように、右手に持っているものを掲げる。

「これ、さっき見つけたんだけど誰か心当たりある？」

その時点で、たぶん、俺を含めクラスメイトの大半が真相を察した。

西園が掲げたものは、女子制服のスカートだった。

「このクラスの人だと思うんだけど、ちょっと名乗り出てくんない？」

嗜虐《しぎゃく》的な笑《え》みを浮かべて、西園《にしぞの》はスカートをひらひらと振り回す。彼女の汐《うしお》に対する数々の仕打ちを顧みれば、そのスカートが汐のものであることはほぼ間違いなかった。

おそらく、西園は体育の途中にトイレに行くとかなんとか言って体育館を抜け出し、汐が着替えに使っている多目的室に侵入したのだ。そして汐のスカートを盗み出した。始業前にでも多目的室に入って適当な窓の鍵《かぎ》をこっそり開けておけば、侵入はそう難しくないだろう。

誰でも少し考えたら分かることだ。しかし西園を弾劾する生徒は現れない。真相を問いただしたところで、のらりくらり躱《かわ》されるのが目に見えているからだ。それどころか、目をつけられて嫌《いや》がらせに巻き込まれる可能性だってある。西園も、おそらくそれを理解している。だからこれほど思い切った犯行に出られたのだ。

俺は拳《こぶし》を強く握り込む。卑怯《ひきょう》で陰惨なやり方に反吐《へど》が出そうだ。けど身体《からだ》は動かなかった。心臓が激しく鼓動するだけで、椅子《いす》から立ち上がれない。

「……」

汐は耐えるように俯《うつむ》いている。肩が小刻みに震えていた。溢《あふ》れそうな何かを、必死に押さえつけているみたいだった。

「ねえ、これ、あんたのじゃないの？」

西園が教壇を下りて、汐の席に近づく。机の前で足を止めると、汐の顔を覗《のぞ》き込むように首を傾げた。

「見て確認するくらいできるでしょ。ほら。こっち見なって」

脅すような物言いに、汐はゆっくりと顔を上げる。そして、蒼白《そうはく》の顔で頷《うなず》いた。

「そうだよ、ぼくの——」

「違うよね？」

冷たい斧《おの》を振り下ろすみたいに、西園が遮《さえぎ》る。

「だって汐、男だもん。スカートなんていらないよね」

そう言って西園はスカートを床に落とし、踏みつけた。靴底に貼《は》り付いたガムをこそぎ落とすみたいに、執拗《しつよう》にぐりぐりと——。

「ッ！」

汐が立ち上がる。

少し見下ろす形で、汐は怒りに染まった目で西園を睨《にら》みつけた。二人の距離は三〇センチもない。その気になれば、一瞬で拳が届く距離。しかし西園が怯《ひる》む様子はない。

「何？　怒ってんの？」

「……その足を、どけてほしい」

「なんで？」

汐《うしお》は唇《くちびる》を強く噛《か》み、怒りに染まった目から一転して、懇願するように西園《にしぞの》を見た。

「そのスカートは……ぼくのだからだよ。ぼくが初めて手に入れた……女の子としての服で、とても、大切なものなんだ」

「どんだけスカートに固執してんの？　女子の格好したら、自分も女になれるとでも思ってるわけ？」

きっしょ、と西園は苛立《いらだ》たしげに吐き捨てる。

「なれるわけないじゃん。家に鏡ないの？　大体どれだけ顔が整ってても、男と女でごまかしようがないとこがあるでしょ？」

汐は汚らしい言葉を耳にしたように顔をしかめ、口を閉ざす。

その反応が癇《かん》に障ったのか、西園は今にも噛みつかんばかりの獰猛《どうもう》さを目に宿した。

「答えろよ！　ついてんだろうが！」

そう叫び、あろうことか――汐のへそより一〇センチほど下の、太もものあいだ――ようするに股間《こかん》にあるものを、鷲掴《わしづか》みにした。

ぞわっ、と汐の髪が一斉に逆立つ。

「――やめろッ！」

大きな声を出して、汐は西園の身体《からだ》を強く突き飛ばした。西園は盛大に机と椅子《いす》を巻き込んで、後ろに倒れる。

凍りつくような沈黙。殺人現場の事後のような、汐の荒い呼吸音だけが教室を支配していた。汐の顔に、嫌悪と後悔の色が滲《にじ》む。

西園は震えていた。激怒しているのか、泣いているのか。そのどちらでもなかった。垂れ下がった前髪に隠れた顔から、「あははっ」と無邪気な笑い声が漏《も》れる。それから壊れたラジオのようにけたたましく笑い続けた。西園はふらふらと立ち上がり、乱れた前髪をさっと指で流す。現れた顔には、歪《ゆが》んだ笑《え》みが張り付いていた。

「なんだ、やればできんじゃん……そうだよ、さっきみたいな感じ！　もっと男っぽいとこ見せてよ！　男なんだからさあ！」

「ち、違う……今のは……」

汐は信じられないように首を振りながら、悲痛な声を漏らす。やがてそこにいるのが耐えきれなくなったように床のスカートを拾い上げ、走って教室から飛び出した。

そこで俺はハッと我に返った。

俺は、何をしていた？　何もしていなかった。何もだ。すさまじい悪意に晒《さら》され、クラスメイト全員の目の前で丸裸にされるような侮辱と中傷に遭《あ》う汐を、ただ傍観していた。

全身が、一瞬で後悔に染まる。

もう遅いと分かっていながら、俺は椅子から立ち上がり、教室を出た。廊下の先に見えた汐の背中を、全力で追いかける。

走りながら悔いた。俺はどうしようもないクズだ。クズでバカ野郎だ。俺は汐《うしお》のことを過信していたんじゃない。ただ西園《にしぞの》の反感を買ったり周りに奇異の目で見られたりするのが、怖かっただけだ。何もしなくていい理由を探していただけだ。

保身しか考えていない俺を、それでも汐は、巻き込まないよう気を使ってくれた。きっと誰よりも助けを求めていただろうに。俺はそんな汐の厚意を踏みにじった。

「クソ……！」

少し前の自分をぶん殴ってやりたい。

もう、同じ過《あやま》ちは繰り返さない。

階段を下り、廊下を進み、上履きのまま外に出て——体育館の裏に来たところで、ようやく汐は足を止めた。俺はぜえぜえと息を切らしながら、走りから歩みに変えて汐に近づく。我ながらよく陸上部のエースに追いつけたものだ。火事場のなんとやらだろうか。

体育館裏には誰もいない。校舎内のざわめきが、遠くで聞こえていた。

「汐」

声をかけると、汐はビクッと肩を揺らして振り返った。

汐は泣いていた。目からぼろぼろと涙をこぼしている。拭《ぬぐ》っても拭っても流れる涙を、何度もせき止めようとしている。

じくじくと胸が痛む。汐のこんな顔は二度と見たくなかった。

「汐、ごめん……。何もできなくて、本当にごめん。俺、今まで自分のことしか考えてなくて、西園に嫌《いや》がらせされてることから、ずっと目を逸《そ》らしてて……正直、弁解のしようがない。けど、これからは違う」

一歩、汐に近づく。

「もう目を逸らさない。俺にできることなら、なんだってやるよ。もう男とか女とか、関係ない。汐は、俺の大切な幼馴染《おさななじみ》だから」

言いながら、俺は顔が熱くなるのを感じていた。自分の誠実さに酔ったようなセリフだな、と自嘲《じちょう》的な気分になる。でも間違いなくそれは本心からの言葉だった。

汐は「う～」と唸《うな》るように嗚咽《おえつ》を漏《も》らしてから、一層激しく泣きじゃくる。そしてふるふると首を横に振った。

「……それじゃ、ダメなんだよ……」

「ど、どうして」

否定されると思っていなかったので動揺する。

「だって……」

汐はなおもぼろぼろ涙を流しながら、真正面から俺を見つめて、

「だって、私は咲馬《さくま》のことが好きだから」

そう、はっきりと言った。

一瞬、何を言われたのか理解できなくて、頭の中が真っ白になる。

汐《うしお》はまっすぐな眼差《まなざ》しを俺に送っている。だが、やがて何かを諦《あきら》めたように顔を伏せ、走りだした。

遠ざかっていく背中を、俺はただ見ていた。仮に追いかけて、追いついても、言葉に詰まる気がしてならなかった。今もまだ混乱して、思考がまとまらなかった。

ただ一つ、理解していることは。

汐が口にしたあの「好き」は、きっと友達としての「好き」ではない。

＊

その後、汐は早退した。

教室には、今までとはまた別種の気まずい空気が漂っていた。昼休みから明確に変わったのは、汐の話題を一度も耳にしなかったことだ。今までネタにしていた連中も、本人が不在だというのに誰も汐には触れなかった。

それは西園《にしぞの》も同じだ。とはいえ反省するような素振りは見せなかった。単に汐がいないから大人しいだけで、汐が登校してきたらまた声高に嫌味《いやみ》を言い始めるかもしれない。

やがて放課後が訪れる。

俺は帰り支度をして、教室を出た。

授業中、汐に言われたことをずっと考えていた。正直、今も混乱している。ちょっと前まで普通に男として接してきた幼馴染《おさななじみ》に告白されたら、誰だってそうなる。けど、今の汐は男ではない。かといって普通の女の子でもない。身体《からだ》が男なのは避けようのない事実だ。そして俺は、身体も中身も男で、大抵の男子がそうであるように、女の子が好きだ。

汐のことは嫌いじゃない。女子の制服は似合っているし、見た目は普通に可愛《かわい》いと思う。けど、やっぱり、純粋に女の子としては見られない。だから……。

あの告白に、俺はオーケーできない。

けど、ノーとも言えない。

だって、辛《つら》い。今までずっと黙ってきた秘密をみんなの前で告白して、偏見に晒《さら》されたり、嫌《いや》がらせを受けたりして、悲しみのどん底にいるとき、告白した相手に振られる……そんなの、考えるだけでも胸が痛い。俺なら絶対死にたくなる。

はっきりと返答しないことが、汐《うしお》のためにならないのは分かっている。けど、俺には無理だ。少なくとも今のこの状況で、汐を突き放すような真似《まね》はできない。

これからどんな顔して汐と話せばいいのだろう。鬼のように気が重いが、それでも、俺は汐と向き合わなければならない。もう目を逸《そ》らさないと決めたからだ。この考えは揺らがない。

「しっかりしないと……」

自分を鼓舞するように呟《つぶや》いて、昇降口から外に出る。

——しかしまぁ、なんというか。

俺は星原《ほしはら》を好きになり、星原は汐に好意を抱き、汐は俺に告白した。

リサイクルマークみたいな、完璧《かんぺき》な三角関係だ。まさかこんなことが起こり得るとは。世の中、不思議なことがある。

他人事《ひとごと》のように自身の境遇を顧みているうちに、駐輪場に着いた。俺は自分の自転車の鍵《かぎ》をはずす。それからハンドルを持って引っ張り出そうとしたら、ペダルをぶつけて隣の自転車を倒してしまった。倒れた自転車はその隣の自転車を巻き添えにし、そのまた隣も……。

「げえ……」

結果、八台の自転車がドミノのように倒れた。

放っておくわけにもいかないので、一台ずつ他人の自転車を起こしていく。すると向こう側に、手伝ってくれる一人の女の子が現れた。

「よいしょ」

と声を出して、星原は自転車を起こす。

「ありがとう、助かるよ」

「いいよ。私の自転車も巻き込まれてるから」

「そ、そうか。ごめん」

謝りながら手を動かす。

最後の一台を起こしたところで、星原は真面目《まじめ》な顔をして、俺のほうを向いた。

「その、一緒に帰ってもいいかな?」


これといった会話もなく、星原と田んぼ道を歩く。

こうして一緒に帰るのは三度目だ。さすがにもう緊張したり舞い上がったりはしないが、正直まだ慣れない。頻度の問題ではなく、星原の口数が少ないからそう感じるだけだろうか。

星原に元気がないのは、おそらく昼休みに起きた出来事のせいだ。

「……今日、汐ちゃん大変だったね」

やっぱり、そうだった。

視線を下げたまま、ぽつりと言葉を漏《も》らした星原に俺は「ああ」と相槌《あいづち》を打つ。

「紙木《かみき》くんさ、昼休みに汐ちゃんが出ていったあと、すぐ追いかけたと思うんだけど……そのあと、どうなったの？」

「なんとか追いつけたよ。体育館裏で、少し話した」

「何を話したの？」

「汐《うしお》は大切な幼馴染《おさななじみ》だから、これからはできるかぎりのことはする。そう、伝えた」

告白された、とは言えない。誰にでも喋《しゃべ》っていい出来事ではないだろう。特に、汐に好意を抱いている星原《ほしはら》には黙っておくべきだ。

「そっか……ちゃんと、話せたんだ」

「ちゃんとって言うほどじゃないよ。正直、会話と呼べるかどうかも怪しい」

「……私ね、昼休みから思ってたんだけどね」

星原は少し間を置いてから、続ける。

「汐ちゃんに、謝ろうと思う。今まで見てるだけでごめん、って。それで、これからは周りのことなんか気にせず寄り添おうって……私、決めたの」

そう語る星原の目は、まっすぐ前を向いていた。瞳《ひとみ》にはたしかな決意が宿っている。

俺は嬉《うれ》しくなった。星原も、俺と同じなのだ。ただ過去を悔いているだけではなく、汐を救いたい一心で前に進もうとしている。そんな星原のことが心から頼もしくて、輝いて見えた。

「俺も手伝うよ」

「ありがとう、紙木《かみき》くん。じゃあ早速お願いなんだけど……ちょっと、教えてもらいたい場所があって。一緒に来てほしいの」

「教えてもらいたい場所？」

うん、と頷《うなず》いて、星原は少し照れくさそうに口を開く。

「汐ちゃんの家、なんだけどさ」


俺と星原は住宅街の一角で足を止めた。

目の前には、二階建ての立派な住宅がある。ここが汐の家だ。

星原からは「汐の力になりたい」という強い意志を感じていたが、まさか今から会いに行くとは思わなかった。明日から行動しようと思っていた自分が恥ずかしい。

俺たちは家の前に自転車を停《と》め、前カゴから学生鞄《かばん》を取り出す。

汐の家を訪問するのは何年ぶりだろう。少し緊張してきた。それに、汐に会ってもし告白の話を持ち出されたらと思うと、不安になってくる。今は星原がいるから、さすがに返事を催促してくるような真似《まね》はしないと思うが……考えていても仕方がない。

「じゃあ、インターホン鳴らすぞ」

「う、うん……！」

星原は俺以上に緊張しているようだった。顔は強張《こわば》り、やたらと肩に力が入っている。少し前の決意を固めた姿が嘘《うそ》みたいに頼りない。

「だ、大丈夫か？」

「あはは……ちょっとドキドキかも。男の子の家に行くの、初めてだし……あ、汐《うしお》ちゃんは男の子じゃないんだけどね!? 今のは言葉の綾《あや》というか！ 汐ちゃんはもう女の子だから！」

「お、おう」

そんな必死に否定しなくても。ただ、分かっていたが、星原《ほしはら》の中でも汐を男として意識している部分はまだあるみたいだ。自然な話だろう。普通、そんなすぐには割り切れない。

扉の横にあるインターホンを鳴らすと、一〇秒もしないで向こうから『どちら様？』と女性の声が返ってきた。

「あ、汐——さんの友達で、紙木《かみき》って言います。あと、星原というクラスメイトも一緒です。汐さんの様子が気になって、訪ねました」

『……ちょっと待っててね』

プツ、とスピーカーが切れる。それから少し経《た》って、玄関の扉が開いた。

家の中から顔を出したのは、黒髪の女性だ。歳は三〇代前半くらい。長身で細身なスタイルのおかげで、白いシャツにジーンズというラフな格好がすごく様になっていた。かなり美人だ。隣の星原も「はぇー」と小さく感嘆の息を漏《も》らしている。

たぶん、この人が汐の新しい母親の雪《ゆき》さんだ。

「お待たせしちゃってごめんね？ あなた、咲馬《さくま》くんよね」

「あ、はい。そうです」

初対面のはずだが。汐から名前を聞いたのだろうか。

雪さんは愛想のいい笑《え》みを浮かべる。

「アルバムで見たの。昔から汐と仲がよかったのよね？　気にかけてくれてありがとう」

「いえ、そんな……」

思わず目を逸《そ》らす。気にかけているのは事実だが、お礼を言われるのは後ろめたかった。

「ま、とりあえず入って」

俺と星原は会釈して、土間に足を踏み入れた。

人の家の匂《にお》いが鼻腔《びくう》に触れる。汐たちの生活が染み込んだ匂い。どこか懐かしさを覚えるのは、幼い頃《ころ》、何度もこの家に遊びに来たからだろうか。

靴を脱いで框《かまち》に上がろうとしたら、雪さんが「あ、その前に」と俺たちに声をかけた。

「二人にちょっと訊《き》きたいことがあるんだけど、いいかな？」

俺と星原はちら、と一瞬だけ目を合わせる。とりあえず、頷《うなず》いておいた。

雪さんは少々ぎこちなく笑う。

「汐、学校でいじめられたり……してないよね？」

胃が鉛のように重くなる。

なんて答えればいいのだろう。事実を伝えるか、もちろんそんなことありませんよ、と答えるか。たぶん、雪《ゆき》さんは後者の返答を望んでいる。けど嘘《うそ》をつくのは罪悪感がある。それに、雪さんがそういった質問をしてきたということは、思い当たる節があるわけで、嘘をついてもバレる可能性が……などと考えているうちに、星原《ほしはら》が口を開いた。

「汐《うしお》ちゃんは……一人のクラスメイトから、嫌《いや》がらせを受けてます」

星原は前者を選んだ。言いづらいことを言わせてしまって申し訳ない気持ちになる。

もう嘘はつけないので、俺は星原に同意するように頷《うなず》いた。すると雪さんは大きくため息を吐《つ》いて、頭をわしわしとかいた。

「そっか〜〜〜。やっぱあるかぁ、そういうの。うーん、難しいなぁ」

「で、でも！　もうそんなことは絶対させないです。私と紙木《かみき》くんが、これから汐ちゃんを頑張って守るので！」

「ほんとに？」

俺と星原は赤べこみたいにこくこく頷く。

雪さんは腕を組んで俺たちをじっと見つめたあと、薄く微笑《ほほえ》んだ。

「分かった。じゃあ、とりあえずは君たちに任せる。汐のこと、よろしくね」

はい、と俺と星原の声が重なる。

ささ、上がって上がって、と雪さんに言われて、今度こそ俺たちは框《かまち》に上がる。

「そういや咲馬《さくま》くんは、うちに遊びに来たことがあるんだっけ？」

「あ、はい。昔はよく」

「じゃあ、汐の部屋とかも知ってたりする？」

「えーと、たしか階段上がってすぐのところですよね」

「そうそう。もしかすると私よりこの家に詳しいかもね」

「いえ、そんな……」

反応に困ること言うな……と思っていたら、星原が横目で俺を見ていることに気がついた。どことなく羨望《せんぼう》を感じる視線だ。汐の家に何度も来ていることが羨《うらや》ましいのだろうか……？

「あっ、引き止めちゃってごめんね。もう行って大丈夫だよ」

はい、と俺と星原は二度目の会釈をして、汐の部屋へ向かおうとする。

そのとき、背後で扉の開く音がした。

振り返ると、セーラー服に身を包んだ女の子がいた。色白でほっそりした身体《からだ》に、黒髪のボブカット。汐の妹、操《みさお》ちゃんだ。

おかえり、と雪さんが声をかける。だが操ちゃんは挨拶《あいさつ》を返さず、俺たちのことを怪訝《けげん》そうに見つめていた。

「……咲馬さん？　うちに何か用ですか」

「ああ。ちょっと汐と話がしたくてさ。ていうか久しぶりだな」

「はぁ、そうですね」

ぞんざいな返事だった。あまり歓迎されていないらしい。

操《みさお》ちゃんは扉を閉めて、靴を脱ぐ。框《かまち》に上がったところで「あ、そうだ」と何か思い出したように俺のほうに目をやった。

「ねえ、咲馬《さくま》さん。お兄ちゃんに女装をやめるよう言ってくれません？　あれ、本当に気持ち悪いんですよ」

ストレートで容赦ない物言いに、俺は仰天する。明らかに汐《うしお》の意志に反するお願いだった。妹が口を利いてくれない、と汐から聞いていたが、俺が思っている以上に、二人の仲は険悪なのかもしれない。

俺が戸惑っていると、雪《ゆき》さんが「こら！」と操ちゃんを叱《しか》りつけた。

「そんなこと言っちゃダメでしょ。汐はもうお姉ちゃんで……」

「うるさいな。よそ者のくせに」

操ちゃんはそう吐き捨てて廊下の奥に姿を消す。その一言だけで、槻ノ木《つきのき》家が抱《かか》える複雑な事情を垣間見《かいまみ》た気がした。

あはは、と雪さんは困ったように笑う。

「見苦しいとこ見せちゃったね。ほら、早く行ってあげて。あんまり遅いと、汐が心配しちゃうからさ」

後ろ髪を引かれつつも、俺と星原《ほしはら》は階段を上る。正直かなり心配だが、俺たちにできることはない。今は首を突っ込まないほうがいいだろう。

二階に着く。記憶どおりの場所に汐の部屋があった。一瞬、俺は小学生の頃《ころ》にタイムスリップしたような錯覚を覚える。星原がいなければ、その錯覚はもう少し長続きしていたかもしれない。

ドアをノックすると、「はい」と汐の声が返ってきたので、俺はドアを開けた。

「……いらっしゃい」

パーカーに短パン姿の汐が、ベッドに座ったまま出迎えの言葉を口にした。どこか億劫《おっくう》そうな目つきで、俺たちに視線を向けている。

一瞬、昼休みに告白してきた汐の姿が、目の前の汐と重なる。動揺しそうになる気持ちに蓋《ふた》をして、俺は部屋に足を踏み入れた。

「入るぞ」

「お、お邪魔します」

星原が緊張しながら俺に続く。

汐の部屋は昔とそこまで変わっていなかった。清潔でこざっぱりした部屋だ。本棚にはメジャーな少年漫画が並んでいるが、本の背が綺麗《きれい》に揃《そろ》えられていて、あまり読み返された形跡はない。単に几帳面なだけかもしれないが。

「適当に座って」

学生鞄《かばん》をベッドのそばに置き、汐《うしお》に言われたとおりカーペットに腰を下ろす。星原《ほしはら》も俺の横にちょこんと座った。

「下で何か話してた？　ピンポン鳴ってから、来るまでやけに時間かかったけど」

星原はまだ緊張した様子なので、俺が答える。

「ああ。えっと……雪《ゆき》さんと、操《みさお》ちゃんと、ちょっと話してた」

「そっか。操と話したんだ」

汐はそれ以上何も言わず、どこを見るともなく物憂《ものう》げな目をした。

会話が途切れる。

俺は星原に目配せをする。言いたいことがあるんだろう、と伝えるように。すると星原は、こくりと喉《のど》を上下させて、汐に視線を向けた。

「えと、実はその、汐ちゃんに謝りたくて」

「謝る？」

「私……今日の昼休み、何もできなくてごめんなさい。辛《つら》い思い……してただろうに、私、見てるだけで……でも、これからは見て見ぬ振りしないから。それだけでも伝えたくて、汐ちゃん家《ち》に来たの」

つっかえつっかえに喋《しゃべ》る星原に、汐は静かに頷《うなず》きながら聞いていた。いまいち感情の読めない表情をしていて、星原の言葉に感動しているようにも、とりあえず聞く姿勢を見せている

だけのようにも感じた。

「夏希《なつき》は優しいね」

どこか他人事《ひとごと》のように呟《つぶや》いて、汐《うしお》は柔和に微笑《ほほえ》む。

「たしかに、今日のはかなり堪《こた》えたかな……。正直、学校行くのが嫌《いや》になったよ」

えっ、と星原《ほしはら》が声を漏《も》らす。

「このまま転校してさ。誰もぼくのことを知らない土地で、経歴を隠して女の子として生活する。そういうのもアリかな、って考えてた」

「そ、それはダメだよ！」

「どうして？」

するり、と衣擦《きぬず》れの音を立てて汐がベッドから下りる。そして、星原のすぐ隣に座った。肩が触れ合いそうな近さで、やや上目がちに星原を見る。口元にはゆるい笑《え》みが浮かんでいて、どこか蠱惑《こわく》的な雰囲気が漂っていた。

……なんか、距離近くない？

今にも、その、口づけでもするみたいな空気になっている。

星原は耳まで顔を赤くして、石みたいに固まっていた。緊張がこちらまで伝わってきて、俺はドキドキする。いや。ヒヤヒヤのほうが近いかもしれない。さすがに何もしないと思うが、見ていて不安になる。無理に引き剝《は》がすわけにもいかないので、ただ見守るしかなかった。

不意に、汐の視線が星原から外れて、俺と目が合う。すると汐は、急に残念そうな顔をして、星原から離れた。そのままテーブルを挟んで俺たちの向かい側に座る。

「ごめん夏希、冗談だよ。転校なんかしない。学校にも、ちゃんと行く」

「そそそうだよね！　よかったー、びっくりしたよ。あはは……」

俺はさりげなくホッとする。ああいうの、気が気じゃないのでやめてほしい。

コンコン、と部屋のドアがノックされる。汐が「はい」と答えると、雪《ゆき》さんがトレイを持って部屋に入ってきた。

「これ、よかったら食べてね」

そう言って、人数分のりんごジュースとシュークリームをテーブルの上に置いた。こういった洒落《しゃれ》た洋菓子がすぐに出てくる辺り、俺の家とは違うなと思う。

雪さんが出ていくと、汐はシュークリームを手に取り、早速食べ始めた。

「二人も食べたら？」

「じゃあ、遠慮なく……」

「い、いただきます」

三人揃《そろ》ってシュークリームを食べる。沈黙が続く。なんというか、変な時間だった。

最初に汐が食べ終わる。包み紙をゴミ箱に捨てたとき、俺はあることに気づく。

「汐、鼻にクリームついてるぞ」

「えっ」

汐《うしお》は自分の鼻に触れる。クリームがついていることを確認すると、素早くそばのティッシュを手に取り、鼻を拭《ふ》き始めた。慌てた様子がおかしくて、つい笑ってしまう。

「汐がそういうミスすんの珍しいな」

「う、うるさいな。これくらい、誰にでもあるよ」

汐はむすっとして俺を睨《にら》んでくる。顔には恥ずかしさが滲《にじ》んでいた。自分の部屋で気が緩んでいたのだろうか。汐のそそっかしいところを見るのは、たぶん、小学生のとき以来だ。

俺は小さくなったシュークリームを口に放り込む。咀嚼《そしゃく》しながら隣を見ると、星原《ほしはら》はシュークリームを持ったまま部屋を見渡していた。

「汐ちゃんの部屋、物少ないね」

それは俺も思っていたことだった。特に気にしなかったが、何か理由があるのだろうか。

汐は苦笑いを浮かべて頬《ほほ》をかく。

「よく言われる。昔から物欲が少なくて」

「へ～そうなんだ。私、なんでもすぐ欲しくなっちゃうから部屋にどんどん物が増えるんだよね。それでずーっとお母さんに部屋片付けなさい、って怒られんの」

「はは、夏希《なつき》らしいね」

たしかに。言っちゃ悪いが、星原の部屋はちょっと散らかっているイメージがある。可愛《かわい》いクッションとかたくさんありそう。

などと考えていたら、突然、星原が「あ」と声を上げた。何かいいものでも見つけたのか、立ち上がって本棚に近寄る。

「これ、もしかして小学校のアルバム？」

そう言って、本棚の下段を指差した。そこには赤い装丁の本が差してある。星原の言うとおり、それは俺と汐の母校である、椿岡《つばきおか》西小学校の卒業アルバムだった。

「そうだよ。見る？」

「いいの!?　見る見る！」

星原はすぐさま卒業アルバムを引き抜き、テーブルの上に広げる。そしてぱらぱらとページを捲《めく》り始めた。

「えーと、槻ノ木《つきのき》、槻ノ木……あ、見つけた！　うわ〜可愛い！」

はしゃぐ星原。紙面を覗《のぞ》き込むと、個人写真がずらりと並ぶ中に、汐の顔を見つけた。一人だけ銀髪なのでよく目立っていた。これは小学六年生の頃《ころ》の写真だ。

こうして見ると、幼い頃の汐は本当に女の子みたいだ。目が大きくて、男子にしては髪が長い。思えば、昔から汐はあまり髪を短くしなかった。

「汐はいつから女の子になりたいと思ってたんだ？」

何気なく頭をよぎった疑問を口にすると、汐は「さあ」と首を傾げた。

「いつからだろう。物心ついた頃《ころ》からそうだったから」

「ふうん、そういうもんか」

「でも、自分が周りと違うかも、って初めて自覚したのは、小三の頃だったと思う」

小学三年生、といえば、男女でコミュニティが分かれ始める頃合いだ。体育の際に男女別々で着替えるようになったのも、たしか三年生からだったと思う。

汐《うしお》はりんごジュースを一口だけ飲み、物思いにふけるような顔をした。

「クラスの学芸会でシンデレラをやることになって、みんなで配役を決めようとしてたんだ。王子様、シンデレラ、魔法使い、意地悪な姉妹……ぼくは、シンデレラをやりたくてさ。だから先生が、シンデレラをやりたい人、って言ったときに、手を挙げたんだ」

俺は黙って頷《うなず》く。気づけば、星原《ほしはら》も真面目《まじめ》に汐の話を聞いていた。

「そしたら、先生に笑われちゃってね。槻ノ木《つきのき》くんは男の子なんだから王子様でしょ、って。みんなも笑ってた。あのときぼくも周りに合わせて笑ったんだけど、実は結構ショックでね。ぼくがお姫様役をやるのはおかしいんだ、って」

汐は続ける。

「それからは、ちゃんと男として振る舞おうと思ったんだ。笑われるのは嫌《いや》だったし、母さんにも心配かけたくなかったから」

汐の、実のお母さん——俺たちが幼い頃から難病を患い、入院生活を送っていた。俺は何度か汐とお見舞いに行ったことがある。二人で学校での出来事を話すと、あの人は嬉《うれ》しそうに笑っていた。

汐は少しでもお母さんに負担をかけないよう、心の性を偽って誇らしい息子を演じていたのかもしれない。そこにどれほどの葛藤《かっとう》や心労があったのか、俺には想像もつかなかった。

「苦労、してたんだね」

星原が沈痛に呟《つぶや》くと、汐は気を使うように微笑《ほほえ》みかけた。

「まぁそこまで苦痛に感じてたわけでもないよ。男子に交じって身体《からだ》を動かすのは嫌いじゃないし、女の子になりたいからって、趣味嗜好《しこう》が全部そっちに寄るわけじゃないからさ。スカートよりもズボンのほうが好きな女の子だっているでしょ？　そういうもんだよ」

ただ、と言って、汐は顔を曇らせた。

「トイレと着替えが男と一緒なのは、嫌だったな……。特にあの、連れションとかいう文化」

ドキッとした。なぜなら何度か汐を連れションに誘ったことがあるからだ。小学校低学年の頃なので忘れているかもしれないが……念のため、謝っとこう。

「……すまん」

「あ、覚えてたんだ。いや、別に誰かが悪いわけじゃないからいいんだけどね」

汐も覚えていたようだ。あ、謝っといてよかった～……。

密かに胸を撫《な》で下ろしたところで、俺はまた一つ疑問を覚えた。

「そういや、汐《うしお》って――」

続きを言いかけたところで、やっぱり口を噤《つぐ》む。俺が訊《たず》ねようとしていたことは、汐にとって答えづらい質問だと、言ってから気づいたのだ。言う前に気づけよ、と胸中で自分を罵《ののし》る。

「ぼくが、何?」

「や、ごめん。なんでもない」

「途中でやめられたら気になるよ。言いなって」

このまま黙っていても変な禍根を残しそうだ。うっかり口を滑らしたことを後悔しながら、俺はこわごわと質問を繰り出す。

「その、汐って学校じゃトイレどうしてんのかなーって……」

汐が初めて女子として登校してきた日に、他のクラスメイトも同じことを訊ねていた。その質問に、当時の汐は明らかに困った表情を見せた。

今、目の前にいる汐も、やはり同じ反応をした。以前と違うのは、渋々ながらも答えようとしてくれているところだ。

「……行ってない」

「えっ?」

俺と星原《ほしはら》の声が重なった。星原は床に手をついて汐に詰め寄る。

「そ、それって我慢してるってこと?」

「……うん、まぁ。一応、先生には教員用のトイレを使ってもいいって言われてるけど、申し訳なさみたいなのがあって……」

「だ、ダメだよちゃんと行かなきゃ。病気になっちゃう」

「それは分かってるんだけど……。別に、以前から学校のトイレはほとんど使わなかったし、そんなに困ってないよ」

「でも……」

星原は心配そうに眉《まゆ》を寄せる。心配なのは俺も同じだった。

学校にいるあいだだけなら、トイレを我慢するのはそう難しくない。とはいえ健康にはよくないし、我慢できないときは必ずある。これは結構由々しき問題だ。しかし、トイレという非常にプライベートな領域に、俺がどこまで踏み込んでいいのか……。

どうしたもんかと頭を悩ませていたら、星原がおずおずと「じゃ、じゃあ」と切り出した。

「汐ちゃんが行きたくなったら、私、ついていこうか……？」

俺の脳内にでっかい「!?」が現れる。

無論ついていくと言ってもトイレの前までだろう。が、それでも今の発言は衝撃的だった。

しかし汐は大して驚くこともなく、

「いや、そんなホラー映画観《み》たあとの子どもじゃないんだから……」

と呆《あき》れ気味に言う。星原は「あう……」と声を上げて俯《うつむ》く。

「……でも、ありがとう。気を使ってくれるのは嬉《うれ》しいよ。これからは、できるだけ我慢せず行くようにする」

汐《うしお》が優しく微笑《ほほえ》むと、星原《ほしはら》はバッと頭を上げて眩《まぶ》しいくらいの笑顔を見せた。

「うん！　そうしたほうがいいよ！」

おお。これで解決したことになる……のだろうか。いや、そんな単純な問題でもないだろう。だが少しでも汐の負担を減らすことができたら、俺も質問した甲斐があったというものだ。

俺は残っていたりんごジュースを飲み干す。壁の時計を見ると、もう五時を回っていた。

「そろそろ帰るか」

そう提案すると、星原はちょっと名残《なごり》惜しそうに「そうだね」と言って、アルバムを棚に戻した。

「玄関まで送るよ」

俺と星原は立ち上がり、荷物を持って部屋を出る。階段を下り、玄関で靴を履いた。

星原が真剣な顔をして、訴えかけるような視線を汐に向ける。

「明日、学校に来てね。また、三人で一緒に帰ろうね」

汐は微笑み、小さく「うん」と頷《うなず》いた。

「それじゃあ、また明日な」

俺は別れの挨拶《あいさつ》をして、星原と二人で家を出た。

外はまだ明るかった。太陽は自身の存在を主張するかのように、激しく煌《きら》めいている。俺たちは家の前に停《と》めていた自転車のスタンドを上げ、帰路についた。

「はー、行ってよかったぁ」

一仕事終えたみたいに、星原が吐息混じりにそう言った。

「だな。ちょっと落ち込んでるみたいだったけど、あの調子なら明日も来てくれそうだ」

「うん。明日から頑張らなきゃ。アリサに、ガツンと言ってやらないと……！」

その名前を聞いて、苦々しい感情が胸に広がる。

「西園《にしぞの》ね。あいつさえ、なんとかなればいいんだけどな」

「そうだね……アリサ、リーダーっていうかボスみたいな存在だから。アリサを説得できたら教室の空気もよくなると思うけど、いろいろ強いからね」

強い。たしかにそのとおりだ。西園はあれでなかなか弁が立つ。ヤツを言い負かすのは簡単なことではない。

「なんか、弱点とかないのか？」

「アリサの？　うーん、辛《から》いものが苦手、とか？」

「それ聞いてどうすんだ……もっと他に、弱みとか」

「弱み……」

星原は難しそうな顔で唸《うな》る。そのますっかり考え込んでしまった。

「……アリサ、汐《うしお》ちゃんのことが好きだったんだよ」

たっぷり間を置いて発せられた言葉に、俺は虚を突かれる。完全に初耳だった。

「だから、なんとかして汐ちゃんを男の子に戻そうとして、あんな意地悪してるのかも……」

まさかそんな幼稚な理由で、と思ったが、一概に否定できる話でもなかった。

好きな異性が性別を変えて生きる。そんな状況に直面したら、誰だってショックを受ける。好きになるのを諦《あきら》める人がいれば、考え直すよう説得する人もいるだろう。西園《にしぞの》の場合は言葉による説得ではなく、嫌《いや》がらせという手段で汐の考えを改めさせようとしているのかもしれない。そう考えると、ほんの少しだけ西園に同情した。

けど、西園がやっていることは度を越している。失恋したからといって、許されることではない。

「たしかに、それは弱みかもな。利用する気はあんまり起きないけど……」

「私も。なんか、口にするのはやだよね……」

西園がどれだけひどいヤツでも、人の恋心を反撃の材料にはしたくはない。さっきの話は、頭の片隅に留《とど》めておく程度にしておこう。

俺たちは、T字路に突き当たった。

「じゃあ、俺はこっちだから」

「うん。それじゃあ、また明日」

また明日、と返して、俺は自転車に跨《またが》って漕ぎだす。

一〇メートルほど進んだところで、ポケットに入れていた携帯が震えた。メールだ。俺は自転車を止めて、携帯を取り出す。星原《ほしはら》とアドレスを交換した日から、メールが届いたらすぐに内容を確認する癖がついていた。

俺は携帯の画面を開く。

『ごめん。ちょっと伝えたいことがあるから、家に戻ってきてくれない？』

差出人は汐だった。


正直、汐の家に戻るのはかなり気が重かった。

メールの文面にある「伝えたいこと」が、昼休みの告白に関係しているとしか思えなかった。俺はまだ、あの告白にちゃんとした返答を用意していない。もし返事を催促されたらどうしよう。考えるだけで胃痛がする。でもメールを見てしまったからには、もう無視できない。

俺は『分かった』とだけ返信して、Uターンする。ゆっくりと自転車を漕ぎながら、どうやって返事を先送りにするかばかり考えていた。だが一向に答えは出てこず、なんの準備もできないまま、汐の家に着いてしまう。

「どうすっかな……」

自転車を停《と》め、思わず独りごちた。

鞄《かばん》を背負って玄関の前に立つ。この期《ご》に及んでインターホンを押すのをためらっていたら、突然、扉が開いた。家の中から出てきたのは雪《ゆき》さんだ。買い物袋を肩から提げている。今から出かけるみたいだった。

「あれ、咲馬《さくま》くん？　どうかした？」

「ちょっと、汐《うしお》に呼ばれて……」

「へえ、そうなの。汐、部屋にいるから入っていいよ」

はいどうぞ、と雪さんは扉を開けたままにしてくれた。ここまで来たらもう引けない。俺は雪さんに会釈して、家の中に足を踏み入れた。

靴を脱ぎ、階段を上がる。汐の部屋の前で一度大きく深呼吸し、扉をノックした。汐の返事が聞こえたので、俺は部屋に入る。

「急に呼び戻してごめん」

汐は、俺と星原《ほしはら》が来たときと同じようにベッドに座っていた。平然としていて、表情からはなんの意図も読み取れない。

「いいよ。それより……伝えたいことって？」

俺は平静を装って訊《たず》ねる。冷たい汗が背中を流れ、心臓は早鐘を打っていた。

汐は何も言わず、俺のことをまじまじと見つめる。と思ったら、突然ふっと鼻で笑って「座れば？」と提案してきた。

「え、ああ、そうだな」

鞄を置いてカーペットの上に正座すると、汐は呆《あき》れたような顔をした。

「咲馬、緊張しすぎ。別に困らせるわけじゃないから、楽にしてよ」

「そ、そうか……？」

たしかに正座はおかしかったな、と思って足を崩す。汐はベッドから立ち上がり、勉強机の引き出しを開けた。そして俺に背中を向けたまま、

「読んだよ、小説」

「え？」

「咲馬が書いたやつ」

少し遅れて、言われたことを理解する。そういや汐には、俺の自作小説を渡していたんだった。告白のことで頭がいっぱいで忘れていた。

汐は引き出しから俺の自作小説を取り出すと、それをこちらに渡した。束になった原稿用紙の重みが俺の両手にかかる。

汐はキャスター付きのチェアに座り、少し照れくさそうに頬《ほほ》をかいた。

「感想、言ったほうがいいと思って」

「それで呼び戻したのか？」

汐は頷《うなず》く。

内心、ホッとした。告白の件だったらどうしようかと。

安心したら、別の感情がこみ上げてきた。このむず痒《がゆ》い感情の正体は知っている。期待だ。汐《うしお》は俺の小説を読み、感想を伝えようとしてくれている。自分の小説を誰かに読まれるのも、感想を言われるのも、俺にとって初めての経験だ。酷評される可能性も十分あるのだが、気が逸《はや》った。

「そうか、読んだんだな……じゃあ、その、どうだった……?」

ドキドキしながら訊《たず》ねると、汐はなんだか気まずそうに目を逸《そ》らした。

「なんていうか……よくこんなに文章が書けるなと思ったよ。ぼくは、今まで多くても原稿用紙五、六枚くらいしか埋められなかったから。ただ、内容に関しては……」

汐は俺のほうを一瞥《いちべつ》して、言葉を続ける。

「ちょっと、合わなかったかも……」

喉《のど》の奥がひくりと痙攣《けいれん》する。それは「面白くなかった」をできるだけマイルドに言い換えたときの感想だ。

「そ、そうか、合わなかったか……ちなみに、どのへんが?」

顔が引きつりそうになるのを抑えて、俺は訊ねた。

「……まず、幼馴染《おさななじみ》の女の子が死んだら世界が滅亡するっていう設定がよく分からなかった。一応、量子が云々《うんぬん》って説明があったけど、あまりピンと来なくて……まぁ、ぼくの読解力不足かもしれないけど。あと、途中から急にキャラがたくさん出てきて、少し混乱した。さすがに六人も一気にキャラが出てきたら覚えるのが大変だよ。しかも登場したのはここだけで、最後まで出てこないキャラもいたし……。他にも、細かいとこだけど――」

それから汐は、数分に亘《わた》って文章の瑕疵《かし》、設定の矛盾、キャラのブレを理路整然とあげつらった。

俺は途中から話を聞いていなかった。というか、聞いていられなかった。そりゃあ自分でも稚拙《ちせつ》で面白みのない作品だとは思っている。けど、改めて人の口から欠点を聞かされると、想像以上にキツい。しかも一つひとつの指摘が丁寧で筋が通っているだけに、何も言い訳できない。詳細なんて訊《き》くんじゃなかった。

「――こんな感じだけど……咲馬《さくま》、大丈夫？」

「え、ああ、すまん。ちょっと、凹んでた……」

えっ、と汐が慌てたように声を上げる。

「ご、ごめん。言い過ぎた。あくまで素人の感想だから、全然気にしなくていいよ」

「いや、いいんだ。気を使って褒められても虚《むな》しいだけだし……正直な感想をもらえて、ありがたいよ」

本当は今にも心が折れそうだが、それを言ったところでどうにもならない。

汐は何か言いたげに、俺の膝元《ひざ》にある原稿を見つめている。内容を思い出しながら、褒められる箇所を探しているのかもしれない。だが一向に称賛の言葉は出てこなかった。

なんだか気まずい雰囲気になってしまった。まぁ告白の返事を催促されるよりマシだと考えるべきか。これ以上空気が悪くなる前に帰ろう。

俺は燃えるゴミ——もとい自作小説を鞄《かばん》にしまおうとした。そのとき。

「痛っ」

人差し指の先に鋭い痛みが走った。思わず右手を引っ込め指先を見てみると、赤いビーズのように血が滲《にじ》んでいた。紙で切ったようだ。それも、わりかし深く。

「どうかした？」

と言って汐《うしお》が覗《のぞ》き込んでくる。

「紙で切っちゃって。別に、ティッシュで拭《ふ》いときゃ大丈夫だよ」

「……ちょっと待ってて」

汐は立ち上がると、勉強机の棚から絆創膏《ばんそうこう》の箱を取り出した。中から一枚引き抜き、「使いなよ」と言って俺に差し出す。

「おお……サンキュ」

ティッシュで軽く血を拭《ぬぐ》ってから、俺は絆創膏を受け取った。接着面のシールを剥《は》がす。そのまま人差し指の腹に貼《は》ろうとするが、左手だけでは傷口とパッドを上手《うま》く合わせられない。手際の悪さを見かねてか、汐は俺の手から絆創膏を掠《かす》め取り、「じっとしてて」と釘を刺した。

そばに座り、汐《うしお》はゆっくりと絆創膏《ばんそうこう》を俺の指に巻く。それを見て俺は、

「よし、できた」

満足のいく仕事をしたように、汐はうんと頷《うなず》く。

「なんか、女子っぽいな」

何気なくそう言った。

汐は目を丸くする。

その反応に、あれ、なんかまずいこと言っちゃっただろうか、と不安になる。「っぽい」がよくなかったのかもしれない。いや、たぶんそうだ。女子として接するべきなんだから「っぽい」はいらなかった。そもそも絆創膏を貼《は》るのに男も女も関係ない。

「今のは、えっと――」

慌てて弁解しようとしたところで、俺は汐の変化に気づく。

汐は視線をやや下向きに逸《そ》らして、軽く口の端を噛《か》んでいた。何かを堪《こら》えるような表情。耳の先がほんのり朱に染まり、灰の瞳《ひとみ》は細かに揺れている。

これは……どういう反応なんだろう?

怒っているようにも笑うのを我慢しているようにも見える。どうした、と一声かければ明らかになるだろうが、もし汐が怒っていたらと思うと、気安く問いかけるのはためらわれた。

判別がつかないまま狼狽《ろうばい》していると、汐は前髪をいじりながら、ゆっくりと口を開く。

「……あ、ありがとう……？」

なんで疑問形、と思ったのと同時に、俺は理解する。

これは、照れているのだ。女子っぽいと言われて。

汐を怒らせたわけではないことに安心する——はずなのだが、妙に胸がざわついた。

いくつもの感情が胸の奥でもつれ合っている感じがする。快とも不快ともいえない、奇妙な感覚。単純にお礼を言われて嬉《うれ》しくなっている？　予想外の反応に驚いている？　汐の女の子らしい仕草にときめいている？　たぶん、どれも正しい。けど、一番大きな感情を、俺はまだ上手《うま》く言語化できない。

なんだろう、この、風が通り抜けていくような虚《むな》しさは。

——落胆？

俺は、残念がっているのだろうか？　だとしたら、一体何に？

不意に、ガチャリ、と玄関扉の開く音がした。出かけていた雪《ゆき》さんが帰ってきたのかもしれない。

「……そろそろ、帰るよ」

汐にそう言って、俺は今度こそ指を切らないように原稿を鞄《かばん》に入れ、立ち上がった。

「ん、ああ、分かった」

汐も腰を上げる。俺と目線が合う頃《ころ》には、いつもの涼しげな顔に戻っていた。

鞄《かばん》を背負って部屋から出ようとすると、「あのさ」と引き止められた。振り返ると、汐《うしお》はどこか不安そうな面持《おもも》ちをしていた。

「小説、またできたら読ませてよ。どんな内容でも読むからさ」

「ああ、分かった。書くかどうか分かんないけど……次は酷評されないようにするよ」

冗談ぽく言うと、汐も砕けた表情で「悪かったって」と答えた。

別れを告げて、俺は階段を下りる。靴を履いて外に出た途端、むわっとした熱気に包まれた。日は傾き、西の空は夕焼けのグラデーションを描いている。

俺は自転車に跨《またが》り、自宅に向かって漕ぎだした。

風を切りながら、汐の部屋で抱いた感情を掘り下げる。すると呆気《あっけ》ないほど簡単に、あの落胆の正体が分かった。

つまり俺は、残念がっていたのだ。


汐が本当に女の子ならよかったのに——そう考えてしまった。

顔も性格もいい幼馴染《おさななじみ》が、俺のために絆創膏《ばんそうこう》を貼《は》ってくれる。こんなの、相手が女の子なら一瞬で恋に落ちるイベントだ。でも、汐は男なのだ。正確には、汐の身体《からだ》が。その理想と現実のギャップに、俺は落ち込んでしまった。

心の中で嘆く。どうして神様は、男の身体に汐の心を割り当てたのだろう。心と性別さえ合っていたら、誰も悩まずに済んだのに。それとも、病気みたいなものだと思って、諦《あきら》めるしかないのだろうか。

汐が正真正銘の女の子なら、俺だって……なんて、考えても仕方がないけど。

サドルから腰を浮かせ、ペダルを強く踏み込んだ。

＊

その夜、夢を見た。

俺が風邪で寝込んでいたら、汐が看病しに来てくれた。夢の中で汐は普通の女の子だった。

近づくとなんだかいい匂《にお》いがして、胸も、結構ある。俺のことを本気で心配してくれているのが、嬉《うれ》しかった。

「ねえ、咲馬《さくま》」

俺が横になっているベッドに、汐は腰を下ろす。汐の顔には、甘ったるい笑《え》みが浮かんでいた。格好の獲物を前に、すべてお見通しだと言わんばかりの余裕を瞳《ひとみ》に湛《たた》えた、男には作り得ない、そんな笑みだった。

「――私のこと、ちゃんと見て」

そう言って、汐《うしお》は自分の制服を脱ぎ始めた。ブラウスを床に捨て、下着を外し、真っ白な上半身が顕《あら》わになる。細くて冷たい手で俺の腕を持ち上げ、ゆっくりと自分の胸に当てさせた。そこにはたしかな柔らかさと温かさと鼓動があり、俺の心臓は激しく脈打った。汐が感想を求めるように首を傾げると、汐の耳にかかっていた細い髪の束が、するりと重力に負けて垂れ下がり。

そこで、目が覚めた。

「……はぁ～」

ため息しか出なかった。

夢で安心しているのか、それとも残念に思っているのか。自分でも分からない。ただ、心臓の高鳴りは今も続いていた。あんな夢を見るなんて……どうかしている。

ベッドから背中を引き剥《は》がすよう上体を起こす。カーテンの隙間《すきま》から朝日が漏《も》れていた。陽《ひ》の光に右手をかざす。紙で切ったところの絆創膏《ばんそうこう》は、昨夜、風呂《ふろ》上がりに剥がした。押さえると少し痛むが、傷口はもう塞《ふさ》がっている。若さだ。

俺はベッドから立ち上がる。

学校へ行く準備をしよう。

夏の気配が濃くなっている。

日に日に強さを増す朝の日差《ひざ》しにうんざりしつつ、俺は椿岡《つばきおか》高校に到着する。昇降口を抜けて廊下を進み、喧騒《けんそう》にまぎれて2―Aの教室に入った。

俺は真っ先に汐の席に目をやる。汐はすでに着席していた。一時間目の英語の教科書とノートを机に並べ、退屈そうに携帯を触っている。視線を横にずらすと、西園《にしぞの》が何人かの取り巻きを従えて、談笑に興じていた。星原《ほしはら》は、まだ来ていないようだ。

俺は自分を勇み立たせるように腹筋を締め、汐の席に向かう。

汐がこちらに気づくと、俺はできるだけ自然に、かつ教室にちゃんと響き渡るくらいはっきりした声で、

「おはよう、汐」

と挨拶《あいさつ》した。

西園を含めた、数人のクラスメイトが俺たちに注目する。教室の空気にほとんど変化はない。だが、少なくともこちらを見た生徒たちには、俺の汐に対する味方意識を見せつけられたと思う。今はそれでいい。

汐は口元を緩ませて、「おはよう」と挨拶を返してくれた。

一瞬、夢で見た女の子の汐が頭をよぎり、俺は思わず汐の胸元を確認した。そこにはなんの膨らみもない。当たり前だ。何をやっているのだ、俺は。

「咲馬《さくま》？」

小首を傾げる汐《うしお》。俺は頭を軽く振って、夢の内容を記憶の底に押しやった。

「すまん、なんでもない。昨日はちゃんと休めたか？」

「うん。九時間くらい爆睡してたよ」

「そっか。それだけ寝たら、授業中に昼寝せずに済むな」

「寝不足でもしないよ。咲馬《さくま》じゃあるまいし」

ふふ、と汐が控えめに笑う。

そのとき、胸に妙なむず痒《がゆ》さを覚えた。皮膚の内側を蚊に刺されたような痒み。手が届かない身体《からだ》の奥の一点が、ほんのりと熱を持つ。

「ちょ、ちょっと鞄《かばん》置いてくる」

「ん、分かった」

俺は汐の横を通り過ぎて、最後尾にある自分の席に鞄を下ろす。

胸のむず痒さはすぐに治まった。一体なんだったのだろう。ほんの少しだけ、星原《ほしはら》と話しているときに覚える高揚感に似ていたような……いや、それはないか。

俺は席に着く。鞄から筆箱や教科書を机に移していると、星原が教室に入ってきた。彼女は汐を見つけるなり、

「汐ちゃんおはよう！」

そう大きな声で挨拶《あいさつ》した。クラスメイト全員が彼女に注目する。

星原は少しばかり緊張している様子だった。目には少々怯《おび》えの色があるものの、ちょっとでも気丈に振る舞おうとする意志を感じた。

汐が挨拶を返すと、星原は汐の席に近寄り「最近暑くなってきたね」と話しかけた。それから二人は談笑を始める。

星原は、昨日の帰り道に宣言したことをちゃんと実行している。俺も口だけではないことを証明しなければ。そう思いながら、二人に交ざろうと汐の席に向かった。

途中、こちらを睨《にら》んでくる西園《にしぞの》と目が合ったが、俺はすぐ視線を逸《そ》らした。

それから休み時間が来るたび、俺と星原は汐に話しかけた。

別に話の内容はなんでもよかった。重要なのは汐を孤立させないことだ。汐が西園にちょっかいをかけられないよう、できるだけ俺たちは汐に付き添った。そのあいだにも、何度か西園が俺たちの悪口を叩《たた》いてきたが、すべて無視を決め込んだ。

西園は目に見えて不機嫌そうにしていた。最初は俺たちに無視されても舌打ちをする程度だったが、次第に周りのクラスメイトに八つ当たりするようになった。やれジュースを買ってこいだの、やれお前の話は面白くないだの。おそらくその影響で、クラス内の風向きが少しずつ変わり始めていた。

あれは三時間目終わりの休み時間のことだ。

俺が便所で用を済ませ、手を洗っていると、クラスメイトの男子二人が駄弁《だべ》りながら男子トイレに入ってきた。二人が俺の後ろを通って用を足し始めても、彼らの話し声は手洗い場まで聞こえていた。

「あいつさ、ちょっとやりすぎだよな」

あいつ、に該当する人物は一人しか思い当たらなかった。俺は手を洗いながら、二人の話に耳を傾けた。

「あー、西園《にしぞの》だよな。分かる。さすがに昨日のアレは引いたわ」

「な。もうほっときゃいいのに。なんつうか、ダサい」

「もしかして、嫉妬《しっと》してんのかな」

「あ、槻ノ木《つきのき》が美形だから？　だとしたらちょっとウケるな」

二人が笑い合うと、まるでそれがオチだったかのように違う話題へ移った。

俺は彼らの会話から、西園に対する批判的な空気が形成されつつあるのを感じた。この二人の他にも、西園に反感を覚え始めたクラスメイトはいるだろう。汐《うしお》のスカートを盗み、それを晒《さら》し上げたのは、やはり誰の目にもやりすぎだと映ったのだ。

素直に喜べないが、悪くない流れだった。西園が多数のクラスメイトから不興を買えば、汐への嫌《いや》がらせをやめるかもしれない。どうかこの流れが続いてほしいところだ。

四時間目が終わり、昼休みに入る。

星原《ほしはら》はいつもと同じように弁当を持って汐の席に向かっていた。西園も食事中は大人しいので、今はそれほど汐に気を使わなくていいだろう。

俺は自分の机に弁当を広げる。すると、いつものように蓮見《はすみ》が自分の弁当と椅子《いす》を持ってこちらに来た。

「昼休みは槻ノ木と喋《しゃべ》んなくていいのか」

「ああ。ずっと三人一緒にいてもそんな話することないし。それに、昼休みまで汐と一緒にいたら、蓮見が一人で弁当食べることになっちゃうだろ」

我ながらなんていいクラスメイトなんだろう。と心の中で自画自賛していたら、蓮見は顔を引きつらせた。

「いや、普通に他の友達と一緒に食べるけど……」

「あ、そう……」

心配して損した。

蓮見は弁当を広げて食事を始める。白米を口に運びながら「ところで」と切り出した。

「今日はまたずいぶん槻ノ木に親身だな。やっぱり昨日の西園が原因？」

「まぁ、そんな感じだ。他にもいろいろあるけど、心配になってきて」

「ふうん。ちょっと前まで苦手とか言ってたのが信じられないな」

「事情が変わったんだよ、事情が」

本当に、変わりすぎだと思う。今まで男として接してきた幼馴染《おさななじみ》が女の子になる、ってだけでも事件なのに、その幼馴染に告白された。以前と変わらずにいるほうが難しい。

今後どうなることやら……と思いながら、惣菜《そうざい》に箸を伸ばすと。


カシャン、と何かが落ちる音がした。


「あっ、アリサ！」

星原《ほしはら》の声が教室に響く。

俺は汐《うしお》と星原の席に目をやった。二人のそばには、西園《にしぞの》が腕を組んで立っていた。

「今のは……ひ、ひどいって。そんなことしなくても……」

震える声で訴える星原。一方で汐は悔しそうな面持《おもも》ちで俯《うつむ》いている。

状況を把握しようと俺は背を伸ばす。すると西園の足元にひっくり返った弁当箱を見つけた。あれはたしか、汐のものだ。

「別に、わざとじゃないし。ちょっとぶつかっただけでしょ」

そのやり取りだけで、俺は西園がしたことの想像がついた。

おそらく、汐の弁当をわざと落としたのだ。机のそばを通る際に、手を引っかけるなりして。

星原の反応からして、そうとしか考えられない。

じわ、と頭が熱を持つ。怒らなければ、と思った。強い言葉をぶつけて、西園を謝らせるべきだ。昨日決意したように、俺にできることを今すぐやる——でも、もし本当に西園がわざとじゃなかったら？　そもそも俺が怒って事態が好転するのか？　状況をややこしくするだけではないのか？　そんな数々の不確定要素が、喉《のど》に栓をした。出かかった強い言葉が、じりじりと喉を焼く。

「ていうか夏希《なつき》さ、なんでそんな汐の肩持つわけ？」

不機嫌さを顕《あら》わにした西園の声が耳に届く。

「なんでって……私は、汐ちゃんの友達だから」

「汐ちゃんて！」

あっはは、と西園はバカにするように甲高《かんだか》い声で笑う。ひとしきり笑ったあと、ふう、と息を吐き、冷めた表情で「気持ち悪い」と言い放った。

「バカじゃないの。いくら周りが女の子扱いして本人がそう思い込もうとしても、汐が男なのは変わんないから。それとも手術でも受けんの？　切り落としたりするわけ？　そこまでやってないってことは、結局お遊びなんでしょ？」

「お遊びじゃない」

汐が顔を上げ、悲痛な表情で西園を睨《にら》む。

「そういうのは……アリサが思ってるほど簡単にできることじゃないんだよ」

汐《うしお》の反論に、西園《にしぞの》は蔑《さげす》んだ目で返した。

「あっそ、別にどうでもいいけど。てか夏希《なつき》さ、一応まだ友達だからアドバイスしたげるけど、いくら汐が女の子の格好してるからって、あんま無防備に近づかないほうがいいよ」

星原《ほしはら》は怪訝《けげん》そうに眉《まゆ》を寄せる。

西園は醜悪な笑《え》みを浮かべて、続けた。

「汐だって男なんだから、あんま気を許したらすぐヤラれちゃうよ」

「なっ」

性的なニュアンスを含む言葉に、星原が顔を赤くした。

西園の発言は二人に対する明確な侮辱で、汐の生き方を真っ向から否定するものだ。少し前まで仲よくやっていた相手に、どうしてそんな言葉を吐けるのか。

腹の奥からこみ上げてきた怒りが、喉《のど》に詰まっていた栓に圧力をかけた。

「――いい加減にしろ」

やっと、声を出せた。

西園がこちらを振り返り、敵意をむき出しにした視線を俺に向ける。

「何？　私に言ったの？　声ちっちゃくて聞こえなかったんだけど」

俺は椅子《いす》から立ち上がり、震える足を踏みしめて西園を睨《にら》んだ。

「いい加減にしろって言ったんだよ。二人がなんか迷惑でもかけたか？　ただ自分が受け入れられないからって、突っかかるな」

「はぁ？　あんたには関係ないでしょ。てか迷惑ならかけられてんだけど？　汐のせいで、教室の空気が悪くなってんの分かるでしょ。それで本人は、特別な自分のこと認めてくださいーって被害者面しちゃってさ。ほんっとムカついてる」

「お前がそう思ってるだけだろうが。汐は何もしてない。普通に学校生活を送ろうとしてるだけだ」

「その普通が私らにとって迷惑だっつってんの。聞きたくもない性癖を一方的に聞かされて、いざ私が自分の意見を言ったら、突っかかるなって、何それ。勝手すぎでしょ。なんも言われたくないいんならずっと黙ってりゃよかったんだよ。つーか、受け入れろって言うんなら不快な気持ちになってる私のこともちゃんと受け入れろよ。なんで汐だけ特別扱いするわけ？　そんなの差別でしょ」

「お前がそれを言うなよ。大体、何が意見だよ。お前のはただの悪口だろうが。理解できないものを攻撃して私のことも受け入れてって、バカじゃねえの」

ピシ、と西園からガラスにヒビが入るような音が聞こえた、気がした。

「あんた、やっぱ汐のことが好きなんでしょ」

「は？　何言って——」

「だから必死になってんでしょ。大好きな汐《うしお》ちゃんのことバカにされて怒っちゃった？　はっ、気色わる。そういうの、目に毒だからよそでやってくんない？」

頭の中からプツプツと音が聞こえる。ダメだ。ここで怒ったら西園《にしぞの》の思うツボだ。

怒りを押し殺して、俺は鼻で笑ってみせる。

「言い負かされそうになったからって、ガキみたいなこと言うなよ。今それ関係ないだろ」

「じゃあはっきり言えば？　汐のことどう思ってるか」

「だから――」

「ごまかさず、答えろよ」

ああ、クソ。びっくりするくらい稚拙《ちせつ》な煽《あお》りなのに、嫌《いや》なところを突いてくる。

気づけばクラスメイト全員が黙って俺の返答を待っていた。星原《ほしはら》も、そして汐もだ。曖昧《あいまい》に流せる雰囲気ではない。

好きなんかじゃない、そう答えるのが無難だろう。だがその選択は汐の告白にノーを突きつけることになる。西園に強く出られても、汐を傷つけてしまう。なら好きと答えたら――って違う。周りの反応で返答を決めようとするな。俺自身がどう思っているかだろう。

自分の気持ちを、正直に伝えるしかない。

「ほら、早く答えろよ」

「……ねえよ」

「あ？　なんて？」

「分かんねえよ、好きかどうかなんて！」

怒鳴りつけるように俺は言った。

「見た目は可愛《かわい》いと思うし、正直、喋《しゃべ》ってるとたまにドキッとするよ。俺は汐のことを傷つけたくないし、大切にしたいと思ってる。けど、女の子として好きかどうかは……分からない」

「何それ？　はっきりしろよ」

「分からないもんは分からないんだから仕方ないだろ！　なんでもかんでも好きか嫌いかだけで語れると思うな。大体、汐が好きだのなんだの言う、お前のほうはどうなんだよ！」

言ってから、後悔した。つい口にしてしまったが、今のは性《たち》の悪い問いだった。

西園の顔が怒りに染まる。悔しそうに奥歯を噛《か》み締め、何を思ったか、汐の机に置いてあったステンレスの水筒を手に取った。

まさか、と思った直後、西園はそれを大きく振りかぶり、

「それはダメだよ、アリサ」

俺に投げつけようとしたが、汐が西園の二の腕を掴《つか》んで引き止めた。

「離せ！　キモいんだよ！」

西園が暴れる。だが汐の手は振りほどけない。筋力の差が悲しいほどにはっきりと表れていた。それでも西園は諦《あきら》めなかった。我を失ったように腕を振り回し――。

水筒が、汐《うしお》の顔面を直撃した。

西園《にしぞの》が「あっ」と声を漏《も》らして水筒を手放す。床に落ちた水筒は、ガラン、と音を立てて転がった。

「っつう……」

たまらず汐は手を離し、うずくまった。鼻の先からボタボタと結構な量の血が滴《したた》っている。

「だ、大丈夫!?」

星原《ほしはら》がポケットからハンカチを取り出し、ゆっくりと汐の鼻に当てる。血を吸って赤く染まりゆくハンカチに反して、西園の顔からは血の気が引いていた。

「今のは、わざとじゃなくて……」

小声で釈明するが、その言葉に頷《うなず》く者は誰もいない。どころかほとんどのクラスメイトが、刃先を向けるような冷たい視線を西園に送っていた。

孤立無援となった西園はようやく自分の過《あやま》ちを認めたのか、心配そうに汐に手を伸ばす。だがそのとき。

「ちょっと、どうしたの?」

静まり返った教室に高い声が響いた。

教室の出入り口に目をやると、そこに伊予《いよ》先生が立っていた。いつもの笑顔はなく、深刻そうな顔つきで教室を眺め回している。

「喧嘩《けんか》してる、って聞いたんだけど……」

どうやら誰かが騒ぎを報告したらしい。うちのクラスメイトなのか他クラスの生徒なのかは分からないが、少々タイミングが悪い。せめてもう少し早く来てくれていたら、と思わずにはいられなかった。

伊予先生は教室に足を踏み入れ、うずくまる汐を見つけると、ハッと目を見開いた。

「……何があったの？」

「西園さんが、槻ノ木《つきのき》くんを水筒で殴りました」

伊予先生の近くにいた女子が、そう告げ口した。西園の取り巻きだった生徒の一人だ。その女子の裏切るような発言に、西園はショックを受けたように口を震わせる。

「ちがっ、私は……」

伊予先生は西園を一瞥《いちべつ》したあと、しゃがみ込んで汐と目線を合わせる。

「汐、どうなの？」

汐は星原から借りたハンカチを鼻に当てたまま、首を横に振った。

「……偶然、当たっただけです」

その気になれば西園に責任を負わせることもできただろう。だが汐はそうしなかった。この期《ご》に及んで西園に気を使うような汐の姿に、俺はもしやと思う。

汐は、西園に好意を寄せられていたことを知っていたのではないだろうか。だから、西園に黙ったまま生き方を変えるほどの決断――つまり男を辞めたことに、罪悪感を覚えていた。

そう考えると、今までどれだけ悪口を叩《たた》かれても言い返さなかったことにも、一応の筋が通る。

この推論が正しいとはかぎらないが、俺はやるせなくなった。ただ正直に生きようとしているだけで、どうして謙《へりくだ》る必要があるのか。

伊予《いよ》先生は、なおも真剣な顔つきで汐《うしお》を見つめている。だがそばに落ちた弁当箱に気づくなり、何かを察したように、顔に怒りと憐憫《れんびん》を滲《にじ》ませた。

「汐、この弁当箱は何？　これも、偶然落ちたの？」

その弁当箱はほぼ間違いなく、西園《にしぞの》が故意に落としたものだ。

汐は少し迷ってから、こくりと頷《うなず》く。

すると伊予先生は、静かに立ち上がった。

「……誰か、槻ノ木《つきのき》さんを保健室に連れて行って。西園さんは私と一緒に来なさい」

「や、私は……」

「いいから来なさい！」

鋭い怒声に西園はビクッと肩を震わせる。俺も少し驚いた。伊予先生がこれほど怒った姿は今まで見たことがなかった。

伊予先生は教室から出ていく。そのあとを西園は、叱《しか》られた子供のようにとぼとぼとついていった。西園の目は涙ぐんでいて、かつての威厳は見る影もない。憎たらしいヤツだと思っていたが、ちっとも胸はすっきりしなかった。

「保健室、行こう」

星原《ほしはら》が汐に付き添って教室を出ていった。

当事者の人間が去り、教室の空気は次第に緩んでいく。これで一件落着、なのだろうか。俺はなんだか置いてけぼりを食らったような気分だった。

三人がいた場所には、ひっくり返った弁当箱が取り残されている。誰にも見向きされないその弁当箱に妙なシンパシーを感じて、俺は後処理を引き受けることにした。


その後、保健室から戻ってきた汐は、通常どおり五時間目から授業に参加していた。もちろん鼻血は止まっている。鼻栓をしたりガーゼを貼《は》ったりもしていないので、大事には至らなかったのだろう。

一方で西園は、教室に戻ってこなかった。

放課後になると、クラスメイトの一人が「アリサ、謹慎になったんだって」と吹聴して回っていた。その子が言うには、昨日の時点である生徒が西園の悪行を伊予先生に知らせていたらしい。そこに今日の騒ぎがあり、処罰が下された……とのことだった。

事実かどうかはともかく、納得できる話だった。西園には同情しないが、責める気にもなれない。どうかこの機に改心してほしいところだ。

俺は帰り支度をする。そのとき、四、五人の男子が顔を寄せ合ってこそこそと相談事をしているのが見えた。彼らは時おり汐《うしお》のほうを見て、ニヤついたり眉《まゆ》を寄せたりしている。何を企んでいるのだろう。

やがて連中は、揃《そろ》って汐の席へと向かった。彼らの中の一人が、へらっとした笑《え》みを浮かべて汐に声をかける。たしかあいつは、歌島《うたじま》だったか。

「よう汐。いろいろ大変だったな。鼻、曲がんなかったか？」

俺以外の男子が汐に直接話しかけるのは珍しい。汐は驚いた表情を見せたが、すぐ警戒心を露《あら》わにした。

「平気、だけど」

「そう身構えんなよ。このあと予定ないんだったら、一緒にマック行かね？」

汐が目を丸くする。意外な誘いかけに、俺も少し驚いた。

歌島は気恥ずかしそうに頭をかく。

「よくよく考えたら俺たち汐のこと全然知らなかったなーって思ってさ。だから、えーと、ほら、ポテトでも食いながら話そうぜ。無理にとは言わんけど」

こ、これは……汐への歩み寄りだ。分からないから理解しようとする、健全なコミュニケーション。俺は胸が熱くなった。

汐は嬉《うれ》しそうに微笑《ほほえ》んで、しかし緩く首を横に振った。

「……ごめん、すでに先約があるから。でも誘ってくれてありがとう」

「ん、いいよ。じゃあ、また今度な」

そう言うと、歌島たちは帰っていった。

汐は鞄《かばん》を肩にかけて立ち上がる。するそこに帰り支度を済ませた星原《ほしはら》が寄ってきた。二人は軽く言葉を交わすと、こちらへ向かってくる。俺は立ち上がって二人を迎えた。

「帰ろうか」と声をかけてきた汐に、俺は「ああ」と頷《うなず》く。そして、三人で教室を出た。

俺たちのことを奇異の目で見てくる輩《やから》は、もういなかった。


三人揃って帰るのは、ずいぶん久しぶりな気がした。自転車のチェーンが回る音が、心なし軽やかに聞こえる。

「今月乗り切ったらいよいよ夏休みだね～！　楽しみ！」

ここ数日、気分が沈みがちだった星原だが、今は照りつける太陽にも負けないくらい元気だった。顔には安堵《あんど》が窺《うかが》える。昼休みの一件から、もう西園《にしぞの》が汐にちょっかいをかけることはない、と信じているのだろう。少々楽観的な気もするが、俺も似たような気持ちだった。

「だな。あとは定期考査さえなんとかなれば……」

俺が不安の声を漏《も》らすと、星原は「ぎゃー！」と軽い悲鳴を上げた。

「どうしよう、全然勉強してない！　やば～赤点取ったら補習で夏休みが減っちゃう……」

「俺も全然してないから大丈夫だ」

「今までそう言ってきた人はみんな私より順位上だったよ」

星原《ほしはら》はじとーっとした視線を向けてくる。俺は苦笑いを浮かべるしかなかった。

そんな俺たちを見て、汐《うしお》は微笑《ほほえ》ましそうにしている。

「あ、そういえば汐ちゃん、鼻、もう大丈夫？　すっごく血が出てたから、私めちゃくちゃ焦ったよ」

「これくらい平気だよ。押さえるとちょっと痛むけど、骨は問題ないみたいだし」

「ほんと？　早く治してね……」

汐は照れくさそうに頷《うなず》く。

ふと思ったが、汐はあれだけ嫌《いや》がらせを受けていたにもかかわらず、西園《にしぞの》に対する恨み言を一度も吐いていない。単純な親切心だろうか。それとも、やっぱり汐も西園の恋心に気づいていて、だからこそ同情する気持ちがあったのか……どちらにせよ、優しいやつだ。

「あのさ、ちょっと二人に言いたいことがあるんだけど」

突然、汐は足を止め、真面目《まじめ》なトーンでそう切り出した。俺と星原は立ち止まり、互いに少し身構えて、汐に顔を向ける。

「その、咲馬《さくま》も夏希《なつき》もさ。いろいろ話しかけてくれたり、ぼくのために怒ったりしてくれて、ありがとう。ほんと、嬉《うれ》しかったよ」

何を言い出すかと思えば。俺は気が抜けて笑ってしまう。

「気にすんなよ。好きでやってることだし」

「だね！　汐ちゃんは、どーんと構えとけば大丈夫！」

「……そっか、うん、分かった」

汐は表情を崩して噛《か》みしめるように返事をした。その声には本物の熱があった。顔からは嬉しさが滲《にじ》んでいて、見ているこっちまで胸が温かくなってくる。

こういうのいいな、と俺は漠然と思った。友達をしている、という感じがした。迎合や虚栄ではない、純粋な好意と思いやりによって構築された人間関係。その中に、自分がいる。ただそれだけのことが無性に嬉しかった。

俺たちは歩みを再開する。

「怒るっていえばさ、昼休みの紙木《かみき》くんすごかったね。アリサに対してあんなに言える人、今までいなかったよ」

「あはは……ちょっと見苦しいとこ見せちゃったな。はずい」

「いやいや！　褒めてるんだよ。すっごくカッコよかった！」

「そ、そう？」

声が上擦《うわず》った。やばい。これは……めちゃくちゃ嬉しい。今なら見知らぬ人からタックルを食らって田んぼに突き落とされても「気にしなくていいよ」と言える自信がある。なんなら自分から飛び込んでもいい。

勇気を出してよかった。心からそう思えた。

「これでクラスの雰囲気もよくなるよ。アリサも、きっと反省してるだろうし」

「……そうだな」

俺が相槌《あいづち》を打ったところで、田んぼ道を抜けた。それから少し歩いて、交差点に出る。

「じゃ、また明日ね！　でもって明日から勉強頑張ろう！」

今日じゃなくて明日からなのか……と思いつつ、俺は汐《うしお》と揃《そろ》って別れの挨拶《あいさつ》をする。

星原《ほしはら》は自転車に跨《また》がり、立ち漕ぎで帰っていった。その背中はすぐに見えなくなる。

さて。

星原と分かれ、二人きりになったこのタイミングで、俺から汐に話そうと思っていたことがある。昼休みの一幕を経て、授業中もずっと心の準備をしていた。もう、迷わない。

「汐」

歩きだそうとした汐を引き止めるように、俺は声をかけた。

汐は無言で振り返る。不思議と穏やかな顔をしていた。ひょっとすると、汐も俺が切り出すのを待っていたのかもしれない。

俺は唾液《だえき》を飲み込み、手のひらに滲《にじ》む汗をズボンで拭《ぬぐ》った。

「告白のこと、なんだけどさ」

「うん」

「返事、だけど。俺は……西園《にしぞの》に言ったとおりだよ。汐のことは、その、可愛《かわい》いと思ってるし、たまに本気でドキッとする。けど、まだその感情が好きかどうか、よく分かんなくて……だから、もう少し時間がほしいんだ。必ず、ちゃんとした答えを出すから」

言い終わると「そっか」と汐は答えた。その声からはなんの感情も読み取れなかった。至極どうでもいい話に相槌を打つような「そっか」だった。

「いいよ別に」

と汐は続けた。

俺は困惑する。その「いいよ」はどういう意味の「いいよ」なんだろう。「返事はいつでもいいよ」？　それとも「別に返事はいらないよ」？　あの告白は、汐にとって大きな意味を持つ行為だったはずだ。だから後者ではない……と思うのだが、さっきの「いいよ」には、拒否のニュアンスが含まれていたように感じられた。たとえるなら、別に行きたくもないカラオケやボウリングに誘われて断るときに使う「いいよ別に」だ。まぁ俺はカラオケにもボウリングにも誘われたことはないのだが……。

ともかく。その「いいよ別に」の意味は明確にしておく必要がある。わざわざ確認するのは気が引けるが、重要なところだ。

「えっと、悪い、汐。それって――」

「ぼくからも、咲馬《さくま》に訊《き》きたいことがあるんだ」

遮《さえぎ》るように汐《うしお》は言った。

少し溜《た》めてから、俺の返事を待たず、汐は言葉を紡ぐ。


「咲馬、夏希《なつき》のこと好きでしょ」


俺は言葉を失った。

ひた隠しにしていた心の柔らかいところを、突然、鷲掴《わしづか》みにされた気分だった。俺は否定も肯定もできない。どう反応すればいいのか分からなかった。

固まる俺を、面白がるように汐は笑う。

「やっぱり、そうなんだ」

「な、なんで」

「なんでって。そんなの、見てたら分かるよ。人が人を好きになる顔、今まで何度も見せられてきたから」

汐は軽快に続ける。

「夏希、可愛《かわい》いよね。純粋で、正直な子だよ。好きになるのも分かる……あ、別に咲馬のことを責めてるわけじゃないんだ。むしろ、応援してる。ぼくにできることがあったら手伝うから、なんでも言ってよ。だから、好きって言ったことは、もう忘れていいから」

妙に早口だった。まるで何かに急《せ》かされているような、あるいは、口を動かし続けることで、何かをごまかそうとしているようだった。

「そもそも、あの好きは友達としてって意味だから。勘違いした咲馬が悪いよ。でもさ、普通に考えて、男が男に告白とかあり得ないでしょ。同性に向けられる好意ほど、気持ち悪いものはないよ。それくらい、分かってる。分かってるんだよ。だから、えっと、だから……っ」

言葉に詰まると同時に、汐の目から、つう、と一筋の涙がこぼれた。

汐は自分の頬《ほほ》に触れ、指についた雫《しずく》に目をやる。そして自嘲《じちょう》気味に笑った。

「はは、もう本当ダメだ。なんですぐ泣いちゃうんだろう？　分かってた、ことなのに……」

「汐……」

俺が近づこうとすると、汐は首を横に振って俯《うつむ》いた。

「大丈夫、大丈夫だから……」

言いながら、汐はスカートのポケットに手を突っ込む。涙を拭《ふ》くものを探しているようだった。三秒もせず、右ポケットからハンカチを取り出す。それで目を拭《ぬぐ》おうとして、ピタ、と手が止まった。

取り出したハンカチには、赤黒い染みが付着していた。そのハンカチは、星原《ほしはら》が汐の鼻血を止めようとして使っていたものだ。おそらく汐自身が、洗濯してから返そうとポケットに入れていたのだろう。

手を止めたのは、ハンカチに血がついていたから？　それとも、他でもない星原《ほしはら》のハンカチだったから？　そんなことを考えてしまう自分に、嫌気《いやけ》が差した。

汐《うしお》は力なく笑って、ゆっくりと顔を上げる。


「やっぱり、女の子には敵《かな》わないな」


なごり雪のように薄い微笑《ほほえ》みの下に、一体どれだけの諦念《ていねん》と悲哀と絶望が覆い隠されているのかと思うと、俺は胸が詰まった。かける言葉は、一つも見つからなかった。

遠くでセミが鳴き始める。

もう、夏だった。

第二章　崩壊

セミの鳴き声で目が覚めた。

瞼《まぶた》を持ち上げた途端、鋭い光が目に飛び込む。顔が熱い。カーテンから差し込む朝日が、俺の顔面を照らしていた。

横になったまま、枕《まくら》のそばにある携帯を開く。今日は七月三日、時刻は六時四〇分。

ベッドから下りて、カーテンを両手でしゃっと開く。

窓の向こうには、ペンキで塗りたくったような青空が広がっていた。


椿岡《つばきおか》高校に着く頃《ころ》には、シャツが背中に張り付くほど汗をかいていた。これからどんどん気温が上がると思うと、憂鬱《ゆううつ》になる。

教室に入ると、下敷きや教科書をうちわの代わりにして扇《あお》いでいる生徒が何人も見られた。

その中には星原《ほしはら》もいる。彼女は胸元に風を送り込みながら、机に広げた教科書を睨《にら》んでいた。

不意に、ふわあ、と星原はあくびをする。そのとき、俺と目が合った。

星原は大きく開いていた口を慌てて閉じると、恥ずかしそうに軽く手を振ってきた。

か、可愛《かわい》い〜……。朝から幸せを噛《か》み締めながら、俺も軽く手を振り返す。そのまま教室の奥へ進み、自分の席に着いた。

前方の空席に目をやる。

西園《にしぞの》は、まだ謹慎が続いていた。星原によると、テストが始まるまで学校に来れないらしい。となるとあと一週間。自業自得とはいえ、なかなか厳しい時期に謹慎を食らったものだ。

鞄《かばん》の中身を机に移そうとしたら、涼しげなオーラをまとう生徒が教室に入ってきた。

汐《うしお》だ。女子制服を着た汐に、さすがにもうみんな慣れていた。まだ若干浮いてはいるが、汐に後ろ指を指すヤツはいない。

汐は自分の席に鞄を置くと、こちらに向かってきた。

俺の机の前で足を止める。

「おはよう、咲馬《さくま》」

「ああ、おはよう」

ちょっと不安になるくらい、汐は普通だった。

定期考査に向けて授業は早足で進む。世界史の先生が黒板にチョークを走らせているのを眺めながら、俺は授業とはまったく別のことを考えていた。

——咲馬、夏希《なつき》のこと好きでしょ。

汐《うしお》にそう言われたのが一昨日。結局、あのときの俺は気の利いた言葉もかけられずに、汐と別れて帰路についた。

それから悶々《もんもん》としたまま次の日を迎えた。汐になんて言えばいいのか……不安に思いながら登校したら、汐は驚くほど平然としていた。昼休みにはいつもどおり星原《ほしはら》と食事を取り、三人で下校する際には冗談を言うこともあった。

最初は無理に明るく振る舞っているのかと思った。だって汐にしてみれば、失恋したようなものだ。実際あのとき泣いていたし、本当は辛《つら》いはず。だが話してみたかぎりでは、傷心した様子も、気まずさを感じさせることもなかった。

もしかすると、汐は完全に立ち直ったのかもしれない。そもそも、かつて汐が俺に放ったあの「好き」は、本人の言うとおり友達としての好きだったのかも。時間が経《た》つにつれて、俺の考えはそのように変化していった。

というか、そう考えたほうが楽なのだ。もう汐の告白にどう返事するか悩まなくていいし、さらに俺と星原の仲を取り持ってくれる。汐の言葉は、俺にとってこれ以上なく都合がいい。

だからこそ、不安になってしまうのだけど。

「はぁ……」

「はい紙木《かみき》。ため息吐《つ》いたからここ解いてみろ」

「えっ」

急に指名されてビビる。なんか前にも同じようなことがあった気が。

世界史の先生は、黒板に書かれた文章の空白をチョークでコンコンと叩《たた》いた。そこに当てはまる用語を答えなさい、ということだろう。が、さっぱり分からん。

「すいません……分かりません」

「お前なぁ。もうすぐ定期考査なんだから集中しろ」

怒られてしまった。だが先生の言っていることは正しい。定期考査まであと一週間なのだ。

俺は気を取り直して、まずは板書から始めた。


昼休み。

いつものように、俺は蓮見《はすみ》と、そして星原は汐と食事を取っていた。なんでもない話をしながら箸を動かす。

「槻ノ木《つきのき》の女装にも慣れてきたな」

蓮見が卵焼きを咀嚼《そしやく》しながらそう言った。

俺は箸の先をピッと蓮見に向ける。

「女装じゃないぞ」

「え、そうなのか」

「女装は、男がするから女装って言うんだろ。汐は、ほら、中身が女子っていうか、別に趣味でやってるわけじゃないから。女装は、ちょっと違うだろ」

「……ほーん」

「なんだその返事」

「いやなんか、真面目《まじめ》なこと言ってんなーって思って」

「俺はいつだって真面目だよ」

「……ほーん」

「その返事マジでムカつくからやめろ」

ぶす、と俺は弁当のミートボールに箸を突き刺す。

「ま、どうでもいいけど。槻ノ木《つきのき》、もっと馴染《なじ》めるといいね。秋になったらいろいろあるし」

「どうでもよくはないけど……いろいろって？」

「行事。文化祭とか、体育大会とかさ」

ふむ、と俺はミートボールを口に入れる。

文化祭に体育大会か。冬になれば修学旅行もある。文化祭は関係ないが、他二つは男女で分かれる場面がいくつも出てくるだろう。そういったとき、汐《うしお》はどちらに属するのだろうか。

汐もそうだが先生もいろいろ判断に困るだろうなぁ、などと考えていたら、一人の男子生徒が教室の扉から顔を出した。中に入ってきたところで足を止め、教室を見渡す。

細身で長身、顔には薄い笑《え》みが張り付いている。余裕でイケメンの部類に入る男子だ。やけに大人びていて、物腰柔らかな印象を受ける。ただ……どことなく胡散臭《うさんくさ》い感じがした。遊び慣れた大学生というか、優秀な営業マンというか。

俺は蓮見《はすみ》に顔を近づける。

「誰だ、あの人。三年生？」

「知らないの？　あいつ、D組の世良《せら》だよ。ほら、東京から引っ越してきたっていう」

「ああ、あれが……」

世良慈《いつく》。進級に合わせて転校してきた、東京出身の男子生徒。始業式当日にクラスメイトと喧嘩《けんか》になり、それが原因で学校にはほとんど来なくなった……と噂《うわさ》で聞いていた。転校早々に喧嘩というからもっと不良みたいなタイプだと思っていたが、見た目は優男《やさおとこ》だ。

「あ、いたいた」

世良の視線が定まる。教室の一点を見つめて、嬉《うれ》しそうに目を見開いた。

「ね、そこの銀髪の子。ちょっと話したいことがあるから、僕と来てくんない？」

俺は箸を落としそうになった。

この教室に、というか椿岡《つばきおか》高校に、銀髪の生徒は汐しかいない。けど、「銀髪の子」。ひょっとして世良は、汐を女の子と勘違いしているのではないだろうか。いや、扱いとしては間違いではないのだが、世良は転校生で不登校だったたし、男の汐を知らない可能性がある。

おそらく、大半のクラスメイトは俺と同じ疑問を抱いている。だから教室の空気は、世良の発言によってにわかに色めきだっていた。

「槻ノ木《つきのき》、男だぜ」

扉の近くにいた男子が、ニヤニヤしながら世良《せら》にそう教えた。

世良はきょとんとしてその男子を見やる。

「槻ノ木って?」

「銀髪の子」

「……えっ、マジ?　男?」

「うん」

世良は信じられないような顔をして汐《うしお》に視線を戻した。やはり、男だと知らずに声をかけたらしい。

汐はうんざりした様子で、世良に目をやる。

「何か用?」

そのハスキーボイスで男だと確認できたのだろう。世良はショックでも受けたみたいに額《ひたい》を押さえ、天井を見上げた。

しばらくその態勢のままでいたが、突然、吹っ切れたように前を向いた。

「ま、いっか」

……何がよかったのだろう。

世良は教室の奥へ進み、汐の前で足を止める。ついさっきまで汐と食事を取っていた星原《ほしはら》は、心配そうに成り行きを見守っていた。

「えーと、槻ノ木？　下の名前はなんていうの？」

「……汐」

「じゃあ汐。改めてだけど、大事な話がしたいから僕と来てくんない？」

「今、食事中だから後にしてほしいんだけど」

「すぐ終わるからさ。頼むよ」

ぱしっと手を合わせる世良。

汐は大きくため息を吐《つ》くと、星原に「すぐ戻るから」と声をかけて立ち上がった。

世良と汐は、二人で教室を出ていく。

大事な話、ってなんだろう。食事を中断させてまで二人で何を話す？　モデルでも頼むのだろうか。実はカメラが趣味で、汐に被写体になってほしいとか。おお、我ながらいい線いってる気がする。それなら性別は関係ない。

てっきり告白でもするのかと思った。まぁ、普通に考えてそんなわけない。

＊

告白だった。

「えええええええ!?」

俺はめちゃくちゃ驚いた。並んで歩いている星原《ほしはら》もめちゃくちゃ驚いていた。学校からの帰り道。世良《せら》と何を話していたか、汐《うしお》は今まで「あとで話す」と言って教えてくれなかった。だが、今こうして三人で下校するタイミングになって、突然「世良に告白された」と呟《つぶや》いたのだった。

いや、呟いたのだった、ではない。え？　告白？　世良が？　汐に？

「こ、告白って、好きとか、そういう意味の？」

俺が確認すると、汐はこくりと頷《うなず》いた。

「付き合ってほしい、って言われた」

完全に好きの告白だった。

いや、冗談だろう？　男同士だぞ。そんなの、あり得ない——と思っているけど、口には出せない。告白そのものを否定するのは、汐を男として見ていることと同義になってしまう気がした。

「そそそれで、汐ちゃんは、な、なんて答えたの？」

動揺を隠しきれない様子で星原が訊《き》いた。

「いいよ、って」

俺と星原が揃《そろ》って絶句すると、汐は冷静に「ただし」と付け加えた。

「付き合うには条件をつけた」

条件？　と俺と星原の声が重なる。

「今度の定期考査で、学年一位になったら付き合ってもいい。そう答えたよ」

学年、一位。

俺は世良の学力を知らないから、その条件が緩いのか厳しいのか分からない。だが問答無用で振らなかったということは、一応、汐のなかに世良と付き合う選択肢はあるのだ。

「汐ちゃんは、どう思ってるの？」

ためらいがちに星原が訊いた。

「どうって？」

「その……世良くんと付き合うことについて」

汐は少し間を置いてから、首を捻《ひね》る。

「さあ、どうだろう。けど、学年一位を取るのはそう簡単じゃない。世良が頑張って勉強して一位を取ったら、そのときは付き合ってみてもいいかな、って思ってるよ」

「そうなんだ……」

星原は釈然としない様子で返事をした。気持ちは分かる。汐に好意を抱いている星原の心境は、たぶん俺よりも複雑だろう。

「汐《うしお》は、世良《せら》を元から知ってたのか？」

世良は汐のことをほとんど知らないようだったが、汐はどうなのだろう。

「いや、東京からの転校生ってことしか知らなかった。世良はほとんど学校に来てなかったみたいだし、今日まで話したこともなかったよ。あ、でも」

たった今思い出したように、汐は続ける。

「今朝、学校の前で世良と目が合ってさ。それだけで何も話さなかったんだけど、世良はそのときぼくのことを好きになったらしい」

本人がそう言ってた、と汐は付け加えた。

「じゃあ、世良の一目惚《ひとめぼ》れってわけか？」

「たぶんね」

ふむ……と俺は少し考える。

世良は、名前も性別も知らず、一度も話したことがない汐を好きになった。そしてその思いは、汐が男だと知っても変わらなかった。そう考えると、世良ってすごく真摯《しんし》なヤツなんじゃないだろうか。少しばかり軽薄な印象があったが、意外と純情なのかもしれない。

性別さえ意に介さないほど、世良が汐のことを想《おも》っているのなら、俺は彼を応援すべきだろう。少なくとも、俺よりかは汐の恋人として適任だ。たぶん、星原《ほしはら》よりも。

――けど、なーんかモヤッとするんだよなぁ。理由は、よく分からないけど。

それから交差点で星原と別れ、汐とも別々の帰路についた。

俺は自転車に跨《また》がって家を目指す。結局、最後まで汐は平然としていて、星原は腑《ふ》に落ちない様子だった。

自宅まであと五メートル、といったところで、携帯が震える。メールではない。電話だ。俺はブレーキをかけて、ポケットから携帯を取り出す。電話をかけてきたのは、星原だった。

さっき別れたばかりなのに、どうしたんだろう。

俺はドキドキしながら応答する。電話は、直接話すよりも緊張してしまう。

「も、もしもし」

『星原だけど、急にごめんね？　ちょっと話したいことがあって……今からまた会えないかな？』

「いいよ」

何も考えず即答した。なんならちょっと食い気味だった。

『ありがと！　じゃあ、椿岡《つばきおか》駅の前まで来てくれない？　そこで待ってるから！』

「ああ、分かった。すぐ行くよ」

『待ってるね！』

電話が切れる。

携帯をポケットに戻し、ふう、と息を漏《も》らす。上昇していた心拍数が下がっていく。

話したいこと……か。星原《ほしはら》と二人になれるのは嬉《うれ》しいが、あまりいい予感がしない。「紙木《かみき》くんに教えてもらった小説が面白くて」みたいな話だったら、それはもう喜んで聞くが、たぶん、違う。


待ち合わせ場所には、自転車を漕いで一〇分ほどで着いた。

昼間は閑散としている椿岡《つばきおか》駅だが、下校ラッシュのこの時間は中高生が多く見られる。改札を出てきた中高生たちは、そのまま近所の駐輪場へ向かい、自転車に乗って帰っていく。

駅前の時計塔の下に、星原はいた。自転車に跨《また》ったまま、ハンドルに肘《ひじ》をついて両手で携帯をいじっている。

俺は自転車を押して歩き、星原に近づく。

「星原」

名前を呼ぶと、星原はパッと顔を上げて朗らかな笑《え》みを浮かべた。

「紙木くん！　来てくれてありがと。早かったね」

「家、近くだからな」

答えながら、頬《ほほ》が緩むのを抑えていた。学校終わりに駅前で待ち合わせ、というシチュエーションがよろしくない。これはデートなんかじゃないし、どうせ期待しているような展開にはならないんだから浮かれるなよ、と自分に言い聞かせて平静を保つ。

「立ち話もなんだし、ファミレスにでも入ろっか」

「ああ、そうだな」

俺は自転車を漕ぎだす星原に続く。

数分もしないうちに、駅近くのジョイフルに着いた。中はそれなりに混み合っている。椿岡高校の生徒も何人かいたが、俺たちと同学年はいないようだった。

店員さんに案内され、禁煙席の奥のほうに座る。とりあえずドリンクバーを注文し、俺はコーラを、星原がメロンソーダを持ってきたところで、本題に入った。

「話、なんだけどね」

星原は俯《うつむ》きがちにおずおずと話す。俺は頷《うなず》いて先を促した。

「世良《せら》くんのことなの」

「……世良？」

俺は少し驚く。てっきり汐《うしお》の話かと思っていた。

「うん。さっき帰り道で、世良くんが告白したって話、してたよね。そのとき……えっとね」

ちら、と上目で俺を窺《うかが》う。なんだその目は。可愛《かわい》いな……。

星原は話しにくそうに続ける。

「世良くんと汐ちゃんが付き合うの、私、ほんとは嫌《いや》なの」

「それは、分かるよ。星原《ほしはら》は汐《うしお》のことが気になってるから、だよな」

「そ、それもあるんだけどね！　あるんだけど……今話したいのは、ちょっと違ってて」

ちょっと違う？　じゃあなんだろう。というか、やけにもったいぶるな。

こほん、と星原は軽く咳払《せきばら》いする。

「世良《せら》くん、あまりいい話を聞かないの」

「それは、評判が悪いってことか？」

星原は頷《うなず》く。

転校初日に喧嘩《けんか》したという話は聞いていたが、そのことだろうか。と思ったら、星原は俺の思考を読んだように「世良くんが転校してきた日のことなんだけどね」と語りだした。

「私たちさ。始業式の日に、教室で一人ずつ自己紹介したよね。それ、世良くんのいるD組でもあったんだけど、そのときに世良くんの発言が問題になって」

「それが喧嘩の原因になった、とか？」

「あれ？　知ってるの？」

「や、喧嘩があったってことしか知らないんだ。悪い、続けてくれ」

星原はメロンソーダを一口飲み、続ける。

「喧嘩っていうか、集中砲火みたいな感じだったらしいんだよね。でも世良くんは全然反省してなくて。それがまた火に油を注いだっていうか」

「世良は、なんて言ったんだ？」

星原は少しためらってから答えた。

「芋《いも》っぽい人ばっかですね、まぁド田舎だし無理もないか……だって」

「うへぇ」

ド田舎なのは否定しようがない。というか俺も完全に同意だ。しかし芋っぽいと口にして批《ひ》難《なん》されたことに関しては、擁護の余地がない。誰だってそんなことを言われたら怒るし、世良が叩《たた》かれるのは当然だ。

「たしかに、いい話ではないな」

「それだけじゃなくてね。個人的にはこっちのほうが嫌《いや》なんだけど……世良くん、女癖がよくないみたいで。手当り次第に告白してるって噂《うわさ》があるの」

「へえ……」

噂なので鵜呑《うの》みにはできないが、納得してしまった。言われてみればたしかに、あの胡散臭《うさんくさ》い笑顔には、女たらしの匂《にお》いを感じた。それに世良の経歴。やはり東京出身なだけあって、遊び慣れているのだろう。

――っていかんいかん。今のは明らかに偏見だ。噂と経歴で人格を決めつけるなんて、浅はかにもほどがある。それこそ俺が忌み嫌う田舎者の思考回路だ。

気持ちを切り替えるように俺がコーラを啜《すす》ると、星原は険しい顔をした。

「もちろん、あくまで噂《うわさ》だから。世良《せら》くんが本当はどんな人なのか分かんないんだけど……やっぱり二人が付き合うのは嫌《いや》で……私、なんか性格悪いね」

「そんなことないだろ」

星原《ほしはら》も俺と同じ葛藤《かっとう》を抱《かか》えているようだ。決めつけはよくないと思いながら、一方で自身の先入観を捨てきれずにいる。

「そうやって自省できるだけ星原は優しいよ。ていうか、自分にとって大切な人が、評判の悪いヤツに言い寄られてたら、誰でも警戒するって」

「……そうかな」

「ああ。それに汐《うしお》も言ってたけど、学年一位取るのは簡単じゃないし、そこまで悩まなくていいんじゃないか?」

「でも、世良くんって頭いいみたいなんだよね……」

「え、マジ?」

「うん。友達から聞いたんだけど、転入試験をノー勉でパスしたんだって。D組で自慢してたらしくてさ」

「へ、へえ」

「しかも、五月に中間試験あったでしょ? そのときに国語と英語で満点取ったらしいの。途中で帰っちゃったせいで、学年順位は真ん中くらいみたいだけど」

転入試験の難度は知らないが、中間試験で満点を二つも取ったのはすごい。特に国語は相当難しかったはずだ。得意科目が国語の俺ですら前回のテストは九二点だった。定期考査で学年一位は、おそらく世良にとって十分手が届く範囲の実績なのだろう。

世良は、本気で汐と付き合いたいと思っているのかもしれない――。

「はぁ、どうしよ……」

星原はしょんぼりと肩を落とす。

「そ、そんなに落ち込むなよ。まだ世良が一位取るって決まったわけじゃないし。それにほら、あれだ。俺と星原のどちらかが一位取っちゃえば、世良も諦《あきら》めるだろ」

星原を励ますために、冗談で言ったつもりだった。

しかし星原は「それだ！」みたいな顔をした。テーブルに身を乗り出し、キラキラした目を俺に向けてくる。

「そうだよ、私たちが一位取っちゃえばいいんだ！　そしたらなんの心配もなくなるじゃん！」

「ま、待て待て。ちゃんと話聞いてたか？　一位取るのは簡単じゃないって」

「でも、今から必死に勉強すれば……！」

「あと一週間しかないんだぞ？　星原、前の定期考査は何位だったよ」

その言葉で冷静になったのか、星原は身を引いて、しゅん、とうなだれた。

「………一七六位」

二年の生徒数は二〇〇人ちょっとだ。……そ、想像以上に悪い。

「紙木《かみき》くんは？」

「俺？　俺は……たしか、二三位」

「いけるじゃん！」

星原《ほしはら》はまた目を輝かせてテーブルをバンバン叩《たた》いた。感情の起伏が激しい。

俺は高校を卒業したら、椿岡《つばきおか》を出ていい大学に行くと決めている。だから勉強は人一倍頑張っているのだ。とはいえ。

「一位は厳しいよ。今まで一桁台《ひとけただい》にも入ったことないんだ」

「私も頑張って手伝うから！　私と汐《うしお》ちゃんのために一位を取って！　お願いお願いお願い！」

「でもなぁ」

「一位取ったら紙木くんのお願いも聞いてあげるから！」

「え？」

「一肌でも二肌でも脱ぐから！」

「え!?」

星原が、脱ぐ？　俺のお願いを聞いて、脱ぐ、ということは、つまり。

突如、脳裏に星原の姿が映し出される。星原は恥ずかしそうに頬《ほほ》を赤らめて「紙木くん、頑張ってくれたから……」と言いながら、ネクタイをしゅるりと外し——。

俺は、自分のやるべきことを理解した。

「分かった。一位、全力で取りに行く」

「やったー！」

星原が両手を挙げて喜ぶ。俺は即座に後悔し、自分の頭をテーブルに打ちつけたくなった。


外は日が暮れかけていた。

「じゃ、勉強頑張ろうね！」

店の前で星原と別れた。自転車に乗って漕ぎだす星原を、緩く手を振りながら見送る。彼女の背中が見えなくなったところで、俺はペダルを踏み込み、星原とは反対方向に進んだ。

「どうすっかなぁ……」

風を切りながら唸《うな》る。

どうするもこうするも、死ぬ気でテスト範囲を頭に叩き込むしかない。ただでさえ汐のことで最近は授業に集中できていなかった。今後は睡眠時間を削る必要も出てくるだろう。気が重い。

「はぁ……」

急にため息が漏《も》れた。

まぁ、あれだ。別に、一位を逃しても俺が損するわけではないのだ。ならやるだけやってみよう。一位を取ったら、星原《ほしはら》に『お願い』ができるみたいだし。あ、そう考えたらちょっとモチベーション湧《わ》いてきた……よし、頑張ろう。

信号に捕まる。

俺はペダルから足を下ろす。するとそのタイミングで、携帯が震えた。ポケットから取り出して画面を見てみると、妹の彩花《あやか》からメールが届いていた。

『ヨーグルト』

メールの内容はその五文字だけだった。簡潔すぎる。昭和の電報か。

これはヨーグルトを買ってこいという意味だろう。たまにあるのだ、こういう使い走りが。かなりイラッとするが、無視すると後々面倒なので、最寄りのコンビニに行くことにする。お金はあとで請求しよう。

我ながら妹に甘いな……などと思いながら、俺は来た道を引き返す。ここから一番近いコンビニは椿岡《つばきおか》駅の構内にある。しばらく自転車を走らせ、駅の駐輪場に到着した。

自転車を停《と》めて駅構内に入った。この時間帯は社会人の姿が多く見られる。人の流れを逆流するように進んでコンビニに入り、プレーンヨーグルトを買った。これで用事は終わりだ。

俺はコンビニを出る。そこで、見知った顔を見つけた。

椿岡高校の制服を着た長身の男。あれは……世良《せら》だ。そばには他校の制服を着たおさげの女の子がいた。何やら楽しそうに笑い合っている。世良の友達だろうか。

二人の会話が止まる。世良が女の子の肩に手を回した。そして何をするのかと思いきや。びっくりするくらい自然に、その子と唇《くちびる》を重ねた。

俺は唖然《あぜん》とする。同時に、顔が熱くなる。こんな人通りの多いところで、は、ハレンチな……ってあれ？　世良って、汐《うしお》に告白したんじゃなかったっけ……？

キスされた女の子は、ぼおっと世良の顔を見つめたあと、逃げるように改札口へ駆け込んだ。世良は満足げな表情で、歩いてこちらへ向かってくる。一瞬、盗み見がバレたと思ってドキッとする。だが世良は素知らぬ顔で俺の横を通り過ぎ、そのままコンビニに入った。よかった、バレていない。たぶん、俺が汐のクラスメイトだということにも気づいていないだろう。

——さっきのキス、見間違いじゃないよな。

不意に、星原の言葉が脳裏をよぎる。

『世良くん、女癖がよくないみたいで』

あの噂《うわさ》、やっぱり本当なのだろうか。

どうも気がかりでその場を離れられずにいたら、世良がコンビニから出てきた。

「あ……なぁ、ちょっと」

駅から出ようとする世良を、俺はとっさに呼び止める。

すると世良《せら》は、俺の呼びかけに気づいたようで足を止めてこちらを向いた。

「ん？　なんか用？」

「用っていうか……」

「あ、君も椿岡《つばきおか》高校の人？　もしかして同じクラスメイトだったり？」

「いや、そうじゃないんだけどさ」

世良は愛想のいい笑《え》みを浮かべて俺を見つめている。訝《いぶか》しんでいる様子はない。だから俺は思い切って問いかける。

「さっきの女の子、なんなんだ」

「あ、見てた？　じゃあ分かるでしょ。君、どんな相手とキスするよ」

「……か、彼女？」

「そ。一個下なんだけどさ、うぶで可愛《かわい》いんだよね」

世良は嬉々《きき》として語る。そこに疚《やま》しさは微塵《みじん》も感じられない。俺のことを警戒する様子もないので、もう一歩、踏み込んでみる。

「世良は、あの子と付き合ってるのに、汐《うしお》に告白したのか？」

「あれ、告白のこと知ってるんだ。情報通だね」

「情報通っていうか……汐とは、友達だから」

「ふーん、そうなんだ。さっきの質問だけど、そうだよ。あの子と付き合いながら、汐に告白した」

　あまりに平然とした態度に、俺は困惑した。浮気の追及をしているのだから、普通はもっと動揺するはずだ。なんだか俺のほうが間違っているような気がしてきた。

「……汐とは、付き合うつもりがないのか？」

「いや、あるよ。男って聞いたときはびっくりしたけど、ああいうのも新鮮かなーって思って。なんか条件出されたけど、まぁ、そんな面倒な条件でもなかったし」

　定期考査で学年一位を取ることが、面倒な感じでもない？　大した自信だ。勉強ができるという話も、どうやら本当のことらしい。

　――いや、問題はそこではない。

「他校の女子と交際しながら汐と付き合うって、二股《ふたまた》じゃ……」

「そうだね。けど、別によくない？」

「いや、よくないだろ。そんなの、不誠実だ」

「不誠実！」

　面白い冗談だと言わんばかりに、世良は俺の言葉を高らかに繰り返した。口の端を上げて、喉《のど》で「くくっ」と笑う。

「な、何がおかしいんだよ」

「ごめんごめん。不誠実、ね。でもさ、僕は二人ともちゃんと好きだぜ。君が言いふらさないかぎり、二股《ふたまた》しようとしてることは決して伝えないし、悲しませないよう最大限の努力をする。それでも不誠実かな?」

詭弁《きべん》だ、と思った。けど反論できない。もっとよく考えれば論理的に言い返せるかもしれないが、今は、感情的な理由でしかこの拒否感を上手《うま》く説明できそうになかった。

どう答えたものか考えあぐねていると、世良《せら》は「ふわあ」とのんきにあくびをした。

「じゃ、僕は行くね。バイバイ」

「あ、ああ……」

俺の返答など期待していなかったように、世良は軽やかな足取りで駅から出ていく。その背中を眺めていると、胸の底から苦々しい気持ちが湧《わ》いてきた。

「なんだ、あいつ……」

あれは今まで話したことのないタイプだ。世良からは、悪意も見栄も感じられなかった。まるで無邪気な子供を相手にしているような——なんとも掴《つか》みどころのないヤツだった。

ただ。

あいつとは、仲よくなれないそうにない。

*

翌朝。

「ふわあ……」

2―Aの教室に向かっていると、あくびが漏《も》れた。

昨日は家に帰ったあと、ヨーグルトを冷蔵庫に入れ、パシらされたぶんのお金を彩花《あやか》から回収した。そのあとは定期考査に向けて簡単なスケジュールを組み、早速それに従って勉強を始めた。とりあえず昨日のノルマは達成したが、予定していた終了時間をだいぶオーバーしてまった。初日からこれだ。先が思いやられる。

2―Aの教室に入る。汐《うしお》はまだ学校に来ていなかったが、星原《ほしはら》はいた。真島《ましま》と椎名《しいな》の三人で談笑に興じている。

俺はちょっと意外に思う。

真島と椎名。二人とも西園《にしぞの》グループのメンバーだ。少し前まで西園側について星原から距離を置いていたが、今は星原と三人で笑い合っている。

仲直りというより、今は西園が謹慎中で派閥を意識する必要がないのだろう。星原が楽しそうにしているなら、別になんでもいい。

俺は自分の席に着く。

一時間目が始まるまで軽く睡眠でも取ろうかな、と机に突っ伏そうとしたら、教室に入ってくる汐の姿が視界に映り込んだ。

汐《うしお》の隣には、なぜか世良《せら》がいた。二人揃《そろ》って教室に入ってくる。

俺は思わず頭を起こす。言うまでもなく世良はA組ではない。一体何をしにきた。というかどうして汐と一緒にいる？

「それでさー、テレビつけたらキテレツ大百科の再放送やってんの。マジビビった」

「東京じゃやってないの？」

「やってるわけないじゃん。昭和か！　ってテレビに突っ込んじゃったよ」

「ふうん。面白いけどね。キテレツ」

——なんか、普通に話してんだけど。

汐は淡々としているが、世良を追い払うことなく話に付き合っている。自分の席に着いたあとも、そばに立って喋《しゃべ》り続ける世良に相槌《あいづち》を打っていた。

しれっと入室してきた世良に、クラスメイト全員が怪訝《けげん》な視線を向けている。世良は周りの視線にまったくの無関心で、声高に談笑を続けていた。

そこに一人の女の子が近づく。星原《ほしはら》だ。どことなく緊張した足取りだった。

「お、おはよう。それと、世良くんも……」

「おはよう、夏希《なつき》」

「夏希ちゃんって言うんだ？　どもども、世良慈《いつく》でーす。この世を良くする慈しみ、って覚えてね。よろしく」

星原は引きつった笑《え》みで「うん、よろしく」と返す。その声には敵意と警戒心が滲《にじ》んでいた。

「二人とも、仲いいんだね？　ちょっとびっくりしちゃった。汐ちゃんと世良くんが喋ってるとこって――」

「汐ちゃんって呼んでるんだ!?　何それおもしろ！　僕も汐ちゃんって呼んじゃおっかな」

星原の笑顔がさらに引きつる。

汐は苦笑いして首を横に振った。

「別に、呼び捨てでいいよ」

「えー、なんで？　あ、もしかして恥ずかしがってる？」

「世良のちゃん付けは、バカにされてる感じがする」

「はは！　んなことないって！　けどそう言うなら、汐のままでいこうかな」

心なし、星原は安心したように頬《ほほ》を緩める。

「あはは……世良くん、汐ちゃんとは昨日知り合ったばかりだよね？　もうそれだけ打ち解けられるの、すごいなあ」

「そりゃあ、付き合う約束したからね」

星原が凍りついた。

俺も固まった。他のクラスメイトもだ。教室の喧騒《けんそう》が途切れ、遅れてどよめきが走る。

「え、付き合う？」「付き合うって言った？」「誰と誰が？」「槻ノ木《つきのき》と世良？」

さすがにさっきの発言は、汐《うしお》にとっても看過できないものだったらしい。咎《とが》めるような視線を世良《せら》に向けた。

「まだ確約したわけじゃない」

「定期考査で一位取ったら、だよね。分かってるって。勉強は得意だから安心してよ」

そういう意味じゃ——と汐が言いかけたところで、予鈴が鳴った。

「あ、もうこんな時間。じゃあ僕は自分の教室に戻るから。またね、汐」

世良は教室から颯爽《さっそう》と出ていく。

とんでもない爆弾を落としていった。教室はざわめきを増す。汐は頭痛を覚えたように額《ひたい》を押さえ、星原《ほしはら》は呆然《ぼうぜん》と立ち尽くしている。

そして俺は、戦慄《せんりつ》していた。

世良は汐との交際を望んでいることを、教室中に響き渡る声量で、なんのためらいもなく、示した。周りの目など一ミリも気に留める様子はなかった。

畏怖《いふ》すら感じる。だって相手は汐だ。汐は、普通の女の子ではない。どうしようもなく身体《からだ》は男であり、クラスメイトの大半は汐を男として見ている。そんな曖昧《あいまい》な立ち位置にいる汐と、付き合う。世良はそう包み隠さず宣言した。

周りにどう思われるか気にしないのか？　きっと次の休み時間から話題の人だ。廊下を歩けば、笑われたり引かれたりすることもあるだろう。

——いや。

もしかして、そんなことを考える俺のほうが間違っているのか？

世良の言動にはなんの偏見もない。ただ一目惚《ひとめぼ》れし、告白しただけだ。軽薄な態度ではあるものの、ちゃんと汐と向き合っている。だからここは、素直に称賛すべき場面ではないか？

いやでも、世良はすでに他校の女の子と付き合っている。二股《ふたまた》を企む人間が正しいとは到底思えない。ヤツは「二人とも好きだ」と言っていたが、口だけならどうとでも言える。

じゃあおかしいのは、やっぱり世良か？　それとも俺？

混乱してきたところで、ＨＲの開始を告げるチャイムが鳴った。

それから休み時間ごとに世良は俺たちの教室を訪れた。

今朝と同じように、汐となんでもないお喋《しゃべ》りをして、授業の時間が近づいたら立ち去る。その繰り返しだ。昼休みも弁当片手に教室を訪れ、汐と食事を取っていた。そこには星原も同席していたが、彼女はほとんど会話には交ざらず——というかずっと世良が汐に話しかけていたので口を挟めず、終始むすっとした顔をしていた。

予想していたが、やはり世良は嘲笑《ちょうしょう》の的となった。教室に入ってくるたび、必ずどこかでクスクスと笑いが起こる。

予想外だったのは、世良はそれらを認識しながら、少しも怒ったり悲しんだりしなかったことだ。どころかフレンドリーな態度で、積極的に首を突っ込んでいった。

たとえば「男同士とかきっつ」と誰かが言えば「君も新しい扉を開いてみない？」と茶化しに向かい、「付き合ってもできねーじゃん」と耳にすれば「何ができないの？　教えてよ」と無知を装い訊《き》きに行く。

ちょっとキモイな、と思ってしまうところもあるが、世良《せら》の立ち回りは完璧《かんぺき》だった。昼休みの時点で、世良はお調子者の地位を獲得していた。このA組で、他クラスの人間であるにもかからず、だ。

クラスのボス的存在である西園《にしぞの》が不在とはいえ、すさまじい溶け込みの速さだ。クラスメイトは世良を笑いこそすれ、誰も非難しない。そんな環境をたった一日で作り上げた世良が、俺には空恐ろしかった。

そして放課後も、世良は汐《うしお》のもとへやってくる。

「やあ汐、一緒に帰ろう」

ちょうど汐が教室を出たところだった。汐のそばには俺と星原《ほしはら》がいる。しかし俺たちのことなど眼中にないように、世良は汐だけに声をかけた。

「ちょっと駅前のほう案内してくんない？　まだここらへんの土地勘ないんだよね」

横から割り込んできた世良に、星原がムッと顔をしかめる。

「もうすぐテストだし、あんまり遊ばないほうがいいんじゃないかな……？」

「えー、そう？　夏希《なつき》ちゃんは真面目《まじめ》だねえ」

「や、そんなことないけど……ただ、汐ちゃんが迷惑するかなーって……ね？」

星原が汐に目配せすると、

「別に、ぼくは大丈夫だよ」

と汐は答えた。わりと乗り気のようだ。星原は「がーん」と聞こえてきそうな表情をする。

「じゃ、じゃあ私も」

「いや、いいよ。夏希は、咲馬《さくま》と一緒に帰っといて」

そう言って、今度は汐が俺のほうを見る。

もしかして気を使っているのだろうか。俺が星原に好意を寄せていることを、汐は知っている。だから二人きりにさせてやろうと。気遣いはありがたいが、正直、あまり喜べない。

「ほら汐、早く行こう」

世良が汐の腕を引く。汐は「それじゃあ」と別れの挨拶《あいさつ》をして、世良とともに昇降口へ向かった。

教室の前に、俺と星原が取り残される。

俺はおそるおそる隣を向いた。

「じゃあ……帰るか？」

＊

「も〜〜〜！　何あれ！」

いつもの帰り道。自転車を押しながら、鬱憤《うっぷん》を吐き出すように星原《ほしはら》が叫んだ。夏の強い日差《ひざ》しを浴びて、こめかみに汗の粒が浮かんでいる。

「汐《うしお》ちゃんにべったり張り付くのはいいよ、仲よきことは素晴らしきことだよ。でも！　世良《せら》くんのあれはただの独占！　私だってもっと汐ちゃんと喋《しゃべ》りたいんですけど！」

俺は苦笑しながら「まぁまぁ」と星原をなだめる。

「紙木《かみき》くんは悔しくないの!?」

「悔しいっていうか……」

どうだろう。世良のことは好きになれそうにないが、汐とくっつくことに関しては、まだはっきりと結論が出ていない。

「私は悔しい！　やっぱ世良くんと汐ちゃんが付き合うのはダメ！　もう私の頭ん中からそういう信号が出ちゃってるもん！」

「なんだそれ」

少し笑ってしまう。なんというか、抽象的な表現だった。

言うだけ言って溜飲《りゅういん》を下げたのか、星原は落ち着いたように「ふう」と吐息を漏《も》らす。

「だから紙木くん、頑張って一位取ってね」

あ、結局そこに帰結するのね。

「ま、任せといてくれ。頑張るからさ」

自分で言っといてなんだが、声に自信のなさが滲《にじ》んでいた。

テスト勉強の時間、もっと増やそうかな……と考えていたら、星原は突然しおらしく「ごめんね」と謝った。

「え、何が？」

「私がやってること、他力本願ってやつだよね」

「うん」

「速いよ返事が！　もう少し迷ってよ！」

初めて星原をめんどくさいと思った。

他力本願なのは分かりきったことだ。俺はそのうえで学年一位を取る努力をしている。だから、そこに関して文句を言うつもりはない。そもそも俺のほうだって、星原に『お願い』を聞いてもらいたいからという、ちょっと不純な動機で引き受けている部分もあるわけだし。

星原はまたがっくりとうなだれる。

「でも、私ね、世良くんと汐ちゃんが付き合うの、本当に嫌《いや》なの。特に世良くん、なんか……嫌な感じがする」

「それは……生理的に無理、みたいな話？」

「その言い方はちょっとひどいけど……うーん、なんて言えばいいのかな」

星原《ほしはら》は唸《うな》る。少し時間を置いてから「スイカってあるよね」と言いだした。

「す、スイカ？」

「うん。スイカって、叩《たた》くと、ポン、とか、コン、とか音がするよね。それで、叩いたときの音でおいしさが分かるって言うよね」

「そういう話は聞くけど……」

「たぶん、人間も同じなんだよね。言葉で叩いて、返ってきた音で相手の性格が分かるっていうか」

スイカで例えた意味はよく分からないが、言いたいことは分かる。

「でも世良《せら》くんはさ。言葉で叩いても、全然違うところから音が返ってくるの。目の前にあるスイカを叩いてるのに、近くのスピーカーから、ボン、って聞こえてくるっていうか。それがなんか、ちょっと不気味で……ごめん、自分で言っててよく分かんなくなってきた」

「いや、なんとなく分かるよ。掴《つか》みどころがないとか、そういう意味だよな」

「うん、そんな感じ。とにかく、私は苦手だな……」

当然、俺は星原の性格を完全に把握しているわけではない。だが、彼女がここまで他者への嫌悪感を顕《あら》わにするのは、相当珍しいのではないかと思う。それほど星原にとって世良は危険人物に映るようだ。

「それ、汐《うしお》には伝えないのか？　ちゃんと説明すれば、汐も世良のことを警戒するかもしれないぞ」

「ええ、言えないよ。世良くんが明らかに悪い人ならともかく、ただ私が苦手ってだけだし」

「でも俺には普通に話してるよな」

「それはだって、紙木《かみき》くんは……私の、相談相手だから」

相談相手！　これは素直に嬉《うれ》しい。普通の友達よりも格上な感じがする。

心の中でガッツポーズしていたら、星原は「話を戻すけど」と切り出した。

「紙木くん、テス勉のほうは順調？」

やっぱりそこが気になるのか、と思いつつ俺は答える。

「あー、うん。一応順調。ちょっと時間不足な感はあるけど」

「つまずいてるところとかない？　苦手科目とかさ」

「強《し》いていうなら数学かな。完全に文系脳だから、ああいうのは苦手で」

「なるほど、数学ね。それ以外は？」

「数学以外なら、やっぱ暗記系がきついな。こればっかりは頑張って覚えるしかないけど」

ふむふむと頷《うなず》く星原。

「分かった。ちょっと自分にできること探してみる。もし他に困ってるところがあったら教えてね。ほんと、なんでも聞くからさ」

「ああ。助かるよ」

本当は星原《ほしはら》の言う「なんでも」が、どこまで許されるのか知りたい。そんなことを訊《き》いたら引かれてしまうので、決して口にはしないが。

明日は土曜日だ。特に予定もないし、週末はすべて勉強に費やそう。

＊

あっという間に月曜日が来た。

本当にあっという間だった。土日はひたすらテスト勉強に明け暮れたが、進捗《しんちょく》は芳《かんば》しくない。世界史や英語といった暗記科目にいっぱいいっぱいで、数学はほぼ手つかずだ。

学年一位を取るには、最低でも全科目九〇点以上取る必要がある。だが俺がこのまま勉強を進めても、おそらく平均八〇点が限界だ。それでは一〇位以内に入れても、一位は難しいだろう。

定期考査が始まるのは三日後の木曜だ。それから金曜、土曜とテストが続く。休日の日曜を挟んだら、いつもどおりの時間割に戻る。その後テストが返却されたら、夏休みは目前だ。

ここが踏ん張りどころとなる。頑張らないと。

俺は椿岡《つばきおか》高校の昇降口に入る。

下駄箱の前に汐《うしお》を見つけた。明るい髪色をしているのでよく目立つ。今は一人だった。

汐は脱いだ靴を屈《かが》んで拾う。そして身体《からだ》を起こした際に、垂れた前髪を指でさっと耳の後ろにかけた。

女の子っぽいな、と俺は思った。今まであまり意識してこなかったが、靴を脱ぐ仕草一つ取っても男女差が出る。汐にとっては、あれが自然体なのだろうか。それとも、女の子として生きるようになってから身につけた所作なのだろうか。

そんなことを考えていると、汐が俺に気づいた。こちらに身体を向けて、顔を綻《ほころ》ばせる。

「咲馬《さくま》。おはよう」

「うっす」

俺は下駄箱へ進み、手早く靴を履き替える。汐と一緒に2―Aの教室へ向かった。

「咲馬、もしかして寝不足？」

突然、汐がそんなことを訊《き》いてきた。

「え、なんで？」

「クマができてるから」

「ああ……昨日は夜遅くまで勉強してたんだ」

「へえ。咲馬ってそんなに勉強頑張るタイプだっけ？」

「あー、うん。最近授業に集中できてなかったからさ。その分、自習頑張ろうと思って」

「ふうん……そうなんだ」

俺が学年一位を目指していることは、伏せておいた。言ったら話がややこしくなりそうだし、星原《ほしはら》が話していないなら、俺も黙っていたほうがいいだろう。

「ところで、先週の金曜はどうだった？　夏希《なつき》とはちゃんと喋《しゃべ》れた？」

「まぁ、うん。気まずくなったりはしなかったよ」

「そっか。それは、よかった」

汐《うしお》はこくこくと頷《うなず》きながら言った。

「そっちはどうだった？　あの日は、世良《せら》と駅前のほうに行ったんだよな」

「ああ。適当に歩き回って、最後に喫茶店で甘いもの食べて帰ってきたよ」

デートみたいだ、と思った。

街中を歩く汐と世良の姿を想像する。傍《はた》から見れば、美男美女の制服カップルだ。案外、お似合いかもしれない。

「汐から見て、世良はどんな感じ？」

「どんなって？」

「たとえば、いい人とか、悪い人とか」

汐は歩きながら顎《あご》に手を添える。階段を上り、二階に着いたところで、顔を上げた。

「不思議なヤツだね、世良は」

判断に困る評価だった。汐もまだ、世良の人格を測りかねているのだろうか。

汐は前を見ながら淡々と続ける。

「喋ってると子供のようにも大人のようにも感じる。良いか悪いかで分けられるほど、あれは単純じゃない気がするな。ただ……」

「ただ？」

汐は少し迷うような表情を見せたあと、俺のほうを一瞥《いちべつ》して、

「咲馬《さくま》は、あんまり世良に近づかないほうがいいかもね」

と、真面目《まじめ》なトーンでそう言った。

「それってどういう――」

意味だよ、と続けようとした瞬間、背後から「汐！」と声が聞こえた。

振り向かなくても誰だか分かる。世良だ。ヤツは汐のそばにやってきて、汐の肩に手を回した。だが汐はその手をすぐさま振り払い「暑苦しい」と一蹴《いちしゅう》する。

「つれないなあ。ただのスキンシップだよ」

「歩きにくい。もうちょっと離れて」

「いいじゃん、別に」

「ちょ、重い。寄りかかるな」

朝から何を見せられているんだ、と思うと同時に、モヤッとした感じが胸に広がった。妙な感覚だった。いろんな感情が混ざり合って生まれた「モヤッ」だ。男同士でべたべたとくっつき合う光景に嫌悪しているのか、俺に挨拶《あいさつ》もよこさない世良《せら》に苛《いら》ついているのか、それとも、俺だけ話に交ざれなくて疎外感を覚えているのか……。

とにかく、いい気分ではない。

俺は歩くペースを速め、二人を追い越して先に教室へ入る。

自分の机に鞄《かばん》を下ろし、早速席に着いて英語の教科書を開いた。自習だ。空いた時間は少しでも勉強に費やす。

遅れて汐《うしお》と世良が教室に入ってきた。すると「また来たよあいつ」「飽きねえな」と野次が飛んだ。それらは笑い交じりに放たれたもので、拒絶するような感じではない。

汐が席に着くと、一人の男子が世良と汐に近づいた。

「お前らめっちゃ仲いいよなー。てか、世良もうA組の生徒になっちゃえよ」

「いいねそれ。今度先生に相談してみるよ」

「お、今の聞いたか汐？　こいつが約束守るか見張っとこうぜ」

「いや、今のままでいいよ……」

もうすっかりA組に馴染《なじ》んだ世良は置いといて、俺は今のやり取りにちょっと驚かされた。

汐が、自然な感じで会話に参加していた。これは以前の状況に比べると大きな進歩だ。一部の男子は汐に歩み寄りを見せていたが、まだ教室内での汐は、腫《は》れ物《もの》扱いされがちな存在だった。それが世良の影響で、他のクラスメイトも汐に絡もうとしている。

もしこのまま二人が付き合うことになったら、汐は男子だったときと同じくらい、クラスに溶け込めるようになるかもしれない。

……でも、なんだかなぁ。

仮にそれで汐がクラスの人気者に返り咲いても、正直、複雑だ。いや、大切なのは汐の気持ちなのだが……でも、ううん。

クソ、わけが分からん。俺は一体何を悩んでるんだ？


その後、いつもとなんら変わりなく授業が進行し、放課後になった。

身支度を素早く済ませた星原《ほしはら》が、汐の席に近寄るのが見えた。世良が来る前に、一緒に帰る約束を取り付けようとしているのかもしれない。

と思ったら、ほんの一言二言交わして、汐は先に一人で教室を出ていってしまった。星原は落胆したようにうなだれると、少し時間を置いてから、とぼとぼと退室する。

俺は帰り支度をして星原のあとを追った。

「どうした？」

廊下で呼びかけると、星原はなおも落ち込んだ様子で俺のほうを振り返った。

「ああ、紙木《かみき》くん……。汐《うしお》ちゃんがね、これからは世良《せら》くんと一緒に帰るって……」

「あー、マジか」

先手を取られたようだ。

しかし、汐が世良を選ぶとは。星原《ほしはら》が汐と一緒に帰りたがっていることは、汐も気づいているだろうに……。

もしかして汐は、まだ俺に気を使って星原と二人きりにさせてやろうなどと考えているのだろうか。だとしたら逆効果だ。一度や二度ならともかく、それがずっと続いたら普通に気まずい。汐の存在は、少なからず俺と星原の架《か》け橋となっている。

かといって汐に「一緒に帰ろう」と声をかけに行くのも気が進まなかった。もし汐が、俺と星原の三人でいることに居心地の悪さを感じていたら……そう考えると、胃の辺りがぐっと重くなる。

「どうする？」

俺は星原に訊《たず》ねた。

「正直めちゃくちゃ残念だけど……仕方ないよ」

「そうか……」

「私たちも、これからは別々で帰る？」

それは俺が恐れていた提案だった。

多少気まずくても、俺はできるだけ星原の近くにいたい。だが、付き合ってもいない男女が毎日一緒に帰るのは不自然だ。さすがの星原も、周りの目を気にしてしまうだろう。

「そうだな、そうしよう」

落胆を表に出さないよう、頷《うなず》く。星原を困らせたくはなかった。

とりあえず昇降口まで一緒に向かうことにして、俺と星原は廊下を進む。

「紙木くん、今日の夜なんか予定ある？」

歩きながら星原が訊《き》いてきた。

「いや、何も。ひたすら勉強だけど……」

「だよね。実はさ、紙木くんのためにちょっと勉強会しようと思ってね。よかったら六時に駅前のジョイフルに来てくんない？」

地面すれすれまで沈んでいた気持ちが、上昇気流に乗ったみたいに舞い上がる。

星原が俺のために勉強会。これほど胸が躍るイベントがあるだろうか？　叫び出したくなるのをぐっと堪《こら》えて、俺は爽《さわ》やかに微笑《ほほえ》む。

「助かるよ。星原が勉強を教えてくれるのか？」

「いやいや、私が紙木くんに教えられることなんてないよ」

何言ってんのもう、と星原は笑う。じゃあダメじゃん。

「紙木くんに勉強を教えるのは別の人だよ」

あ、二人きりじゃないのね。そりゃそうか、勉強会だもんな、二人じゃ少ないよな……。

風船に穴が開いたみたいに期待が萎《しぼ》んでいく。舞い上がって損した。

「その勉強会には、誰が来るんだ？」

「それはね……来てからのお楽しみに！」

ぶっちゃけ他に人が来る時点でテンションはだだ下がりなので、誰が来ようがどうでもいい。せめて知っている人ならいいが。

昇降口に到着すると、星原《ほしはら》は「じゃあまたね！」と言って足早に帰っていった。


午後六時を三分ほど過ぎた頃《ころ》。

自転車で約束のファミレスにやってきた。さすがに制服のままで行くのはどうかと思ったので、Tシャツとチノパンに着替えている。筆記用具と教材を詰めたトートバッグを肩にかけ、俺は店に入った。

「お一人様ですか？」と声をかけてきた店員さんに「待ち合わせで」と伝え、星原の姿を捜す。夕食の時間には少々早いが、店内は混み合っていた。学生や家族連れの客が多い。

きょろきょろしていると、禁煙席の奥から「おーい」と声が聞こえた。星原だ。座りながら後ろを向く形で、俺に手招きしている。俺は軽く手を挙げて、そちらへ向かった。そして星原がいる壁沿いの四人がけテーブルの前で立ち止まる。

星原も私服に着替えていた。無地のキャミソールの上に、薄手のカーディガンを羽織っている。今まで制服姿しか見たことがなかったので新鮮だった。

だがそれ以上に気になるのは、星原の対面に座る女子制服の二人だ。小麦肌のボーイッシュなショートヘアと、しとやかそうな黒髪ロング。

真島《ましま》と椎名《しいな》だった。

「よっす。紙木《かみき》？　だよね。よろしく～」

「こんばんは、紙木くん」

話したことのない女子が二人。こうなることは予想できていたのに、俺は蛇に睨《にら》まれた蛙《かえる》のように身体《からだ》が固まってしまう。俺一人に女子複数という状況に、まったく耐性がなかった。

「あ、ども……」

とりあえず挨拶《あいさつ》を返したが、自分でも笑ってしまうくらい他人行儀で声が小さかった。

星原は、隣の空いた椅子《いす》をポンポンと叩《たた》く。

「ほら、ここ座って」

「あ、ああ」

言われたとおりにする。

俺が来る前にドリンクバーを注文していたようで、三人の前にはそれぞれグラスが置かれていた。真島と椎名が制服なのは、部活帰りだからだろう。真島はソフトボール部で、椎名は、たしか吹奏楽部だ。テスト期間中でも、一部の部活はインターハイやコンクールに向けて一時間ほど練習を行っている。そんな忙しい時期によく集まってくれたものだ。

俺が状況の把握に勤《いそ》しんでいたら、突然、目の前の真島《ましま》が「ぷっ」と吹き出した。

「紙木《かみき》、めっちゃ緊張してない？　まぁこんな可愛《かわい》い女の子に囲まれてたら仕方ないかー」

「や、えと……」

どう反応していいか分からずあたふたしていたら、椎名《しいな》が「こら」と真島を肘《ひじ》で小突いた。

「茶化さないの。今日は真面目《まじめ》な話をしに来たんだから」

「へいへい」

真島はつまらなさそうに返事をする。

真面目な話？　勉強会を開くんじゃないのか？

疑問に思っていると、椎名が俺のほうを向いた。

「聞いたわ。夏希《なつき》に頼まれたらしいね？　それで世良《せら》くんに一位取らせないよう、猛勉強してるとか」

星原《ほしはら》は正直に事情を伝えていたようだ。さすがに汐《うしお》への好意は伏せているだろうが。

「ああ、まぁな」

「紙木くんは、槻ノ木《つきのき》くんと世良くんが付き合うことをどう思ってるの？」

「どうっていうか、俺は星原にお願いされただけで……」

椎名《しいな》はすっと目を細めた。

「だから言うことに従ってるの？　曲がりなりにも人の恋路を邪魔するんだから、そんな中途半端な気持ちで臨まないほうがいいと思うけど」

俺は面食らう。そんなことを言われるとは思っていなかった。

たしかに中途半端であることは否定できない。どう答えたもんかと思いながら隣を見たら、星原《ほしはら》は苦笑しながら助け舟を出した。

「しいちゃん、紙木《かみき》くんは私が巻き込んでるだけで……」

「ごめんね夏希《なつき》。でも今は紙木くんの意志を確認しているの。何も自分の考えを持っていない人に、勉強は教えられない」

「ええ、そんな」

星原が困惑した声を上げると、真島《ましま》が「ジュコー」とストローで音を立てた。

「シーナさぁ、別にそこはどうでもよくなぁい？　紙木も同意してんだし」

「マリンは黙ってて」

「へーい」

椎名は「こほん」と咳払《せきばら》いする。

「私はね、紙木くんが何を考えているのか知りたいの。ここまで聞いた話だと、あなたからはあまりに主体性が感じられない。何を考えているのか分からない人に協力するのは、はっきり言って不安です」

そう、椎名はぴしゃりと言った。

もっともな意見だ。同じクラスメイトではあるが、俺と椎名が話すのはおそらくこれが初となる。いくら星原の紹介とはいえ、素性の知れない人間に手を貸すのは抵抗があるだろう。

ただ……俺が協力を頼んだわけでもないのに、なんでそんな上から目線なんだ？　と思わなくもなかった。もちろん、口にはしないが。

テスト週間の部活終わりという、貴重な時間を使ってまで来てくれたのだ。あくまで低姿勢に、正直に答えるべきだろう。

「俺は……世良《せら》のことをあまり信用してないし、胡散臭《うさんくさ》いヤツだと思ってる。けど、あの二人が付き合ったほうが汐《うしお》のためになるんじゃないか、って思うところもあって……付き合うのに賛成と反対で、天秤《てんびん》が釣り合ってる状態なんだよ。でも、星原にお願いされて、今は反対に傾いてる……たぶん、そんな感じ」

つっかえつっかえだが、自分の気持ちを上手《うま》く説明できたと思う。

しかし椎名は、俺の返答がお気に召さなかったようで、眉《まゆ》を寄せた。

「なんか、あやふや」

「でも、本心だよ。そう言う椎名のほうはどうなんだ？」

椎名は考えるような間《ま》を置いてから、口を開く。

「私は、槻ノ木《つきのき》くんと世良《せら》くんが付き合ってもいいと思ってた」

星原《ほしはら》が「ええっ！」と声を上げた。

「そ、そうだったんだ……」

「私も世良くんのことは苦手だけど、彼が槻ノ木くんに向ける好意は本物だと思う。じゃないと何度もああやってうちのクラスに来ないでしょう。それに……身体《からだ》は同性同士なんだから、下心が入り込む余地もないだろうし」

「余地はあるんじゃない？」

と真島《ましま》。

「今はないと考えて」

と椎名《しいな》。そして続ける。

「今は一歩引いた態度の槻ノ木くんも、そのうち世良くんに気を許すようになるかもしれない。なら、二人が付き合うのもアリかなって思ったの。でも、夏希《なつき》に頼まれて考えが変わった。この子が私たちに相談してまで誰かを遠ざけようとしたことなんて、今まで一度もなかったから。世良くんを危険視してる理由は曖昧《あいまい》なものだけど、夏希の直感を信じて、協力してあげようと思ったの。ただ、夏希って騙《だま》されやすくもあるから……。この子が最初に頼ったあなたの人間性を見て、最終的に手を貸すかどうかを判断するつもり。これが、私の考えよ」

「……なんだそりゃ」

俺は呆《あき》れてしまった。つまり面接か？　これは。

というか……。

「それ、俺とあんまり変わんなくないか？　結局は星原に頼まれて自分の考えを変えてるわけだろ？　そもそも、他人の直感を判断材料にしてるほうがあやふやなんじゃ……」

「私は一年生のときから夏希と同じクラスで、この子を近くで見てきたの。だから今回の夏希がどれだけ本気かも分かってる。あなたと違って、ちゃんと友達のことを考えてるの」

今の発言にはカチンと来た。

「友達のことをちゃんと考えてる？　西園《にしぞの》の嫌《いや》がらせを見て見ぬ振りしてきたあんたが、よくそんなこと言えたな」

それまでツンと澄ましていた椎名の顔に、怒りが滲《にじ》んだ。そして刺すような目つきで睨《にら》んでくる。

俺は後悔する。まずい。言い過ぎた。

謝らないと。そう思った。だが同時に、これは謝るべきなのか？　という疑問も湧《わ》いた。

強い言葉を吐いた自覚はある。だが間違ったことを言ったつもりはない。汐《うしお》を嘲笑《ちようしよう》する西園の後ろで、ただ気まずそうに唇《くちびる》を結ぶだけの椎名の姿を、俺は覚えている。

……けど。

それでもやっぱり、今は敵対するべきではない。椎名を呼んだのが星原とはいえ、俺は協力してもらう立場だ。

謝罪の言葉を口にしようとしたら、突然、真島《ましま》がグラスの中から氷をつまみ取った。そしてあろうことか、その氷を椎名《しいな》のうなじからひょいと服の中に投げ込んだ。

「ひあっ!?」

悲鳴を上げる椎名。背中を反《そ》らし、胸のラインが強調される。俺は慌てて顔を逸《そ》らした。が、それでもちょっと見てしまう。

椎名は必死の形相で背中に入った氷を取り出すと、ぷるぷる震えながら真島の肩を殴った。

「この……アホマリン！　人が真面目《まじめ》に話してるときに何すんの！」

真島はまったく反省もせず、「へへへ」といたずらっぽく笑う。

「やー、なんか熱中してたからさ。涼が必要かな、と思って」

そう言うと、真島はテーブルの呼び出しボタンを押した。椎名は小言を並べていたが、店員さんが来た途端、苦々しい顔で口を噤《つぐ》んだ。

「山盛りポテトフライ一つ。紙木《かみき》もなんか頼めば?」

「あ、じゃあ……ドリンクバーを」

店員さんは注文内容を復唱し、踵《きびす》を返して厨房《ちゅうぼう》へ向かう。

「ちょっとマリン、話の腰を折っといて何を平然と……」

「はいはい、もう怒んないの。どうせ紙木と目的は同じなんだからさ、そんなにやっかまなくてもいいじゃん」

「別に、やっかんでなんか……」

「いーや、やっかんでるね！　紙木に勉強教えてやって、ってなっきーに頼まれたとき、シーナの顔すごい引きつってたもん。なんでそんな見ず知らずの男と急に仲よくなってるの、って顔に書いてあったよ」

「そ、それは……」

椎名の目が左右に揺れる。どうやら図星らしい。

「まぁ気持ちは分かるけどさ。今はなっきーのために協力しよ、ね？」

椎名は唇《くちびる》を噛《か》み、不承不承といった感じで頷《うなず》いた。

場違いながら、俺はすっかり感心していた。険悪なムードを、真島はあっという間に解消してしまった。俺が考えている以上に、彼女は気遣いのできる人なのかもしれない。

真島は真面目な顔をして俺のほうを向く。

「あと紙木。見て見ぬ振り云々《うんぬん》は、シーナもすごい気にしてたことだからさ。そこはあんまり触れないでやってくんない？　ほんと、あれに関しては私も反省してる」

「……ああ、分かったよ」

俺は椎名のほうを見る。

「その、悪かったな。つい、カッとなった」

「……別にいい。最初に噛《か》み付いたのは、私のほうだから。こちらこそ、ごめんなさい」

ばつが悪そうに謝罪する椎名《しいな》。

星原《ほしはら》は胸を撫《な》で下ろし、真島《ましま》はニコリと微笑《ほほえ》む。

「紙木《かみき》、せっかくドリンクバー頼んだんだし、ジュースでも入れてきたら?」

「ああ、そうだな……」

「あ、私も行く!」

俺が席を立つと、星原が空になったグラスを持ってついてきた。

ドリンクバーの前まで来ると、唐突に星原が「はあ〜」と長いため息を吐《つ》いた。

「見ててハラハラしたよ〜、喧嘩《けんか》になるかと思った」

「悪いな……真島がまとめてくれなかったらどうなってたか」

「マリンはしっかり者だからね。女子ソフトの副キャプテンだし。あと、しいちゃんの幼馴《おさなな》染《じみ》でもあるんだよ」

「へえ、そうなのか」

どおりで息が合っていると思った。

俺はグラスにコーラを注ぐ。星原はりんごジュースだ。二人で元のテーブル席に戻った。

テーブルの上には、二枚のクリアファイルが置いてあった。さっきまでなかったものだ。

先に星原を席に着かせて、俺はあとから座る。

「これは？」

訊《たず》ねると、真島がクリアファイルに挟まっていた用紙を抜き出した。

「これはねー、去年の定期考査の過去問。先輩から借りてきた」

「おお……！」

ありがたい。今までずっと一人でテスト勉強をしてきたので、過去問で対策を講じるという発想がなかった。帰宅部の俺にとっては貴重な代物だ。

椎名も同じように用紙を取り出す。

「こっちは予備校でもらった定期考査対策のプリント。コピーしたものだから、あなたにあげるわ」

あれだけ突っかかってきたわりには、俺のために教材を用意してくれていたのか。

「ありがとう、恩に着る」

「別に、いいけど。ちゃんと役に立ててよね」

俺は頷《うなず》く。

しかしまぁ、わざわざ先輩に過去問を借りたり予備校のプリントをコピーしたり、ここまで協力してくれるとは思わなかった。これも星原の人徳だろうか。ともあれ、活用しない手はない。ここまでしてもらっているのだ、意地でも一位を取らなければ。

俺はクリアファイルを受け取る。過去問を斜め読みしていたら、真島が注文したポテトフライが運ばれてきた。

「みんな自由につまんでいいよ。紙木《かみき》も晩ごはんまだでしょ？」

「あ、うん。じゃあ、遠慮なく……」

俺はテーブル脇《わき》のケースから箸を取り出し、それでポテトをつまんだ。口に含むと、塩味と油が舌に張り付く。想像から一ミリも外れない味だった。

真島《ましま》が、なぜか怪訝《けげん》な表情でこちらを見ている。

「紙木って、ポテトチップスとかも箸で食べる人？」

「え？　普通に手で食べるけど」

「じゃあなんで箸なんか使ってんの？　手でいきなよ手で！　みみっちい！」

「いや、これはプリント汚しちゃまずいと思って……」

「あ、そういうこと!?　なんだ、めっちゃ綺麗《きれい》好きかと思ったじゃん！」

ケラケラと笑う真島。なんか楽しそうなヤツだな……。

椎名《しいな》が横目で真島を見る。

「そういうの、マリンはもっと気にしなよ。この前貸した漫画にもお菓子のカス挟まってたし」

「えー、ほんと？　気をつけて食べたんだけどな」

「まずお菓子食べながら漫画読むのやめなさい。それやるとキレる人もいるからね……」

椎名の突っ込みに、真島は「はーい」と間延びした返事をする。そのやり取りを見て星原《ほしはら》が笑い、俺も頬《ほほ》が緩んだ。

とっくに緊張は解けていた。どころか今は、この女子女子した空間に居心地のよさを感じていた。冷静に考えたら、今の状況は年頃の男子にとって喜ばしいシチュエーションなわけで、気分がよくなるのは自然なことかもしれない。

などと考えていたら、背後から「げ」と声が聞こえた。

俺は振り返る。そこには、大胆に肩を出したトップスにホットパンツという、派手めな格好をした女子が立っていた。浅めにキャップを被《かぶ》り、ブリーチのかかった明るい髪を左右二つに結わえている。

西園《にしぞの》アリサだった。


冷水を浴びたみたいに俺の表情筋が強張《こわば》る。

「なんで、こいつがここにいんの……」

西園は露骨に嫌《いや》な顔をしてそう言った。こっちのセリフだった。

星原が西園のほうへ身を乗り出す。

「あ、やっと来た！　もう始まってるよ、ほら座って座って」

え!?　と俺と西園の声が重なった。まさか、星原が呼んだのか？　いつの間に西園と仲直りしたのだろう。

西園《にしぞの》は引きつった表情のまま、俺を指さす。

「もしかして、夏希《なつき》が言ってた勉強を教えてあげてほしい人って……こいつ？」

「そうだよ」

「帰る」

「え!?　ちょ、待って！」

踵《きびす》を返す西園を、星原《ほしはら》は慌てて引き止めようとする。俺が席を離れるのを待たずに、星原は膝《ひざ》の上を跨ごうとしていた。膝に伝わる柔らかい感触と鼻腔《びくう》をくすぐる甘い匂《にお》い……って近い近い！　俺はぴったり背もたれにくっついて固まるしかなかった。

なんとかして俺を乗り越えた星原は、西園の肩を掴《つか》む。

「待ってアリサ！　話だけでも聞いて！」

星原が甲高《かんだか》い声を上げたせいで、周りの客が星原と西園に注目する。

人目を気にした西園は、諦《あきら》めたように「ちょっと詰めて」と言って椎名《しいな》の隣に座った。少し窮屈そうだが、ふてぶてしい態度は相変わらずだ。椎名は気遣わしげに肩をすぼめ、真島《ましま》は困ったように笑いながら頬《ほほ》をポリポリかいている。

西園に逃げる気がないと分かって安心したのか、星原は俺の隣に座った。

「あのね、実は――」

世良《せら》が汐《うしお》に告白したこと。定期考査で学年一位を取ることを条件に、汐がオーケーしたこと。そして、二人をくっつかせないために、星原が俺に一位を取らせようとしていること。それらを星原は、かいつまんで説明した。

話を聞き終えた西園は、苛立《いらだ》たしげに「で？」とだけ言った。

「えと、だから勉強ができるアリサが協力してくれたら、心強いな～って……」

星原は作り笑いを浮かべて西園をおだてる。そういえば、見た目のわりに西園の成績はいいんだったな、と思い出す。

だがいくら勉強ができても、これは明らかに人選ミスだ。このあいだ教室であったことを考えたら、西園が俺に協力してくれるとは思えない。

「……私さ、何度か夏希のこと無視したよね。さすがにあれは悪かったな、って自分でも思ってたの。だから昨日、電話で頼まれたときもオーケーしたわけ。でも、これは無理。なんで私が、よりにもよってこいつに勉強教えなきゃなんないの？」

西園は責め立てるようにテーブルを指先でコンコンと叩《たた》く。

「だって、アリサより成績いい友達、他にいないし……それに、仲直りのきっかけって必要だと思うから……」

ビクビクしながら星原が答えると、西園は呆《あき》れたような顔をした。

「あのね。仲直りっていうのは、元々仲がよかった人同士がするものでしょ？　ちょっと言い争っただけでなんの接点もないこいつとは、これ以上どうにもならない」

「でも……」

「でもじゃない。何を期待してるのか知らないけど、こいつには絶対謝らないから。ていうか前から気になってたんだけど、なんで夏希《なつき》はこいつと仲よくしてんの？　ちょっと前まで全然話してなかったよね」

星原《ほしはら》は一瞬だけ俺のほうを見たあと、西園《にしぞの》に視線を戻した。

「紙木《かみき》くんは、いろいろ相談に乗ってくれるから。それに、すごく親切だよ」

「ふーん……」

じろ、と矛先《ほこさき》を変えるように西園が俺を見る。

「あんた、夏希に恩を売っといて、あわよくば付き合っちゃおうとか考えてんじゃないでしょうね」

「そ、そんなわけないだろ」

ドキッとした。口ではそう言ったが、完全には否定できない。

「はっ。本当はヤることしか頭にないくせに。男が女に優しくするのは、一〇〇パーカラダ目当てだからね。あんたもどうせ夏希のことエロい目で見てんでしょ」

「みっ、見てねえよ！」

どうしてこう低俗なセリフを平気で口にできるのか……クソ、顔が熱い。

俺はおそるおそる横目で星原を見る。すると目が合った。星原は気まずそうに顔を伏せ、身体《からだ》を縮こませる。ああもう。西園が変なことを言うから気まずくなってしまった。

「お前……本当に性格が悪いぞ。あれだけのことがあって、何も反省してないのか？」

「別に？　まぁちょっとやりすぎだと思ったところはあるけど、何も間違ったことは言ってないから」

こいつ、言い切りやがった。

一体この自信はどこから湧《わ》いてくるのだろう。怒りを通り越して呆《あき》れてくる。だが、退《ひ》いてやるつもりはなかった。椎名《しいな》とは違う。こいつは、増長させてはならない。

「気持ち悪いだのなんだの、汐《うしお》に散々ひどいこと言ってただろ。西園のなかでは、あれも正しい発言になるのか？」

「率直な感想を言っただけだから。気持ち悪いもんは気持ち悪いんだから仕方ないでしょ」

「だからって暴言まで吐く必要はなかったはずだ。気に入らないなら無視しとけばいい」

「同じクラスなんだから嫌《いや》でも目に入ってくんの。大体なんでキモいとか言っちゃダメなわけ？　足が短いとか顔がブサイクとかじゃなくて、努力で直せる範囲なんだから別にいいじゃん。あれでも私、汐のこと気遣って言ってたんだけど」

「嘘《うそ》をつくなよ。あれのどこが気遣いだ。自分にとって都合のいいように、汐の意志を捻《ね》じ曲《ま》げようとしてただけだろ」

「ちょっとちょっと、二人とも熱くなりすぎだって」

真島《ましま》が割り込んだ。そこに椎名《しいな》も続く。

「アリサ、とりあえず何か口にしよう。そしたら落ち着くから……」

「二人は口挟まないで」

有無を言わせない強圧的な声。真島と椎名は、怯《ひる》んだように身を引く。

西園《にしぞの》は両腕を組んでテーブルに乗り出し、少しだけ俺に顔を近づける。その目は異様に冷めていた。

「どうせあんたの言う気遣いって、相手を言葉で気持ちよくするだけのもんでしょ。結局その場しのぎでしかない。あんたさ、汐《うしお》のこと正しく理解できてんの？」

「……何が言いたいんだ？」

「汐はさ、めちゃくちゃモテたの。何もしなくても女の子が寄ってくるし、汐に告白されてノーって答える子は絶対いない。男のままでいたら、普通の人よりかは楽に生きられる。でも、女になったらそんな恩恵は受けられなくなるの。どころか笑われたり避けられたりして、今よりずっと生きづらくなる。それでもあんたは、汐に女でいてほしいと思うわけ？」

真剣な眼差《まなざ》しに、少したじろぐ。

俺は唾液《だえき》を飲み込んだ。

「西園の言う楽な生き方が、汐にとっては苦痛だったんだろ。周りがどう言おうと、俺は汐の意志を尊重する」

「綺麗《きれい》事ばっか吐《ぬ》かさないでよ。あんたが尊重してんのは汐の意志じゃなくて、可哀想《かわいそう》な汐に優しくしてる自分自身でしょ。大体さ、意志とか言ってるけど、人の気持ちなんて簡単に変わるから。今は女のほうがいいと思ってても、とびきり可愛《かわい》い子と知り合ったり、社会人になって働きだしたりしたら、やっぱ男でいたほうがよかったな、って後悔するときがくるかもしれないじゃん」

「それは……男のままでいても同じだろ。どんな選択をしても、一度も後悔しないことなんてあり得ない」

「でもある程度の予測はできるよね？　汐みたいな普通じゃない生き方が苦労することくらい、分かりきってるでしょ。それに人の気持ちは変わっても、性別は簡単には変えられない。だったら多少の不満はあっても、自分の身体《からだ》に考え方を合わせたほうが、よっぽど健康的で賢い生き方だと思わない？　特に汐みたいな、男の才能に恵まれた人間は。それとも何？　あんたには、汐がこの先考えを変えないっていう確証でもあんの？」

俺は言葉に詰まる。

足元がぐらつくような感じがした。手汗が滲《にじ》み、周囲の話し声が嫌《いや》に大きく聞こえる。

西園が、ここで初めて目に怒りを灯《とも》した。

「答えられないんなら、ずっと黙ってろよ。この偽善者」

「アリサ」

星原《ほしはら》が声を上げた。

西園《にしぞの》は敵意を含んだ目のまま、視線をスライドさせる。

「何？　夏希《なつき》」

星原は小刻みに震えていた。それでも目だけは真っ直《まっす》ぐ西園のほうを向いている。

「もう、分かったから。紙木《かみき》くんに、そんなひどいこと言わないで……」

西園は顔に失望を滲《にじ》ませた。

「……やっぱり夏希も、こいつと同じ考えなんだね」

「アリサの言ってることは、分かるよ。先のことまで考えてて、さすがだなって思う。けど、汐《うしお》ちゃんは……きっといろいろ考えて、すごく勇気を出して、今の生き方を決断したと思うから……やめたほうがいいなんて、言えないよ」

絞り出すような声で言って、それに、と星原は続ける。

「なりたい自分になるのって、すごく素敵なことだと思うから。私は、応援したい」

その言葉を最後に、重い沈黙がのしかかった。

西園は瞬きすらせず、冷たい目でじっと星原を見つめている。まるでナイフの切っ先を向けるような視線。それでも星原は、目を逸《そ》らさない。痛みに耐えるようにして、身体《からだ》を強張《こわば》らせている。

最初に沈黙を破ったのは、西園だった。

「……そう」

ナイフを鞘《さや》に収めるように目を伏せ、西園は席を立つ。そして無表情で、星原のほうに身体を向けた。

「夏希は私の友達だから、これ以上は何も言わない。けど……紙木」

初めて西園が俺の名前を呼んだ。

西園はこちらを見るなり、険しい目つきで、

「あんたのことは、絶対に認めないから」

そう言って、俺たちに背を向けた。

西園がファミレスから出ていった途端、星原が水面から顔を出したように息を吐いた。

「っはー、怖かったぁ……」

安堵《あんど》の声を漏《も》らし、テーブルに突っ伏す。

真島《ましま》と椎名《しいな》も、緊張から解放されてすっかり脱力していた。息が詰まるような雰囲気だったから無理もない。真島は背もたれに寄りかかり、椎名は頭が痛そうに額《ひたい》を押さえている。

だが俺は、今も心に荒波が立っていた。西園の発した言葉が、頭蓋骨《ずがいこつ》の内側にぶつかって反響している。もう西園はいないというのに、身体が臨戦態勢を解いてくれない。

星原が顔を上げ、こちらを向いた。

「紙木くん、大丈夫？　顔色よくないよ」

俺はハッとする。

「ごめん、大丈夫。それより、庇《かば》ってくれてありがとう。助かったよ」

「全然いいよ。それより……アリサに言われたこと、あんまり気にしないでね？」

「ああ……」

と頷《うなず》いたものの、正直それは難しかった。すでに俺の芯は、抜けかけの歯みたいにぐらついている。

そんな俺の心境を察したのか、星原《ほしはら》は不安そうな顔をした。

「アリサにはアリサの考えがあって、それがたまたま、私たちと違ってただけなんだよ。アリサの言ってたことも、紙木《かみき》くんの言ってたことも、私はどっちも正しいと思う。だから、ほんと気にしないほうがいいよ」

その言葉に、俺は少しだけ胸が軽くなる。だが同時に、結局はそれも西園《にしぞの》が言っていた「綺《き》麗《れい》事」にすぎないんじゃないか？　という疑心暗鬼が生じて、星原の言葉を鵜《う》呑《の》みにはできなかった。

「しっかしまぁ、ガチモードのアリサに立ち向かえる紙木はすごいよ」

真島《ましま》が苦笑いを浮かべて言った。フォローと受け取っていいのだろうか。

「なっきーも言ってるけど、正しいとか間違ってるとか、あんま気にしなくていいと思うよ。ほら、この前授業で習ったじゃん。神の見えざる手、だっけ？　一人ひとりが自分の目標に向かって進めば、それが全員のためになる、ってやつ。だからさ、紙木も好きなようにしたらいいんじゃない？　それがたぶん、汐《うしお》のためにも、私たちのためにもなるんだよ」

そう思うよね？　と真島が椎名《しいな》のほうを向いて言った。

「ん、まぁ、そうね」

「あれ、なんか腑《ふ》に落ちてない感じ？」

「そういうわけじゃないけど……」

椎名は俺と星原を交互に見たあと、少し目を伏せた。

「……アリサは、やっぱり強いなと思って。なんにでもバカみたいに真剣だし、一度決めたら絶対に折れない。ああいう一本気なところは、正直、ちょっと憧《あこが》れる。もちろん全面的に賛同しているわけではないし、今は紙木くんに協力するけど……アリサの言ったことは、そう簡単に受け流していいものじゃないと思うの」

俺は、自戒を込めて頷いた。

「それは、そのとおりだ」

星原と真島も、表には出さないが椎名の言葉を肯定しているだろう。たぶん二人とも、西園の発言が一つの正論であることを、理解している。

途端に、俺は横になりたくなった。もちろんそれは、星原に寄りかかりたいから、とかそういう邪《よこしま》な理由ではない。単に疲労を感じていたのだ。この短時間で様々な思想に触れたせいか、脳の処理機能が参っていた。

突然、パン、と星原《ほしはら》が手を叩《たた》く。空気を切り替え、気を引き締めるような手拍子。

俺を含めた三人が星原に注目すると、彼女は口を開いた。

「勉強会、始めよっか」


それから当初の目的に沿って、テスト勉強を始めた。一応は俺のために開かれた勉強会なので、俺が分からないところを挙げ、それを周りが教える、という形で話は進んだ。

椎名《しいな》からは数学を重点的に教わった。ややスパルタ気味な指導ではあったが、その分、苦手な箇所はおおよそ潰《つぶ》せたと思う。真島《ましま》は、先生の性格や授業での発言から、テストに出そうな問題を予想し、俺に教えてくれた。

途中で一問着《ひともんちゃく》あったことも含めて、俺にとって勉強会はこれ以上ない学びの場になったと思う。


八時を目前に、俺たちは解散した。ファミレスを出たあと、それぞれの帰路に着く。

自転車で俺は家を目指す。もうすっかり夜だった。

ファミレスを出てから、脳内で西園《にしぞの》とのやり取りがリピートされていた。それはスーパーの店内BGMや、CMソングのように、鼓膜にこびりついて取れなかった。

繰り返すうちに、西園の言ったことはまったくもって正しいと思うこともあれば、ただ暴論を振りかざしているだけにすぎないと思うこともあった。二つの考えの間で揺れているうちに、俺は自分を見失いそうになる。

星原も、真島も、椎名も、そして西園も、ちゃんとした自分の考えを持っている。俺だけだ。俺だけが、宙ぶらりんのまま動いている。それがひどく情けなくて、恥ずかしかった。

ふと、真島の言葉を思い出す。

――紙木《かみき》も好きなようにしたらいいんじゃない？

俺の好きなように。

俺は、自分がどうなることを望んでいるのだろう。

そんなことを考えながら自転車を漕いでいると、正面から歩いてくる男女の二人組が目に入った。腕を組んで、楽しそうに喋《しゃべ》っている。たぶん、カップルだ。男子のほうは椿岡《つばきおか》高校の制服を着ていて、女子のほうは私服姿だった。

そのカップルとすれ違うまであと数メートル、といったところで、俺はあることに気づく。

片方の男子は、世良《せら》だった。もう片方は……知らない子だ。

二人とすれ違い、少ししてから、俺はブレーキをかけて振り返った。

長身で、後ろ姿でも分かるちょっと長めの髪。やっぱり、世良にしか見えない。

なら、隣にいるあの女の子は世良のなんなんだ？　少なくとも、以前、駅前でキスをしていた女子ではなかった。駅前で見た子は髪をおさげにしていたが、さっきの子は、どう見ても肩までしか髪がない。

俺は不穏な胸騒ぎを覚えた。同時に、世良《せら》とあの子の関係を確認しなければ、という使命感のようなものが芽生える。とにかく二人のことが気になって仕方がなかった。

俺は自転車を押して歩き、二人をこっそり尾行する。二人とも俺に気づいていないようで、一度もこちらを振り返らなかった。

やがて二人は椿岡《つばきおか》駅に入る。俺は路肩に自転車を停《と》めて、あとを追った。本当は駐輪してはいけない場所だが、駐輪場に寄っているあいだに二人を見失いたくなかった。

帰宅ラッシュを過ぎたものの、まだ人通りの多い改札の前で、二人は足を止める。

向かい合う二人。会話が止まり、無言で見つめ合う。人混みのなかで、そこだけが世界から切り離されたみたいに雰囲気が違う。

俺はすさまじい既視感に襲われる。まさか、と思ったら。


世良は、やっぱりその子にキスをした。

今度は一〇秒くらいの、わりと濃厚なやつだった。

顔を離すと、女の子は惚《ほう》けたような表情をして、おぼつかない足取りで改札へ向かった。世良は踵《きびす》を返す。ヤツの顔には、いつもの薄っぺらな笑《え》みが張り付いていた。

こちらに歩いてくる世良と、俺は目が合う。しかし世良は、すぐなんでもないように視線を前に戻し、俺の横を通り過ぎた。

「おい」

俺は振り返って声をかけた。だが世良は振り向かない。だからあとを追いかけ、手を伸ばした。世良の肩を掴《つか》み、思いっきり引っ張る。

ようやく世良が振り向く――というか、俺が振り向かせた。

「何？」

世良はこんなときでも笑顔を崩さなかった。保身のためにへらへら笑っているふうでも、俺の突飛な行動に引いているふうでもない。この笑顔が、たぶん世良にとってのポーカーフェイスなのだ。

「今の、なんなんだ」

「今のって？」

「さっき……女の子とキスしてただろ」

「してたね」

世良は平然と認めて、

「で、それがどうかした？」

と、本当に何が悪いのか分からないように続けた。

「お前は、すでに他の子と付き合ってるだろ。それに、汐《うしお》にも、告白したはずだ」

「あれ、よく知ってるね——あっ」

世良《せら》は少し目を見開く。

「君、コンビニの前で話した人じゃん。奇遇だね」

なぜか世良は嬉《うれ》しそうに口角を上げた。

「笑ってごまかそうとするなよ。お前、本当に汐と付き合う気があるのか？　二股《ふたまた》どころじゃない、三股《さんまた》なんて……いや、もしかしてお前、他にも付き合ってる女の子がいるんじゃないだろうな」

「あー、うん、ちゃんと説明するよ。とりあえず、どっかの店にでも入らない？　立ち話もなんだしさ」

「いいから、答えろよ」

言ってから、俺は初めて自分が怒っていることに気がついた。

決してこいつに気を許してはいけない。本能がそう告げている。

「でも、ここだと人目につくぜ。通行人の邪魔になってるし、話の途中で駅員さんに注意されるかも。それは君にとっても不本意ではないかな？」

気に食わないが、言われてみればそのとおりだった。

人目は気になる、だがこいつの言うことには従いたくない。だから間を取って、俺は切符売り場の横にあるベンチを示した。

世良は頷《うなず》くと、そのベンチまで歩いていって腰を下ろした。足を組み、膝《ひざ》の上に両手を重ねて置く。余裕綽々《しゃくしゃく》といった態度。俺はベンチには座らず、世良の正面に立った。

「それで、どうなんだ」

訊《たず》ねると、世良は俺を見上げた。

「付き合う気があるかどうか、って話だよね。もちろん、あるよ。何度も言うのは恥ずかしいけど、僕はほら、汐のことが好きだし」

「でも、お前には他に好きな子がいるんだろ？」

「うん。さっきの子も、以前駅前でキスした子も、汐と同じくらい愛してるよ。だから今も付き合ってる。これってそんなにおかしなことかな？」

平然とのたまう世良に、怒りがこみ上げてくる。

「おかしいに決まってるだろ。そんな簡単に、何人も平等にあ……愛せるわけがない。絶対、いつか破綻《はたん》する。汐のことだって、どうせ興味本位で告白しただけなんだろ？　すぐ別れて汐を悲しませるくらいなら、告白は取り下げたほうがいい」

「ずいぶん汐のことを考えてるんだね。まるで保護者だ」

「ただの幼馴染《おさななじみ》だよ」

ぴく、と世良の眉《まゆ》が動いた。

「ああ、そうかそうか。君が、あの咲馬《さくま》か。汐《うしお》から聞いてたよ。小学生の頃《ころ》はやんちゃだったみたいだね？」

「そんなこと、今はどうでもいい。それより、どうなんだ」

「取り下げないよ」

世良《せら》はきっぱりと答えた。

「たぶん咲馬は、好きになっていい人は一人まで、っていう考え方に囚《とら》われてるんだろうね。だから、複数の人を愛してる僕のことが、受け入れられない。そうだろ？」

「別に好きになるのは勝手だよ。でも、付き合うなら話は別だ。もしお前に何人も彼女がいることを汐が知ったらどう思うか……言わなくても想像つくだろ」

「でも、僕は」

「バレないようにしてる、とか言うなよ。二度も俺に見つかってる時点で、なんの説得力もないからな」

「最後まで聞きなって。もうバレてるよ。ていうか自分から話した」

俺は目を見開いた。

「……なんだって？」

「咲馬の言うとおり、いつかバレちゃいそうな気がしてたからさ。昨日、汐に言ったんだ。僕には彼女がいるけどそれでもいい？　って。真剣に説明したら、汐は分かってくれたよ。学年一位を取りさえすれば、約束どおり付き合うってさ」

俺はめまいがした。

「嘘《うそ》だ」

「嘘じゃないよ。なんなら今から電話してみる？　別に君がしてもいいよ」

世良の話し方も、その薄っぺらな笑顔も、すべてが嘘くさいが、今の発言だけは本当のように聞こえた。冷静に考えても、そんな簡単にバレるような嘘をつくとは思えない。

けど、認めたくなかった。脳が、耳が、拒否反応を起こしている。

「いや、それでも……ダメだろ。いくら本人が許容しても、そんな不倫みたいな真似《まね》が、許されるわけがない」

世良は鼻で笑った。

「許されるわけがないって、誰に？　ひょっとして君にかな？　保護者でもないただの幼馴《おさなな》染《じみ》が、一体どういう権限で許すとか許さないとか言ってるの？　おかしいね」

「汐がよくても、お前と付き合ってる他の女の子が嫌《いや》がるかもしれないだろ。その子たちには、説明してないんじゃないのか」

「うん、まだしてないよ。でもそれは君とはまったく関係ない話だよね。正直、汐のことも幼馴染ってだけで君とは無関係だ。こうして説明してやってるのは、純粋に僕の善意なんだぜ」

「何が善意だよ。お、お前は……」

声が震える。口の中が乾いて、舌が上手《うま》く回らなかった。

「まぁ咲馬《さくま》の気持ちは分かるよ。実際二股《ふたまた》とか三股《さんまた》とかいう言葉に、いいイメージはまったくないからね。でもそれっておかしな話なんだよ。僕たちは昔から、友達をたくさん作ることが美徳とされてたよね。みんなと仲よくしましょう、隣人を愛しなさい、とかなんとか。なのに、いざお付き合いや結婚の段階になると、一人に絞らなきゃいけない。もし選びきれず二人以上好きな人ができたら、君のようにやたらと批判してくる人間が出てくるんだ。まったく理不尽だよ。僕のような博愛主義者には、生きづらい世の中だ」

「……何が、博愛主義者だ。お前の言ってることは、とにかく薄っぺらいんだよ。俺には到底、お前が三人とも平等に、あ、愛してるとは思えない」

「そんなこと言われてもなあ。どれくらい好きかなんて証明できるもんじゃないでしょ。ていうか君は学校での僕を知ってるんだよね？　だったら僕が、どれほど人に好かれる努力を惜しまない人間か、よく分かってるんじゃない？」

「あんなの……ただ、媚《こび》を振りまいてるだけだろ」

「同じ意味だよ。そもそも媚を売ることの何が悪いのかよく分からないな。相手の機嫌を取る代わりに、それ相応の好感を得る。極めて健全でフェアな取引だ。誰も嫌《いや》な思いをしない。君のように他者の成功を妬《ねた》む人間を除けばね」

「違う！　誰が、お前なんか。俺はただ汐《うしお》のためを思って……」

「僕だってそうさ。汐《うしお》だけじゃない。レイカちゃんも、アミちゃんも、ソラちゃんも……僕は彼女たちのためなら、自分の命をなげうってもいいとさえ思ってるよ」

聞き慣れない名前。おそらく世良《せら》の彼女だろう——あ？

「……おい、ちょっと待て。今、四人いたぞ」

「そうだよ？　好きな子は四人いるんだ。レイカちゃんは高校を卒業して、今はフリーターをやってる。アミちゃんは隣町に住んでる高校一年生で、喫茶店巡りが趣味なんだ。ソラちゃんはまだ中学生なんだけど、椿岡《つばきおか》高校に入ろうと受験勉強を頑張ってる。汐は……別に説明しなくても知ってるか」

「お前……中学生にまで、手を出してるのか」

「手を出すって言い方、嫌いだな。僕は真剣にお付き合いしてるよ。心から彼女を愛してる」

俺は吐き気がした。猛烈に頭の中がぐるぐるする。寒くもないのに歯がカチカチと鳴り、手汗が異様に出てくる。

俺は乾ききった唇《くちびる》を舐《な》め、心の中の汚い部分をかき集めて吐き出すように、

「……気持ち悪い」

と、世良を罵《ののし》った。

世良は怒りも悲しみもせず、どころか「あははっ」と盛大に吹き出した。

「ひどいこと言うね？　君が理解できないからって、僕を非難するのはやめてほしいな」

言ってからも、世良は楽しくてたまらないように笑い続けた。

俺は黙っているしかなかった。もう俺が何を言っても、醜い悪あがきのようにしかならない気がしていた。

ひとしきり笑ったあと、世良は目尻《めじり》を指で拭《ぬぐ》い、ニヤニヤしながら俺を見上げた。

「で、まだ続ける？」


結局、あれから何も反論できず、世良とは別れた。

家に帰ってからも頭の中はぐちゃぐちゃで、しばらく何も考えられなかった。

それでも、一つだけ決意したことがある。薄い布団にくるまって、枕《まくら》に伝わる心臓の音を聞きながら、暗い願望を静かに燃やした。

俺は、世良に学年一位を取らせない。それは汐のためであり、矜持《きょうじ》を守るためでもあった。

何がなんでも、俺は世良に負けたくなかった。

＊

とうとう定期考査を明日に控えた水曜日。

四時間目が終わり、俺は一枚のプリントを持って職員室を訪れた。

テスト期間中は、生徒が職員室に入ることを禁止されている。とはいえそこまで厳格に決められているわけではない。入り口で用のある先生に呼びかける程度なら許されていた。

俺は職員室に入ってすぐのところにいた先生に「伊予《いよ》先生に用があるんですが」と言って、代わりに呼んでもらう。少しして、職員室の奥から長いポニーテールを揺らして伊予先生がやってきた。

俺はプリントを差し出す。

「これ、進路希望調査です。出すの遅れてすみません」

進路に迷っていたわけではない。テスト勉強にかかりっきりで、提出を忘れていたのだ。

伊予先生は調査票を受け取ると、軽く目を通して「うん」と頷《うなず》いた。

「妥当な進路だと思うよ。けど、もうちょっと上の大学を目指してみてもいいんじゃない？ここんとこ熱心に授業を受けてるみたいだし。まだまだ成績伸びるでしょ」

「……ん、そうですね」

ついあくびが漏《も》れそうになって、返事にタイムラグが生まれた。

「なんか、眠そうだね？」

伊予先生が苦笑いを浮かべる。実際、そのとおりだった。

月曜日——星原《ほしはら》たちと勉強会をして、世良《せら》と話したあの日から、テスト勉強の時間を前より増やした。一昨日も昨日も、午前四時まで勉強机にかじりつき、朝七時まで泥のように眠った。当然、睡眠は足りていない。だから今も鬼のように眠かった。

すべては世良に一位を取らせないための努力だ。スタンスがあやふやだった俺にとって強烈なモチベーションができたのはいい傾向なのかもしれない。かといって、世良に感謝するつもりは一ミリもないが。

俺が曖昧《あいまい》な表情を浮かべていると、伊予先生は話題を変えるように「ところで」と言った。

「汐《うしお》とは上手《うま》くやれてる？」

「え？」

「仲いいんでしょ？　最近、一緒にいるところをよく見かけるから」

「ああ……や、どうでしょうね。たしかに、汐があぁなってからよく話すようにはなりましたけど、上手くやれてるかどうかっていうと……」

正直、微妙なところだ。表面上は仲がいいように見えても、正確にコミュニケーションを取れている自信はない。汐は何か本心を隠している感じがするし、俺のほうも汐に内緒で一位を取る計画を進めている。これを「上手くやれてる」とは、たぶん言えない。

伊予先生は困ったように笑う。

「やっぱいろいろ複雑だよねえ。ただでさえセブンティーンって面倒くさい年頃だし」

「俺まだ一六ですよ」

「細かいことはいいの。いちいち揚げ足取ってたらモテないぞー？」

余計なお世話だよ、と思う。

伊予《いよ》先生は腕を組んで、少しだけ真面目《まじめ》な表情をした。

「ま、紙木《かみき》はよくやれてると思うよ。君と夏希《なつき》のおかげで、汐《うしお》はまた笑顔を見せるようになったし。ほんとは、私たちがもっとケアする体制を作らなきゃダメなんだけどね」

この学校、頭固いの多いから。

伊予先生は、周りに聞こえないくらいの声量でそう呟《つぶや》いた。小声ながらも悲哀がこもっていて、俺は伊予先生の心労を察する。

「……大変なんですね」

「そりゃそうよ。ただでさえテストの準備とか夏休みの宿題とか部活のあれやこれやで忙しいのに、生徒一人ひとりの面倒まで見なきゃいけない。激務だよ、激務。好きじゃなきゃ、とっくに投げてる」

そう言うと、伊予先生は短くため息を吐《つ》いて、物憂《ものう》げに目を細めた。

「……汐は、今どき珍しいくらい素直でいい子なんだよね。なんでもできちゃうわりに傲慢《ごうまん》なところはないし、人を思いやることができる。それでも、ああいう子にかぎって一人で抱《かか》え込んじゃうから、気にかけてたつもりなんだけど……まさか、女の子になっちゃうとはね。ほんと、読めないよね、人の心は」

「……そうですね」

俺はしみじみと相槌《あいづち》を打った。

それから少しばかりの沈黙を挟んだあと、伊予先生は思い出したように「やばっ」と声を上げた。

「長話してたら麺《めん》が伸びちゃう」

「昼飯カップ麺ですか？」

「そうだけど」

「質素っすね」

「うるさいよ。先生だってねぇ、お弁当とか作ってた時期があったんだよ。君には分かんないかもしんないけど毎朝お弁当作るのってすごく大変で——」

「伸びますよ、麺」

「うわなんかすごい適当にあしらわれた気が……まぁいいや。じゃ、先生は戻ります。紙木も無理ない範囲で頑張ってね」

「はい」

俺は踵《きびす》を返した。

職員室を出て廊下を進む。特別棟の二階はひっそりとしていて、隣の校舎から生徒たちの賑《にぎ》やかな声が聞こえていた。

歩きながら、先生も先生で大変だな、と改めて思う。

伊予《いよ》先生の口ぶりからして、汐《うしお》の処遇については職員室でも議論になったのだろう。「頭固いの」に該当しそうな先生は、何人か思い当たる。先生のあいだでどんないざこざがあったのかはいまいち想像がつかないが、伊予先生の気苦労はたぶん相当なものだ。倒れたりしないでくれよ、と願うばかりだった。

渡り廊下へ進もうと、俺は左に曲がった。そのとき、あ、と二つの声が重なる。

汐と鉢合わせた。今は一人だった。互いに足を止め、俺は口を開けたまま次の言葉を探す。

ふと、汐の手に一枚のプリントがあることに気がついた。

「汐も、調査票を出しに行くのか?」

「うん。咲馬《さくま》も?」

「ああ。さっき出してきた」

「そっか、一緒に行けばよかったね。世良《せら》に絡まれて、教室を出るのが遅くなっちゃって」

世良。その名前が汐の口からさらっと出てきたことに、俺は暗澹《あんたん》とした気分になる。

昨日のことを思い出す。汐は、世良に彼女がいると知ったうえで条件を満たせば付き合うと約束している。それをまだ、俺は汐本人に確認していない。世良の言ったことを事実だと認めるのが、嫌《いや》だったから。

汐は身体《からだ》を職員室のほうに向ける。

「じゃあ、行くよ」

「あ、汐」

先へ進もうとする汐を、俺はほとんど無意識に呼び止めた。

汐は足を止め、不思議そうに俺が喋《しゃべ》るのを待っている。俺は自分の起こした行動に戸惑いながら、汐の顔を見ていた。

「どうかした？」

心配そうに声をかける汐。俺は、

「……世良は、ろくなヤツじゃないよ。あいつ、すでに何人も彼女がいるんだ」

その言葉は、俺の思考や話の順序を無視して、勝手に口から流れ出た。だが失言をした意識はなかった。むしろ、それこそが本当に自分の言いたかったことのように思えた。

汐は、特段驚きもせず口を開く。

「知ってるよ」

ガツン、と頭を殴られたような衝撃が走った。

信じられなかった。それでも、まだ何かの間違いじゃないかと期待して、言葉を紡ぐ。

「じゃあ、そのうえで条件を満たせば付き合うっていうのも……」

「本当だよ。それは、世良から聞いた話？」

俺はひどく動揺しながら、頷《うなず》いた。

世良の言ったとおりだった。まだ付き合うと決まったわけではないが、汐は世良の二股《ふたまた》だか三股《さんまた》だかを容認している。共犯者、という単語がなぜか頭に浮かび、俺は汐《うしお》を直視できなくなった。急に汐の存在が穢《けが》れてしまったように感じた。

顔を逸《そ》らすと、汐は一歩こちらに近づいて、俺の顔を覗《のぞ》き込んだ。前髪の隙間《すきま》から覗く灰色の瞳《ひとみ》は、どこか真剣味を帯びていた。

「咲馬《さくま》は、どう思った?」

「どうって……。あんなヤツ、やめとけよ。正気じゃない。彼女がいるのに他の人にも告白するなんて……普通に考えて、おかしいだろ」

「ぼくも話を聞いたときはそう思ったよ。でも、世良《せら》は……少なくとも、ぼくのことをいろいろと気にかけてくれてる。だから、彼女に関しては目を瞑《つむ》ることにしたんだ」

「汐は、それでいいのかよ」

「ああ。たしかに世良はろくでもないヤツかもしれないけど、あいつは、正直なんだ。だから変に気を使わなくていいし、一緒にいて楽なんだよ」

俺は拳《こぶし》を握りしめる。

「……意味分かんねえよ。好きでもないのに、付き合ってどうすんだよ。そんなの時間の無駄だ。どうせあいつは、すぐ飽きて他の女の子を口説き始めるよ。今のうちに断っといたほうが絶対いいって」

「すぐに飽きられても、ぼくは構わない。……男と付き合う経験は、一度くらいあったほうがいいと思うし」

「でも！」

「咲馬はどうしてそんなに怒ってるの？」

冷静な指摘に、俺は押し黙るしかなかった。

怒っていない。そう答えたかった。でも、俺の胸にわだかまるこの不快な感情は、たしかに、怒りとしか形容できないものだった。

——俺は、なんで怒ってるんだ？

分からなかった。いや、分かっているのに、それを言語化することを無意識に避けているのかもしれない。

暗闇《くらやみ》のなかを手探りで進むように、俺は自分の心を探った。自分が本当はどうしたいのか。どうなることを望んでいるのか。そういった問いをツルハシのように振るって、本心を掘り下げていく。

そして、ようやく一つの核心にたどり着いた。

「俺は……世良に、汐を渡したくない」

なんてことない、それはただの独占欲だった。幼馴染《おさななじみ》で、一度は疎遠になったものの、また仲よくなった汐を、急にやってきたよそ者に横取りされたくない。ただそれだけのことだ。

そこに恋愛感情が含まれているのかは分からない。けど、俺はとにかく、世良と汐が仲よくしているのが嫌《いや》だった。それはごまかしようのない事実だった。

恥ずかしさで顔が発火しそうになる。もう逃げ出したかった。

汐《うしお》は一文字に唇《くちびる》を結び、自分の制服の胸元を強く握りしめた。そして熱っぽい視線を俺に送ってくる。

「じゃあ、仮にぼくが世良《せら》と付き合わなかったとして、咲馬《さくま》は……どうしてくれるの？」

俺は息を呑《の》む。

「それは……」

そこから先に、言葉が続かなかった。

くしゃ、と汐の握る調査票が音を立てる。周りが静かでなければ、聞き逃していただろう。だがその小さな音から、計り知れない失望を汐から感じ取った。

「……無理しなくていいよ。咲馬は、夏希《なつき》のことが好きなんでしょ？」

胸が痛くなるくらい、汐は優しく微笑《ほほえ》んだ。そしてゆっくりと顔を伏せる。

「ごめん。調査票、出さなきゃだからさ。もう行くよ」

返事を待たずに俺の横を通り過ぎ、職員室へ向かった。

「汐」

呼び止めると、汐は足を止めた。だが、振り向かない。俺は構わず続ける。

「俺は……とにかく、自分にできることをやるよ」

「……勝手にすれば」

汐は再び歩みを進めた。

どこか悲しそうな汐の背中をしばらく見つめてから、教室へ向かう。

定期考査は、いよいよ明日からだ。

＊

木曜日、定期考査初日。

いつもより早めに登校した。あくびを嚙《か》み殺しながら教室に入ると、ピリピリした空気を肌で感じた。すでに多くのクラスメイトが席に着き、教科書を広げたり、友達と英単語の意味を確認し合ったりしている。

その中に、汐と星原《ほしはら》の姿もあった。汐のそばに星原が立つ形で、二人もテスト勉強に勤《いそ》しんでいる。

そこから視線をずらしていくと、派手な女子が目に入った。

西園《にしぞの》だ。謹慎が終わり、学校に来ていた。そばには真島《ましま》と椎名《しいな》がいる。西園はぶすっとした表情で教科書を睨《にら》んでいるだけで、汐に意識を向けている様子はない。さすがにもう、汐に嫌《いや》がらせすることはないだろう。

俺も席に着き、ノートを広げた。

今一度、テストに出そうな英単語を頭になじませていると、そばに人の気配を感じた。顔を上げて隣を見ると、蓮見《はすみ》が立っていた。

「気合い入ってんね」

蓮見は相変わらずの無表情でそう言った。

「ああ。今回は今まで以上に本気だ。満点、目指してるからな」

「もしかして、世良《せら》に対抗してんの？」

「いや、そういうわけじゃないけど……」

本当はそのとおりだが、口に出して認めるのは癪《しゃく》だった。

蓮見は大して興味がなさそうに「まぁ、別にどうでもいいけど」とあっさり話を流す。

俺はなんだか呆《あき》れてしまった。

「蓮見は他人に関心があるのかないのか分からんな」

「普通にあるよ。たぶん、人並み以上に。でもあまり関わりたいとは思わないな」

「人間観察が趣味、ってやつか」

「そうかも。なんか、透明になって人の会話をひたすら傍聴してたい気持ちがあるんだよね。受信だけしておきたい、っていうか」

「妖怪《ようかい》みたいなヤツだな……」

「だって、深く踏み込むとめんどくさいでしょ。人間関係って」

ふむ、と俺は神妙に頷《うなず》く。それは蓮見の思想を明確に表した一言のように思えた。

たしかに蓮見の言うとおりだ。人間関係は面倒くさい。それはここ数日、嫌《いや》というほど痛感している。誰かと関わるたび、好きとか嫌いとかの感情が複雑に絡まり合って、わけが分からなくなる。

あの日——放課後の教室で星原《ほしはら》とアドレスを交換し、夜の公園でセーラー服を着た汐《うしお》を目撃したあの日まで、俺は他人の好き嫌いで悩むことはなかった。多少の孤独感はあったものの、今よりずっと気楽に学校生活を送れていた。

ただ、それでも……あの日の前に戻りたいと思ったことは、一度もない。

予鈴が鳴るとともに、英語の先生が教室に入ってきた。

クラスメイトたちが一斉に着席すると、先生は「机の中を空っぽにしておくように」と呼びかけた。そして一番前の席の生徒に、裏返しにした問題用紙を配り始める。

「まだ表にしないように」

先生が言った。

問題用紙と解答用紙が全員に行き渡ると、教室は静かになった。シャーペンが机の上を転がる音、誰かの咳払《せきばら》い、椅子《いす》の軋《きし》み。そんな小さな音も、部屋中に反響する。

一時間目の始まりを告げるチャイムが鳴った。

「では、始め」

一心不乱にシャーペンを走らせた。

英語は暗記科目だ。少なくとも俺はそう思っている。だから記憶が鮮明なうちに、一つでも多くの問題を解いていく。

順調だった。楽しい。爽快《そうかい》なくらいに。考える時間をほとんど要さず、自分の手が勝手に答えを導いてくれる。睡眠不足でちょっと情緒がおかしくなっているのかもしれない。興奮して、自然と口角が上がった。

カッカッ、とシャーペンの先端が紙面越しに机を叩《たた》く。

一五分も経《た》たず、長文までやってきた。ここまでの問題で分からないところはなかった。

さすがに英語の長文はノータイムで解けない。ペン先で英文をなぞりながら、頭の中で翻訳していく。すらすら読める、とまではいかないが、理解して読み進められた。

そこに記されていたのは、ある先人の体験談だ。

とある自動車工場でミスが発生したので、再発を防ぐようチェックを厳重にした。するとそのチェック作業が工程を圧迫し、かえって作業員のミスが増えた……という話だ。

『起こり得ることは、いつか必ず起こる』

『だが準備のしすぎが却《かえ》って事故を招くこともある』

そんな教訓で話は締められている。特に面白くもなんともない内容だが、自分で訳すと含蓄《がんちく》ある話のように思えてくるから不思議だ。自分で作った料理がおいしく感じられるのと同じ理屈だろうか。

個人的な見解もほどほどに、俺は解答用紙の空欄を埋めていく。文章は理解できていたので、解くのに苦労しなかった。

俺はペンを置く。

すべての空欄が埋まった。分からないところは、一問もなかった。

——これは、ひょっとして満点なのでは？

自信が胸にみなぎる。

それから終了を告げるチャイムが鳴るまで、見直しを続けた。

その後の化学と古典も、順調そのものだった。満点かどうかは分からないが、いずれも九〇点以上は確実にある。過去問とほぼ同じ構成で、問題も似通っていたのが助かった。真島《ましま》には感謝しきれない。

初日は三科目だけだ。だから今日のテストはこれで終了。あとは帰るだけとなる。

教室にはどことなく敗戦ムードが漂っていた。精神的に疲弊し、嘆息したり机に突っ伏したりするクラスメイトが何人も見られた。

「やべー」「マジで死んだ」「全然分かんなかったんだけど」「てかあの問題分かった?」

そんな声がいたるところから聞こえてくる。

「紙木《かみき》くん、お疲れ様」

クラスメイトの悲鳴に耳を傾けていたら、星原《ほしはら》がそばにやってきて労《ねぎら》ってくれた。消耗していた体力が、少しだけ回復する。

「ああ、お疲れ。テスト、どうだった?」

「いや〜、あっはっは」

星原は空虚に笑った。それは自信から湧《わ》いてくる笑いではなく、もう笑うしかない、というときの笑い方だった。星原のテスト結果については触れないほうがよさそうだ。

「まぁ、私のことはともかく。紙木くんは?」

「ん、結構できたよ。今日の三科目に関しては、期待できる」

「おお、すごい! それは頼もしいね」

今度は嬉《うれ》しそうに笑う。俺も褒められて嬉しい。ただ、星原の嬉しさは「俺が世良《せら》の一位を阻止すること」から発生した嬉しさだ。そう考えると、なんだか紙木咲馬《さくま》そのものは見てくれていないような感じがして、少し虚《むな》しくなってしまう。

とはいえ。世良の一位を阻止したいのは、俺も同じだ。今は難しく考えず、素直に喜んでおこう。

「明日は数学だね。分からないところはもうない？」

「大丈夫。前にやった勉強会のおかげで、ある程度の対策はできてるよ」

「いいねいいね。このまま突っ走ろう！」

星原が元気に声を上げると、それ以上の声量で「みんなお疲れ！」と聞こえた。扉のほうを見ると、世良が立っていた。思えば世良が教室にやってくるのは、今日はこれが初めてだ。

世良は周りのクラスメイトに「いやあ大変だったね」「お疲れ～」などと声をかけながら汐《うしお》のもとへ歩み寄る。そのとき、俺と目が合った。

「おっ、咲馬じゃん。なんだ、汐と同じクラスだったんだ？」

今まで気づかなかったのかよ。

世良は進路を変えて俺のもとへやってくる。基本、世良は誰とでもフレンドリーに話すので、他のクラスメイトが俺たちを気に留める様子はなかった。

「テストお疲れ。ガム食べる？」

「いや、いいよ別に……」

「えー、そう？　おいしいのに」

そう言って世良はポケットから板ガムを引き抜き、銀紙を外して口に含んだ。咀嚼《そしゃく》しながら、今度は星原に「夏希《なつき》ちゃん、テストどうだった？」と絡み始める。

「や～私は全然……ちょっとやばいかも」

困ったように笑いながら答える星原《ほしはら》に、世良《せら》は「ふうん？」と相槌《あいづち》を打って、

「じゃあ、僕が教えてあげようか？」

と軽い調子で提案した。

俺はぎょっとする。世良が星原に勉強を教えるなんて……そんなの、ダメに決まっている。

「せ、世良はどうだったんだ？」

星原が答えるよりも先に、俺は世良に訊《たず》ねた。こんなことをしなくても星原は世良の誘いを断るだろう。が、それでも万が一、星原が承諾したらと思うと気が逸《はや》った。

俺の割り込みに、世良はほんのわずかに目を見開き、だけどすぐ、またいつものへらへらした笑顔に戻った。

「そりゃあもう楽勝だよ。なんてったって目指すは一位だからね、当然でしょ」

「……ずいぶん、自信あるんだな」

「前はもっといい高校に通ってたからね。ま、咲馬《さくま》も頑張りなよ。一位は無理だろうけど」

なんとも憎たらしいセリフを吐いて、世良は汐《うしお》の席に向かった。

嫌《いや》な感じだ。かなり、舐《な》められている気がする。

「紙木《かみき》くん、頑張ってね……」

星原が囁《ささや》くように言った。ひそやかだが、力のこもった声だった。

俺は力強く頷《うなず》いて応《こた》える。世良に負けたくない気持ちが再燃し、疲弊していた脳に活力が満

ちていくのを感じた。

今日も帰ったらテスト勉強に打ち込もう。明日の鬼門は数学だ。今一度、公式を頭に叩《たた》き込み、万全を期して挑む。

やってやるぞ。


と、やる気満々だったにもかかわらず、テスト二日目は最悪のコンディションで迎えた。

やる気満々だったのがまずかったのかもしれない。昨夜は遅くまで教科書と睨《にら》み合い、椅子《いす》に座ったまま寝落ちしてしまった。おかげで身体《からだ》が鉛のように重く、関節の節々が痛む。

それだけならまだよかった。

ひどい頭痛がしていた。おまけに喉《のど》も痛い。ふらふらしながら居間に下りて熱を計ってみたら、三八・七度あった。

夏風邪だ。

普段なら先生に連絡して学校を休んでいるところだ。だが今日と明日ばかりは、簡単に休むわけにいかない。

……いや、休んでもいいのか？　テスト当日に学校を休んだ場合、どうなるんだっけ……。

風邪が治ったら個別でテストを受けられるのだろうか。もしそうなら休みたい。身体がだるくて仕方がなかった。

迷った末、俺は学校に電話をした。先生がいるかどうか不安だったが、一年生の先生が出てくれた。

『見込み点』、というものを俺は説明された。

テスト当日に学校を休んだ場合、今まで受けたテストの平均点が、そのまま今回のテストに反映されるらしい。ただ、診断書の有無や内申によって、そこから引かれることもあるんだとか。

つまり、簡単にいえば。今日、俺が学校を休んだら、確実に数学のテストで九〇点以上は取れない。精々六〇点とか五〇点くらいだろう。他の科目もそれくらいの点数になる。

それは、ダメだ。一位を取れなくなる。

俺は電話を切り、風邪薬を飲んで学校へ行く準備を始めた。


外の空気を吸えばちょっとはマシになるんじゃないだろうか、と期待したが、当然そんなことはなかった。どころか学校に着く頃《ころ》には完全に息が上がり、階段を上るのも一苦労だった。

這々《ほうほう》の体《てい》で教室に入り、自分の席に着く。

教室の喧騒《けんそう》が、ダイレクトで脳に響いた。とりあえず数学の教科書を取り出してページをめくってみたが、頭痛と気だるさで一つも内容が頭に入ってこない。

こんなので、テストに集中できるのか？

不安で胃がキリキリと痛む。ついでに吐き気もしてきた。朝ごはん、抜いてくればよかったかもしれない。どうしてこんなときにかぎって風邪なんか……いや、こんなときだからか。

ここ数日の、寝不足とテスト勉強のストレス。それがキャパシティを超えて、風邪という形で現れた。いわば俺の自己管理不足。だが後悔しても遅い。とにかく今は数学を……。

「――くん――、紙木《かみき》くん？」

ハッと頭を上げる。

すぐそばに星原《ほしはら》がいた。心配そうな顔で俺を覗《のぞ》き込んでいる。

「だ、大丈夫？　なんか、顔が怖くなってたよ」

「あー、ちょっと風邪気味で……」

「え、そうなの？　熱は計った？」

「うん、まぁ、一応」

何度？　と訊《き》かれたので正直に三八度あったと答えたら、星原は目を丸くした。

「休んだほうがいいよ」

「いや、それはダメだ。テストの点が落ちる」

「でも……」

「平気だって。明日で終わりだし、なんとか――」

喋《しゃべ》っている途中でいきなり鼻水が出てきた。すんっ、と俺は鼻を啜《すす》る。分かりきったことだが、風邪は悪化しているようだ。

星原《ほしはら》は困ったように眉《まゆ》を八の字にした。

「……紙木《かみき》くん、無理してない？」

「いや……ははは」

とりあえず笑ってごまかす。

途端に、星原は真面目《まじめ》くさった表情をすると「ちょっと待ってて」と言って自分の席に戻った。そこで自分の鞄《かばん》から何かを取り出し、また俺のもとに戻ってくる。

星原は手に持っていたものを俺に渡す。それは三つのポケットティッシュとミルキーのキャンディだった。

「これ、あげるよ。役に立つかは分からないけど……ないよりマシだと思う」

じん、と胸が熱くなった。

「ありがとう、星原。ティッシュ、持ってきてなかったから助かるよ。あと飴《あめ》も」

礼を言うと、なぜか星原は悲しそうに目を伏せた。

「無茶なお願いしといて、これくらいしかできなくてごめんね……。ほんと、辛《つら》くなったらいつでも休んで。紙木くんの身体《からだ》が第一だから」

「星原……」

やばい、泣きそう……。弱り目に優しい言葉は本当に効く。

たとえ星原の優しさに汐《うしお》が紐付《ひもづ》いているとしても、俺が嬉《うれ》しいと感じているのは事実だ。ならもう、それでいいんじゃないかと思えた。

俺は星原に笑ってみせる。

「大丈夫だ。それに、お願いとか汐とか抜きにして、今は一位を取りたいんだ。だから、最後までやるよ」

「……分かった。じゃあ、私も期待しとく。でもほんと無理しちゃダメだからね！」

星原も笑顔で答えて、自分の席に戻っていった。

さて。気合いを入れていこう。

今日最後の科目、世界史のテストが終わった。

解答用紙を前の人に回した途端、糸が切れたみたいに俺は力尽きる。

め、めちゃくちゃしんどい……。風邪薬、全然効いてないんだけど……。

背中が汗に濡《ぬ》れて冷たい。外ではセミが鳴いているというのに、寒気がする。それに鼻水もひどくなっていた。星原からティッシュをもらわなければ、ずるずる鼻を鳴らしながら問題を解く羽目になっていただろう。

喉《のど》の腫《は》れも悪化している。唾液《だえき》を飲み込むだけで、鋭い痛みが喉に走る。今はあまり喋《しゃべ》りたくない。だから心配してやってきた星原とも、二、三言交わすに留《とど》めて、俺は下校の準備をした。とにかく今は、早く家に帰りたかった。

帰り支度を済ませて重い腰を上げた途端、汐《うしお》と目が合った。何か言いたげに俺のことを見つめている。だが、今は汐に話しかけたり、視線の意味を考えたりする気力もなく、俺はそのまま教室を出た。


テスト三日目。

昨日は早めに床に就いたものの、回復の兆《きざ》しはない。どころか熱が上がっていた。肌は汗ばみ、眼球から水分が飛んでいるのか視界が霞《かす》む。ここ数年で最悪のコンディションだ。あの兄嫌いで口の悪い彩花《あやか》に「お兄、マジで学校行くの？」と心配されるくらいに、見た目もやつれていた。

もちろん、学校には行く。今日で最後なのだ。今日さえ頑張ったら、夏休みまで学校を休んでもいいとさえ思っている。だから、今日だけは全力で無理をする。

効かないだろうと思いながらも風邪薬を飲み、俺は支度して家を出た。

外に出た途端、容赦ない日差《ひざ》しと熱気が全身を包んだ。目の奥がチクチクと痛み、陽《ひ》の光が質量を得たように身体《からだ》が重い。

親は仕事で俺と彩花よりも先に家を出るので、送迎してもらうことはできない。だから一人で頑張るしかなかった。庭先の自転車を引っ張り出し、俺は学校へと向かう。

ペダルが重い。意識が朦朧《もうろう》としている。足を止めたら、そのまま道に倒れ込んでしまいそうだ。それでも気力を振り絞り、なんとか学校にたどり着く。

昇降口を抜けて、廊下を進み、教室に入る。

自分の席に着いてぼーっとしていたら、カチャン、と音がした。前の人がシャーペンを落としたようだ。物理の先生がこちらにやってきて、前の人の代わりにシャーペンを拾う。


——あれ？　テスト、もう始まってる……？


俺はハッとする。同時に、先生が教室に入ってきたこと、テスト用紙が配られたこと、チャイムが鳴ったこと……それらの記憶が、一瞬で蘇《よみがえ》った。

ぶわ、と頭皮から汗が噴き出す。

やばいやばいやばい。完全に意識が飛んでいた。テストはもうとっくに始まっている。

俺は机に視線を落とす。そこには白紙の解答用紙がある。次に時計を見る。すでに物理のテストが始まってから一五分も経《た》っていた。目を開けながら眠っていたのか、ってくらい記憶があやふやだ。

慌てて名前を記入し、俺はテストに取り掛かった。シャーペンのグリップが、汗でぬるぬるする。

長文の問題を読むのが辛《つら》い。集中力が二徹明けくらいまで落ちている。問題文を読んでいる途中でぷつっと意識が途切れて、文脈が迷子になる。そういうことが何度も起きた。

問題が頭に入ってこないことにイライラする。焦りが筆圧を高め、シャーペンの芯がすぐに折れる。テスト終了まで残り一〇分しかない。テストはまだ半分も解けていない。

俺は自分の両頬《ほほ》をバシンと叩《たた》く。

瞬きすら惜しんで問題を解いていった。鼻が詰まり、フーフーと獣のような呼気が口から漏《も》れる。あと一分。

最後の空欄を埋める。

同時に終了のチャイムが鳴った。

解答用紙を前の人に回し、俺は机に倒れ込む。

――気持ち悪い。

二時間目。地理の問題を解きながら、今日何度目か分からない弱音を心の中で吐いた。

頭痛と吐き気が治まらない。汗で問題用紙が腕に張り付く。朝食のトーストとバナナがドロドロになって、胃の中を旋回している感じがする。

本当に気分が悪い。無限に弱音が湧《わ》いてくる。だるい、吐きそう、気持ち悪い……。

――気持ち悪い。

突然、西園《にしぞの》の声が脳裏に響く。どうしてあいつの言葉を今になって思い出すのか。西園の言う気持ち悪いは、気分が悪いとか、そういう意味の気持ち悪いではない。汐《うしお》に対する誹謗《ひぼう》だ。

ひどいよな、と思う。

何が気持ち悪いんだよ。普通に似合ってるだろ。そりゃまぁ身体《からだ》は男だし、声もちょっと低いけど、見た目は完全に女の子だ。悪いのは気持ちじゃなくて、西園の目だろ。

大体、気持ち悪いっていうなら、世良《せら》のほうが気持ち悪いよ。

彼女が何人もいて、そのなかには中学生もいて、さらに汐にまで手を出した。不純を煮詰めたような男だ。どうして汐が、そんなヤツと一緒にいられるのか理解できない。

……あれ？

西園が汐に言った『気持ち悪い』と、俺が世良に言った『気持ち悪い』。

これ、なんも違わなくない？

地理のテストが終わり、一瞬のような休み時間を挟んで、現代文のテストが始まる。

定期考査、最後のテスト。これさえ乗り切ったら、長い苦行から解放される。なのに、二時間目に湧《わ》いた疑問が、まだ頭にこびりついていた。そいつはカビのように根を張り、どれだけ忘れようとしても思考に割り込んでくる。これを除去するには、自分なりの答えを出すしかないのかもしれない。

だから、熱っぽい頭で考えてみる。

俺と西園《にしぞの》の『気持ち悪い』は、同種のものなのか？

いいや、違う。違うに決まっている。西園のはただの誹謗《ひぼう》だ。俺のは誹謗ではなく、正直な感想で、だから、何が違うかというと……それは……ええと……。

何も思い浮かばない。熱があるから頭が回らないだけか？　いや、そんなはずはない。だって、明らかに違う。違うはずなのだ。何が違うのか、説明できないだけで……。

——もしかして、同じなのか？

『理解できないものを攻撃して私のことも受け入れてって、バカじゃねえの』

『君が理解できないからって、僕を非難するのはやめてほしいな』

かつて俺が西園に言ったこと、そして世良《せら》が俺に言ったことが、脳内でリピートされる。程度の差こそあれ、その二つの発言に至るまでの経緯は似たようなものだ。十分な根拠もなしに他者を悪く考え、罵《ののし》った。

そこになんの違いがある？

……ない。同じだ。

俺も西園も、自身の理解できないものを目《ま》の当たりにして、拒絶反応を起こした。ようするに偏見で『気持ち悪い』と言ったにすぎなかった。いや。西園の場合は「汐《うしお》を男に戻したいから」とか「汐に苦労をさせたくないから」とか、そういう願望や彼女なりの親切心が内包されている分、俺より偏見は少ないかもしれない。

なら、俺は。

俺は、結局、偏見まみれの排他的な田舎者でしかなかったのか？

なんだよ、それ。嘘《うそ》だろ？

認めたくない。認めたくない、けど、認めざるを得ない。ここで認められなかったら、本当に手遅れな気がした。

クソ。急に恥ずかしくなってきた。なんで。なんでこんなタイミングで気づくんだ？　別に今じゃなくていいだろ。今テスト中だぞ。そうだ。早く問題を解かないと。でも。ああ。クソ。熱と後悔で頭ん中がぐちゃぐちゃだ。俺は。なんて浅はかだったんだろう。

——でも。

それでもさぁ。

やっぱり、気持ち悪いもんは気持ち悪いよ。

世良《せら》のことは、理解する気にもなれないよ。理由なんてないんだ。ただ受け付けないだけ。そういうのって、たぶん誰にでもある。もちろん口に出すのはよくないけど、気持ち悪いって思っちゃうのは、もう、防ぎようがないんだ。開き直りといわれたらそれまでだけど、やっぱり、俺は、世良のことが苦手で。だから。あいつと汐《うしお》が付き合うのは、嫌《いや》なんだよ。


チャイムが鳴る。

定期考査の全過程が終了した。

＊

定期考査が終わった日の午後。俺は地元の内科を訪れた。

やはり、無理して登校していたのがまずかったらしい。お医者さんに「無理しすぎると死ぬよ」と真面目《まじめ》なトーンで怒られた。親には「死ななくてよかったな」と笑われ、彩花《あやか》には「バカじゃないの」と呆《あき》れられた。三者三様の反応だった。

帰宅してからは、自室で抜け殻のように過ごした。定期考査ですっかり気力を使い果たし、ベッドから起き上がることすら億劫《おっくう》だった。

それでも、夜に星原《ほしはら》から電話がかかってきたときだけは、一秒で跳《は》ね起きた。

『ほんっとうにお疲れ様！　走り切ったね、紙木《かみき》くん！　すごいよ！　最後のほうゾンビみたいになってたから、すごい心配した！』

「はは……たしかにそんな感じだったな。ほんと、死ぬかと思った。実は何を書いたのかもよく覚えてないんだ」

『そ、そんなに極限状態だったの？』

「ぶっちゃけギリギリだった。だから……申し訳ないんだけど、世良に勝てるかどうかは分からない」

正直にテストの手応えを伝えると、星原は「いいよいいよ！」と慌てた様子で返事をした。

『むしろそんなに頑張ってくれるとは思わなかったよ。ほんと無茶ばかり言ってごめんね……。紙木くんは、私に何かしてほしいことある？』

急な提案に、心拍数が上がった。

無数の『星原にしてほしいこと』が頭に浮かぶ。長考の末、俺は最も無難な候補を選んだ。

「ほ」

『ほ？』

「本の、話をしたいかなー、なんて……。この前、星原に薦めたやつとか。もし読んでたらだけど」

『えー、そんなことでいいの？　それくらいお安い御用だよ！　けど、まだ一冊目の半分くらいしか読めてなくて――』

と言ったものの、その半分までの内容を糸口に、星原《ほしはら》は本の話を広げてくれた。好きな本やこれから読みたい本を語る、取り留めのないお喋《しゃべ》りだ。俺は喉《のど》が痛くてそれほど長く話せなかったのが残念だが、頑張ってよかった、と思えるくらいには幸福な時間だった。

それから数日が経《た》った。

日に日に暑さが増すなかで、俺の体調はすっかり回復していた。死にそうな気分で定期考査を受けていたあの日が、今では懐かしいとすら思える。

今日は一学期の終業式だ。

蒸し暑い体育館に、椿岡《つばきおか》高校の全生徒が整列している。俺は校長先生の退屈な話を聞き流しながら、定期考査の学年順位のことを考えていた。

定期考査のテストは、すでに全部返却されている。俺のテストはいずれも九〇点以上あった。学年順位では間違いなく一桁台《ひとけただい》に乗るだろう。

ただ、世良《せら》の点数は知らなかった。訊《き》けば教えてくれるかもしれないが、もし総合点で自分を上回っていたらと思うと、知るのが怖かった。もっとも、仮に俺を上回っていたとしても、一位かどうかは分からないのだが。俺と世良よりも高得点を取る生徒が、他にいるかもしれないし。

だがそれも今日、はっきりする。

「――では、これにて終業式を終わりにしたいと思います」

校長先生の話が終わった。

このあと、教室に戻ったら通知表とともに個人成績表が先生から配られる。自分の学年順位が明らかになるのだ。

ドキドキしてきた。世良が一位を逃せばそれでいいのだが、やっぱり、ここまで来たら俺は一位を取りたい。

教頭先生の号令で、俺たち二年の生徒が退出し始める。人数に比べて体育館の扉はやや狭く、出入り口付近は人が混み合っている。

とすん、と俺の肩に誰かがぶつかってきた。

「あ、ごめん――」

と先に謝ってきた人物は、汐《うしお》だった。

ぶつかったのが俺と知るやいなや、汐は驚いたような顔をする。だがすぐ気まずそうに目を逸《そ》らし、先に行ってしまった。

俺はちょっと悲しい気持ちになる。

定期考査が終わってから、汐に避けられていた。汐は世良とも星原とも普通に話すのに、俺にだけは距離を置く。

理由は、なんとなく察している。たぶん、以前の「世良《せら》に汐《うしお》を渡したくない」云々《うんぬん》のやり取りが尾を引いているのだ。正直、俺も少し気まずい。

テストの結果だけではなく、こちらも憂慮している問題だった。なんとかしなければ、と思うのだが、具体的な解決策は思いついていない。

明日から夏休みだというのに、気が重かった。


教室に戻ると、少しして伊予《いよ》先生がやってきた。談笑していたクラスメイトたちは着席し、一学期最後のHRに意識を切り替える。

「はい！　明日から夏休みだね！」

壇上で伊予先生は元気にそう言う。

「いやー、いろんなことがあったね。みんなにとってこの一学期は楽しかった？　それとも辛《つら》かった？　なんて、どっちかに決められるほど単純じゃないよね。でも、これからの夏休みはみんな楽しみにしてると思います。君たちの一分一秒は爆速で過ぎていくので、どうか悔いのないよう楽しんでください。ということで！」

べしん、と伊予先生は教卓に置いた紙の束を叩《たた》く。

それが通知表と——そして定期考査の成績表であることは、誰の目にも明らかだ。

「お待ちかね、通知表と成績表を配ってくよ！」

一気に教室が色めきだつ。期待と不安の混じった声が、あちこちで上がった。

あ行のクラスメイトから名前が呼ばれる。俺は八番目だ。順番は、あっという間に回ってきた。

「紙木《かみき》咲馬《さくま》」

俺は席を立ち、教卓の前に向かう。

先生は俺の目を見てニッコリ笑った。

「紙木、よく頑張ったね」

通知表と、裏向けにされた成績表を受け取り、俺は席に戻る。

心臓がバクバク鳴っている。

一度、大きく深呼吸して、俺は成績表を表にした。

「……え？」

学年順位の欄を見てみると、『1/214』と記されていた。

俺は目をこする。それでも『1/214』の事実は変わらなかった。クラス内順位の見間違いでもない。当然、これは出席番号八番、紙木咲馬の成績表で、他の人と取り違えてもいない。

えー、じゃあ、マジで一位？　これ……うわ、マジだ。え、やば。

成績表を配り終え、先生が何か喋《しやべ》っている。しかしまったく頭に入ってこない。うるさいくらい心臓が鳴って、身体《からだ》が興奮で震える。足元がふわふわして、現実感がなかった。

「起立」

学級委員長が号令し、俺は少し遅れて立ち上がる。そしてみんなと揃《そろ》って礼をした。

伊予《いよ》先生が退室すると、クラスメイトたちは夏休みの到来に歓喜した。各々《おのおの》遊ぶ約束を交わしたり、部活に向かったりする。

星原《ほしはら》が、俺のそばにやってきた。彼女はおそるおそるといった様子で俺の顔を覗《のぞ》き込む。

「紙木《かみき》くん！　どうだった……？」

俺は顔を引きつらせながら、星原のほうを見る。

「い、一位……だった」

声に出して初めて、そうか、俺は一位を取ったんだな、という実感が湧《わ》いてくる。

星原は心底驚いた様子で口元を手で押さえ、その場でバタバタ足踏みした。

「えっ、すっご！　やば！　ほんとに一位!?　めちゃくちゃすごいじゃん紙木くん！」

「いや、あはは……」

子供のようにはしゃぐ星原の声が、教室に残るクラスメイトたちの視線を引き寄せた。そして俺のテスト結果が周囲に伝播《でんぱ》していく。

「え、紙木が一位？」「へー」「紙木って頭いいの？」「ていうか世良《せら》じゃないんだ」「世良に取ってほしかったなー」「分かる」

少しの驚きと、落胆が入り混じった話し声が聞こえてくる。

俺は今になってあることに気がついた。

俺が一位ということは、つまり、世良は一位ではない。

「みんなごめん！　一位、取れなかった〜！」

噂《うわさ》をすればなんとやらだ。泣きつくような声とは裏腹に、ニヤニヤした表情で世良が教室に入ってくる。

どんまい、とか、次も頑張れ、とか、そんな言葉が世良に投げかけられる。クラスの雰囲気から察していたが、みんな世良に一位を取ってほしかったようだ。どうせ「そのほうが面白いから」みたいな軽い気持ちだろうけど。

世良は教卓の前で足を止めると、なぜか俺のほうを向いて、こちらに近寄ってきた。汐《うしお》に会いに来たんじゃないのか？　とはいえ好都合だ。俺は世良に言わなければならないことがある。

「やあ、咲馬《さくま》、夏希《なつき》ちゃん。テストの結果は上々かな？」

星原が軽く肩を竦《すく》める。

「私は全然……だけど、紙木くんすごいんだよ。なんてったって一位だからね！」

まるで自分のことのように胸を張る星原。自分で言うのは少し恥ずかしかったので、代わりに伝えてくれて助かった。

さすがの世良も、少しは悔しがる様子を見せるだろう。と思ったが、これでもまだ、世良のポーカーフェイスを崩すには至らなかった。

「へ～～～！　すごいじゃん。そんなに勉強できるんなら教えてほしかったよ～」

期待に反して、世良《せら》は嬉《うれ》しそうにしながら俺の肩を叩《たた》いてくる。調子が狂う。ほんと、なんなんだろう、こいつは。

「なあ、世良」

「ん？」

「この前、気持ち悪いとか言って悪かったな」

これが、世良に言わなければならないことだった。

俺は世良の恋愛を認めたわけではない。今でも彼女が複数いるのはおかしいと思うし、そのうえで汐《うしお》に告白したことも寛容できない。でも、だからって頭ごなしに否定するのは間違っていた。だから謝る必要があった。単純明快な道理だ。

「なんのこと？」

世良は笑顔のままきょとんと首を傾げる。どうやら覚えていないらしい。まぁ、これは予想どおりの反応だ。なかなか世良に謝る踏ん切りがつかなくて、日を空けすぎた。

「忘れたんなら別にいいよ……ところで、世良は何位だったんだ？」

「んー、僕はねえ」

そう言いながら世良はポケットに手を突っ込み、小さく折りたたまれた紙を取り出した。

もしかして成績表だろうか。世良はその紙を俺の机に置く。たしかめろということらしい。自分の口で伝えりゃいいのに……と思いながら俺は紙を広げていく。

やはり世良の成績表だった。俺は順位の箇所に目をやる。

『34/214』

世良の学年順位は三四位だった。

「え？」

つい間の抜けた声が漏《も》れる。

三四位。学年全体で見ればそう悪い結果ではない。だが一位を取るつもりで、なおかつ相当学力が高いらしい世良がこの順位なのは、理解しがたかった。隣から成績表を覗《のぞ》き込んできた星原《ほしはら》も、世良の結果を見て困惑している。

理由を求めるように俺が顔を上げると、世良は「いやあ」と照れくさそうに頬《ほほ》をかいた。

「なんか、最後のほうで飽きちゃって」

「は？」

「途中から問題用紙に四コマ漫画描いてた」

「……は？」

何？　四コマ漫画？　漫画を描いてた、と世良は言ったのか？　なんで？　飽きたから？

いやいや、そんなバカなことがあるか。汐がかかった大事なテストで、飽きるなんて……。

——ああ、そうか。なるほど。

分かった。これ、負け惜しみだ。

こいつは頭がいいとの噂《うわさ》だが、実はそこまで勉強ができなくて、頑張っても一位どころか一《ひと》桁台《けただい》にすら入れなかったのだろう。だから「飽きた」などと醜い言い訳を繰り出し、テストに本気で向き合っていないことをアピールしているのだ。

安心して笑いが漏《も》れそうになる。タネが分かればなんてことない。哀れなヤツだ。

……けど、本当にそうだろうか。いまいち腑《ふ》に落ちない。頭の深いところで、「こいつならやりかねない」と主張する声が聞こえる。

俺はもう一度、成績表を上から見ていった。一番上に順位が記載され、そこから下は科目別にテストの点数が並んでいる。

俺は目を見開く。世良《せら》のテストは、ほぼ満点だった。ある二科目を除いて。その二科目——地理と現代文だけ、異様に点数が低い。たしかこの二つは、最終日の二時間目と三時間目に受けたテストだ。世良の言葉を借りるなら「最後のほう」のテストになる。

まさか、こいつ。マジなのか？

本当に、途中で飽きたのか？

「ふざけてる……」

頭皮が熱を持つ。俺は立ち上がり、世良を睨《にら》んだ。

「お前、やっぱり汐《うしお》のこと本気じゃなかったんだろ」

「いやいや。今回のテストはちょーっと気分が乗らなかっただけで、僕は至って大マジだよ。今回は負けちゃったけど、まだ諦《あきら》めないからね。そもそもさ。たかがテストの点数で、思いの丈なんて測れないでしょ？」

ふざけたことを吐《ぬ》かす世良に、俺は言いようのない怒りに襲われる。だが同時に、頭の奥で何かが急速に冷めていく感覚を味わっていた。

俺はようやく世良のことを少しだけ理解できたかもしれない。つまりこいつは、人をおちょくって相手の反応を楽しむ、ただそれだけなのだ。良識よりも自尊心よりも、好奇心を満たすことを優先する、そういうシンプルなロジックで動いているに過ぎないのだ。

ダメだ。もう、こいつのことは何一つ信用できない。どうしてこんなヤツに謝ってしまったのだろう。

「最低だよ……お前は、本当に」

「おいおい、なんてひどいことを言うんだよ。僕ほど誠実な人間はそういないぜ？」

「何が誠実だ、お前は――」

「か、紙木《かみき》くん」

星原《ほしはら》に腕を引かれる。

怒りが収まらないまま俺は星原を見る。彼女は周りの目を気にするようにきょろきょろしていた。

気がつくと、教室に残ったクラスメイトがみんな俺たちに注目していた。そのうち何人かは好奇心に目を光らせ、面白そうに俺と世良《せら》の成り行きを見守っている。

自分の怒りが見世物になっているような気がして、途端に俺はバカらしくなった。たちまち怒りが萎《しぼ》んでいき、世良に対する純粋な憎悪が残る。

俺は軽く深呼吸して、世良を睨《にら》んだ。

「やっぱり、俺はお前のことが嫌いだよ」

「僕は結構君のこと気に入ってるけどね」

ははは、と楽しそうに世良は笑う。一ミリも悪気がなさそうに世良に、星原《ほしはら》も蔑《さげす》みのこもった視線を向けていた。

少しの間を置いて、突然、世良は降参したように両手を軽く挙げた。

「はいはい、分かった分かった。負け犬は退散するよ。これ以上、嫌われたくないからね」

そんな心配をしなくても、すでに俺も星原も世良の印象は最悪だ。

ばいばい、と何事もなかったように手を振って世良は教室を出ていく。折り目のついた世良の成績表が、俺の机に残された。

本当にたちの悪いヤツだった。一体何を食えばあんなふざけた人格が形成されるのだろう。できれば二度と関わりたくないし、汐《うしお》にも星原にも関わってほしくない。

教室の空気が弛緩してきたところで、俺は首の後ろをかきながら星原のほうを向く。

「その、止めてくれて助かったよ。おかげで冷静になれた」

「う、うん。それは、いいんだけど……」

星原は落ち着かない様子で教室を眺め回している。まだ周りの目を気にしているのだろうか、と思ったが、理由はすぐに分かった。

「あれ？　汐は？」

そう、汐の姿がどこにも見当たらないのだ。も、もしかして。

「槻ノ木《つきのき》ならとっくに帰ったぞ」

それを教えてくれたのは、背後に立っていた蓮見《はすみ》だ。いつからそこにいたのか。気になったが、今はそんなことどうでもいい。

まずい。世良に時間を取られすぎた。そりゃあ、あれだけだらだら話していたら、先に帰ってしまうのも無理はない。

「た、助かった蓮見。悪いけど行くわ」

蓮見はこくりと頷《うなず》く。

俺と星原はすぐさま帰りの準備を済ませた。二人で教室を出て、昇降口へと向かう。ちょうど一階に下りたところで、汐の後ろ姿を見つけた。

「あ、いた！　おーい！」

星原《ほしはら》が呼びかけると、汐《うしお》はビクッと肩を揺らして振り返った。わずかな逡巡《しゅんじゅん》を見せたあと、勢いよく走りだす。

……え？　逃げた？

俺と星原は顔を見合わせる。直後、星原は血相を変えた。

「お、追いかけなきゃ！」

「あ、ああ！」

同意見だった。汐を放って帰ることはできない。

俺と星原は走って後を追った。しかし曲がり角を越えたところで、汐の姿を見失う。昇降口まで進んで下駄箱を覗《のぞ》いてみたら、汐の靴はまだあった。となると今も校舎内にいるはずだ。

とりあえず二人で手分けして捜すことにした。俺が特別棟を。星原が食堂と図書室だ。

俺は廊下を駆けながら、汐の行き先を予想する。

特別棟は二階には職員室、三階には文化部の部室が集中している。それより上階は屋上だが、鍵《かぎ》がかかっているので外には出られない。とはいえ、汐が人目につきそうな二階三階に留《とど》まるとも思えなかったので、俺は階段を駆け上がった。

予想は的中する。屋上の扉の前に、汐はいた。鞄《かばん》を床に下ろし、こちらに背を向けてしゃがみ込んでいる。

俺は階段を上りながら息を整え、「汐」と名前を呼んだ。

一呼吸置いて、汐は立ち上がる。そして振り返るなり、どこか険のある表情で俺を冷ややかに見下ろした。

汐が発する拒絶の気配に、思わず足を止める。だが引き下がるつもりはなかった。再び足を進め、俺は汐と向かい合う。

「汐、一緒に帰――」

「一位、取ったんだって？」

最後まで言い切る前に、汐は言った。

「咲馬《さくま》はそこまで頭がよくないし、テスト当日は体調悪かったと思うんだけどさ。それでも一位を取ったってことは、頑張って勉強したんだよね。ねえ、それってなんのために？」

語気を荒げてまくし立てる汐に、俺は戸惑いながらも言葉を返す。

「……世良《せら》に、一位を取らせないためにだよ」

「なんで世良に一位を取らせたくないの」

「それは……世良がろくでもないヤツだからだよ。教室で聞いてたかもしんないけど、やっぱりあいつ、汐のこと本気じゃなかったんだ。一位を取るとか言って、実際は三四位だったし。まぁ最初からこうなることが分かってたら、俺が頑張る必要はなかったんだけど……」

言い終わると、汐はガシガシと頭をかいて盛大にため息を吐《つ》いた。

「……世良なんか、どうでもいいよ」

「ど、どうでもいいって……。最初から遊びでしかなかったんだぞ、あいつは」

「知ってたよ。世良《せら》が本気じゃないことくらい、喋《しゃべ》ってたら分かる」

思わず肩の力が抜けた。鞄《かばん》が肩からずり下がり、すとんと床に落ちる。

「なら、どうして教えてくれなかったんだよ……」

「それは、だから………ああ、もう！　なんで分かんないかなあ！」

突然、汐《うしお》は激しい怒りを顕《あら》わにした。

感情の変化についていけず、俺は狼狽《ろうばい》する。

「いや、分かんねえよ……ちゃんと分かるように言ってくれよ。何が言いたいんだよ、汐は」

「察しろ！　このバカ！」

「だから、言ってくれなきゃ分かんねえって！　俺は汐みたいに察しがよくないんだよ！」

「諦《あきら》めたくないんだよっ！」

きいん、と鼓膜が震える。

みぞおちに強烈なボディブローを食らったような感じがした。鼓膜を通して伝わる汐の気持ちが、息苦しさとなって肺を圧迫する。

「咲馬《さくま》のことを、諦めたくない……けど、もう好きでいるのにも疲れた……。だから忘れたかった。忘れさせてくれるなら、別に何がどうなってもよかった。でも、咲馬は」

灰色の目が、ぎろりと光る。と思ったら、突然、汐は俺の胸ぐらを両手で掴《つか》み、そのまま壁に押し付けた。背中に衝撃が走り、口から「うぐ」と軽く声が漏《も》れる。

襟元《えりもと》を握りしめる汐の手は、震えていた。

「何がしたいんだよ、咲馬は。一位を取ってぼくと付き合いたかった？　違うでしょ。咲馬は夏希《なつき》のことが好きで、だから夏希にいいとこ見せたくて、必死に勉強しただけだよね。はっきり言ってよ。ぼくのことなんか、どうでもいいって。中途半端に優しくされるのが一番しんどいんだよ。本当に、すごく惨《みじ》めな気分になるんだよ……」

消え入りそうな声で汐は言う。

怒りに燃えていた汐の瞳《ひとみ》は、今は弱々しく揺れて、涙の膜を張っていた。

「好きじゃないって、ちゃんと言ってくれよ。頼むから。ぼくは、今まで何度もそうしてきたんだ。仲がよかった子も、そうでない子も、嫌《いや》でも傷つけて……なのに、咲馬は。お前はずっとごまかしてばかりで、臆病で、卑怯《ひきょう》で……」

「汐……」

震える汐の手に、俺はゆっくりと右手を重ねる。

白くて、細くて、冷たい手。骨ばった感触が哀しかった。

汐の腕に沿って視線を上げていく。細い首。小さな顔。固く結ばれた口。頬《ほほ》は紅潮し、ドアにはめ込まれたガラス窓から差し込む光が、灰色の瞳を照らしている。銀色の髪は一本一本が光を織り込んだみたいに輝いていて、頭には光輪ができていた。

汐《うしお》は可愛《かわい》くて、綺麗《きれい》で、美しかった。

それでも、やっぱり、俺は。


「……分かった」

これ以上、汐を苦しませたくない。

自分の気持ちに白黒つけよう。汐への好意を『よく分からない』で済ますのは、もうやめる。

そもそも『よく分からない』時点で、答えはすでに出ていたのだ。それを俺は、自分の気持ちをこねくり回して、誰も傷つかずに済む方法を模索していた。

だが、そんなものはなかった。

「ごめん、汐」

謝ると、汐は痛みに耐えるように唇《くちびる》を噛《か》んだ。

胸が苦しい。汐は傷つくだろう。子供のように泣きじゃくるかもしれない。でも、ここで想《おも》いを断ち切ってやらねばならない。それがきっと、惚《ほ》れられた人間の責任だから。

「俺は、星原《ほしはら》のことが好きだ。だから……汐とは付き合えない」

汐は顔を伏せる。襟元《えりもと》を握る手に力が入った。

痛みが、悲しみが、俺の胸元から痛いくらいに伝わってくる。

「でもな、汐」

汐は顔を伏せたままだが、俺は構わず続ける。

「これで俺たちの関係まで終わったわけじゃない。汐がどれだけ気まずい思いをしようが、俺は汐に関わり続ける。迷惑だって言われても、絶対にやめない。何がなんでもお前の事情に介入してやる。俺は、汐の幼馴染《おさななじみ》だからな」

汐の口から嗚咽《おえつ》が漏《も》れた。縋《すが》り付くように俺の襟元を掴《つか》んだまま、汐は声を殺して泣いた。

俺は目の前にある汐の頭を撫《な》でる。その行為になんの忌避感も抵抗もなかった。ただ撫でやすい位置に頭があって、今は撫でるべきだと思ったから、俺は汐の頭を撫でたのだ。

俺は汐に聞こえないよう軽く息を吐き、視線を上げる。ドアにはめ込まれた窓から、四角く切り取られた真っ青な空が見えた。

汐の嗚咽が止まる。

「……ごめん、咲馬《さくま》」

「いいよ、別に。気にするな」

汐は顔を上げた。

人恋しそうに潤んだ瞳《ひとみ》で、上目がちに俺をじっと見つめる。

上気した頬《ほほ》、なまめかしい息遣い、濡《ぬ》れたまつ毛。

――俺は息を呑《の》んだ。心臓がドクリと鼓動し、全身に熱い血の巡りを感じる。さらに興奮と怯《おび》えが同時に去来し、絶対的な捕食者を前にしたかのように、身体《からだ》が硬直した。

一瞬。鼻腔《びくう》ではなく、肉体が、全身の細胞に刻まれた原初的な本能が――汐《うしお》から、女の匂《にお》いとしか形容できないものを嗅《か》ぎ取った。

直後、汐は俺の胸元をぐいと引き寄せて。

俺の唇《くちびる》にキスをした。

それは。

俺のファーストキスだった。

……え？

何？

今何が起きた？

汐はすぐに顔を離し、信じられないように目を見開いて、口を震わせる。

「ごめっ、咲馬《さくま》、今のは、ちがくて……」

きゅっ、とゴムとリノリウムが擦れる音が、離れたところから聞こえた。

俺と汐は、音のしたほうに視線を向ける。

階段の踊り場に、星原《ほしはら》がいた。

「下にいなかったから、捜しにきて……えと、今二人……き、キス、して……え?」
星原《ほしはら》は混乱していた。
俺も混乱している。
たぶん汐《うしお》も。
あり得ないほど混迷を極めた状況で。
俺はたしかに、何かが崩れていく音を聞いた。

ミモザの告白

あとがき

このあとがきでは本編に言及していくので、本編を未読の読者様はご了承ください。

人間は何かから逃げているときが一番速く走れる、という言説を聞いたことがありますが、これには納得できます。というのも『ミモザの告白』は、とある構想に行き詰まっているとき、ふと思いついたアイデアを担当さんに送りつけたのが始まりでした。そこからトントン拍子に話が進み、こうして本になったのです。まぁ途中で何事もなかったといえば嘘《うそ》になりますが、少なくとも過去二作に比べればスマートな進行でした。

本作は、「槻ノ木汐《つきのきうしお》の告白によって変化していく人間関係」に焦点を当てた物語です。

もし男友達が女子制服を着て登校してきたら?

もし同性の友達に告白されたら?

もし好きな女の子の好きな人が、自分の幼馴染《おさななじみ》だったら?

そんな数々の「もし」に対する自分なりの答えを、一つひとつ解いていくようにして物語を綴《つづ》りました。彼ら彼女らが、こういう状況に陥ったとき、どんな顔をして、何を思うのか。それを知りたかったのです。

また、もしかすると読んでいて気になった方がおられるかもしれませんが、作中では使用を避けている単語がいくつかあります。理由は多々ありますが、本作とその人物たちを特定の枠組みに当てはめたくなかったから、が最大の理由です。誰にでも身近に感じられて、自由に解釈できる物語になればいいな、と思って書きました。もっとも、それはこの作品にかぎった話でもありませんが。

『ミモザの告白』が、少しでも皆様に楽しい時間を提供できたなら幸いです。

以下、謝辞です。

担当編集の濱田《はまだ》様。

前のあとがきは何を書いてたっけ、と思いながら本を開いてみたら「次もまた苦労しそうな予感がひしひしとしていますが～」とありました。そうならなくてよかったです。……ならなかったですよね？　今後ともご指導ご鞭撻《べんたつ》のほど、よろしくお願い致します。ガンガン書いていきます！

くっか先生。

今作も素晴らしいイラスト、本当にありがとうございます。毎回イラストが届くたび、枕《まくら》元に置かれたクリスマスプレゼントを開ける子供のような気持ちになります。諸々のイラストを拝見した際には、細部まで一切の妥協が見られない仕事に背筋が伸びました。僕も頑張ります。今後ともよろしくお願い致します。

そして最後に、読者の皆様。

皆様が認識してくださるおかげで、僕は八目迷《はちもくめい》としていられます。これからもたくさん書いていきますので、よければ温かい目で見守っていてください。

それでは、またお会いしましょう。

二〇二一年 六月某日 八目 迷

〈参考文献〉

『変えてゆく勇気―「性同一性障害」の私から』上川 あや（岩波書店）
『人はなぜ不倫をするのか』亀山 早苗（SBクリエイティブ）
『「男の娘」たち』川本 直（河出書房新社）
『性別に違和感がある子どもたち』康 純（合同出版）
『性同一性障害って何？―一人一人の性のありようを大切にするために』野宮 亜紀／針間 克己／大島 俊之／原科 孝雄／虎井 まさ衛／内島 豊（緑風出版）

GAGAGAGAGAGAGAGAGAGA

きのうの春で、君を待つ

著／八目《はちもく》 迷《めい》

イラスト／くっか
定価／本体 660 円＋税

二年ぶりに島へ帰省した船見カナエは、その日の夕方、時間が遡行する現象“ロールバック”に巻き込まれる。幼馴染で初恋相手、保科あかりの兄の死を知ったカナエは、その現象を利用して彼の命を救おうとするが……。

ガガガ文庫7月刊

きみは本当に僕の天使なのか

著／しめさば

イラスト／緜《わた》

〝完全無欠〟のアイドル瀬在麗……そんな彼女が突然僕の家に押しかけてきた。遠い存在だと思っていた推しアイドルが自分の生活に侵入してくるにつれ、知る由もなかった〝アイドルの深淵〟を覗くこととなる。

ISBN978-4-09-453016-2（ガし5-1）　定価682円（税込）

剣と魔法の税金対策3

著／SOW《ソウ》

イラスト／三《み》弥《や》カズトモ

「税天使」のコワーイ取り立てに対抗するために結婚しちゃった勇者♀と魔王♂。魔王の国にお金をもたらすのは……マンドラゴラの栽培&輸出!!　しかし、エルフの国からの横槍で、事業頓挫の大ピンチ!?

ISBN978-4-09-453013-1（ガそ1-3）　定価726円（税込）

シュレディンガーの猫探し3

著／小林一星《こばやしいっせい》

イラスト／左《ひだり》

亡き姉の残した「時を超える」魔導書。その手がかりを探すため、焔螺と令和は、芥川の故郷・猫又村を訪れる。妖怪伝承の残る閉鎖的な村で起きる事件とは!?

ISBN978-4-09-453014-8（ガこ4-3）　定価759円（税込）

ストライクフォール4

著／長谷敏司《はせさとし》

イラスト／筑波《つくば》マサヒロ

第24シーズン、火星ラウンド。シルバーハンズは、最強の軍選手・カレンを擁するガーディアンズと激突する。滾る雄星だが、人工的にチル・ウエポン耐性を増強された選手・シルヴィアが送り込まれてきて……？

ISBN978-4-09-453025-4（ガは5-4）　定価847円（税込）

貘《バク》 ―獣の夢と眠り姫―

著／長月東葭《ながつきとうか》

イラスト／東西《とうざい》

電子に代わり夢を媒体とした通信技術が発展し、幻想と現実が等価値となった現代。「覚醒現実」と「夢信空間」、二つの世界を行き来しながら、悪夢を屠る少年と、儚き少女が巡り会う。

ISBN978-4-09-453015-5（ガな10-1）　定価726円（税込）

負けヒロインが多すぎる！

著／雨森《あまもり》たきび

イラスト／いみぎむる

達観ぼっちの温水和彦は、クラスの人気女子・八奈見杏菜が男子に振られるのを目撃する。「私をお嫁さんにするって言ったのに、ひどくないかな？」これをきっかけに、あれよあれよと負けヒロインたちが現れて――？

ISBN978-4-09-453017-9（ガあ16-1）　定価704円（税込）

ミモザの告白

著／八目《はちもく》 迷《めい》

イラスト／くっか

冴えない高校生・咲馬と、クラスの王子様的な存在である汐は、かつて誰よりも仲良しだったが、今は疎遠な関係になっていた。しかし、セーラー服を着て泣きじゃくる汐を咲馬が目撃してから、彼らの日常は一変する。

ISBN978-4-09-453018-6（ガは7-3）　定価726円（税込）

GAGAGA

ガガガ文庫

ミモザの告白

八目 迷

発行　2021年7月26日　初版第1刷発行

発行人　鳥光 裕

編集人　星野博規

編集　濱田廣幸

発行所　株式会社小学館
〒101-8001 東京都千代田区一ツ橋2-3-1
［編集］03-3230-9343　［販売］03-5281-3556

カバー印刷　株式会社美松堂

印刷・製本　図書印刷株式会社

Printed in Japan　ISBN978-4-09-453018-6

第16回小学館ライトノベル大賞
応募要項!!!!!!!!!!!!!!!!!!!!!!!!!!!!

ゲスト審査員は磯 光雄氏!!!!!!!!!!!!!!!

大賞：200万円＆デビュー確約
ガガガ賞：100万円＆デビュー確約
優秀賞：50万円＆デビュー確約
審査員特別賞：50万円＆デビュー確約

第一次審査通過者全員に、評価シート＆寸評をお送りします

内容 ビジュアルが付くことを意識した、エンターテインメント小説であること。ファンタジー、ミステリー、恋愛、ＳＦなどジャンルは不問。商業的に未発表作品であること。
（同人誌や営利目的でない個人のWEB上での作品掲載は可。その場合は同人誌名またはサイト名を明記のこと）

選考 ガガガ文庫編集部＋ゲスト審査員 磯 光雄

資格 プロ・アマ・年齢不問

原稿枚数 ワープロ原稿の規定書式【１枚に42字×３４行、縦書きで印刷のこと】で、70～150枚。
※手書き原稿での応募は不可。

応募方法 次の3点を番号順に重ね合わせ、右上をクリップ等（※紐は不可）で綴じて送ってください。
① 作品タイトル、原稿枚数、郵便番号、住所、氏名（本名、ペンネーム使用の場合はペンネームも併記）、年齢、略歴、電話番号の順に明記した紙
② 800字以内であらすじ
③ 応募作品（必ずページ順に番号をふること）

応募先 〒101-8001 東京都千代田区一ツ橋 2-3-1
小学館　第四コミック局　ライトノベル大賞係

Webでの応募　GAGAGA WIREの小学館ライトノベル大賞ページから専用の作品投稿フォームにアクセス、必要情報を入力の上、ご応募ください。
※データ形式は、テキスト（txt）、ワード（doc、docx）のみとなります。
※Webと郵送で同一作品の応募はしないようにしてください。
※同一回の応募において、改稿版を含め同じ作品は一度しか投稿できません。よく推敲の上、アップロードください。

締め切り 2021年9月末日（当日消印有効）
※Web投稿は日付変更までにアップロード完了。

発表 2022年3月刊『ガ報』、及びガガガ文庫公式WEBサイトGAGAGAWIREにて

注意 ○応募作品は返却致しません。○選考に関するお問い合わせには応じられません。○二重投稿作品はいっさい受け付けません。○受賞作品の出版権及び映像化、コミック化、ゲーム化などの二次使用権はすべて小学館に帰属します。別途、規定の印税をお支払いいたします。○応募された方の個人情報は、本大賞以外の目的に利用することはありません。○事故防止の観点から、追跡サービス等が可能な配送方法を利用されることをおすすめします。○作品を複数応募する場合は、一作品ごとに別々の封筒に入れてご応募ください。